集英社文庫

葡萄物語

林真理子

集英社版

葡萄物語

1

市川映子はグラスを洗っている。

姑《しゅうとめ》の正美が酒造会社の名入りのグラスを嫌ったから、それは東京で買った有名なメーカーのものである。高価なものではないが、切子風のカットがなかなかしゃれていて、映子も気に入っているものだ。

それにべったりとついた口紅が落ちないので、映子はさらにスポンジに洗剤をとる。先ほどマイクロバスが停まり、十人ほどの男女が、ワイン工場を兼ねたこの観光葡萄《ぶどう》園にやってきた。早く中央高速に乗らなければ渋滞が始まるというので、彼らは工場を見学することもなく、あわただしく試飲のワインを飲み干した。グラスはその時のものである。

スポンジをたっぷりと泡立てた後、映子はもう一度グラスを磨きにかかる。忙しい時だったら、こんな風にゆっくりと洗い物をすることなど許されないのであるが、十一月も末で、観光葡萄園にやってくる客はまれである。さっきのマイクロバスの客が帰った後は、姑の正美も奥の部屋に引っ込んでしまった。

自分の指を泡のかすかなぬくもりの中に浸しながら、映子はさっきの佐知の言葉を思い出している。

「美和ちゃん、今度はどうも駄目らしいんだワ」

黒田美和子がおとといから実家に帰っていると告げた後で、佐知はことさらに声のトーンを落とした。

「美和ちゃんの両親も東京へ行って、最終の話し合いをしたみたいだね。離婚届け、もう出すばっかりにしてあるんだって」

美和子は映子と佐知の、高校の同級生である。もともとはバスケット部に所属していた五人のグループであったのだが、後の二人は夫の勤務に伴って、山口県と大阪で暮らしている。地元で結婚した映子と佐知に、東京から時たま帰る美和子が加わるというつき合いがずっと続いていたのだ。

つき合いといっても、やはり美和子がたまに来る「お客さま」という形になるのはいたしかたない。彼女の派手な暮らしぶりもそれに輪をかけた。

美和子は昔からの友人の前では、極力自慢話を避けようとしているのであるが、それでも家族揃《そろ》って出掛けたハワイ旅行や、行きつけのレストランで出会った有名人、といった類《たぐい》の話が、不用意にこぼれ落ちる。映子はある時から、それを単純に羨《うらやま》しがることをやめることにした。

「私たち、田舎者にとったら、夢みたいな話だよねえ……」

さりげなく口にすると、美和子も決して馬鹿な女ではないから、

「内情は大変なのよ。見栄っぱりの亭主につき合うのも」

言い添えることを忘れない。

美和子の夫の黒田は、不動産屋をしている。不動産屋といっても、家の財産を守るために便宜上その種の会社を経営している、といった方が正しいそうだ。

ビルまで持つという家の長男と美和子との結婚は、今やこのあたりの玉《たま》の輿《こし》伝説にもなりつつある。美和子の名が出るたびに人々は、

「ああ、東京のいいところにお嫁に行った……」

と、反射的に頷《うなず》くのである。もっともこの話も、意地悪くなった時の佐知に言わせると、

「ビルっていっても、町中にある小さなもんだよ。おまけに旦那《だんな》はそこの管理人やってるんだもの、まるで若隠居みたいなもんだ」

と手厳しい。ともあれ、つい二年ぐらい前まで美和子が幸福だったのは間違いないことなのだ。ひとり娘が私立に入り、その祝い物の残ったものだと、映子にしゃれたペン立てをくれたこともある。

その美和子の表情が暗くなり、あまり夫のことを話さなくなったのは、いったいいつ頃だったろうか。確かおととしの秋の頃だと映子は思いあたる。八月に入ると、国道も県道もぴっちりと観光客の車が連なる。美和子の実家も観光葡萄園をしていたから、その時期は一家総出で忙しいはずだ。だからといって、嫁いでいる美和子が一週間も帰ってきているのはおかしな話だった。

「何でもさ、旦那の方に女が出来たらしいよ。それでものすごくもめているんだって」

いつものように佐知が教えてくれた。田舎の不思議さで、仲のいい同級生にも告げない話が、いつのまにか広く近所に伝わっているのだ。それで覚悟を決めたのだろうか、美和子もぽつりぽつりといろいろなことを話してくれるようになった。相手の女はまだ若く、夫は夢中になっているという。彼女のアパートに居続けて、帰ってこない日もあると打ち明けた後で、こんなことを口にした。

「やっぱり、勤めたことのない男っていうのは、どこかタガがはずれたところがあるよ。会社っていう世間体を気にしないから、常識はずれのことをしてしまう」

これには映子も佐知もかなり不愉快になったものだ。佐知の夫も専業農家で、勤めた経験はない。だからお前の夫は駄目なのだと、遠まわしに言われたようなものではないか。

「全くよく言うよ。このあいだまでは、うちのパパは、サラリーマンのがつがつしたところがないからいいの、とってもおっとりしているの、なんて自慢していたのは誰だっけね」

佐知はずけずけと悪口を言うが、その後すぐけろりとして、美和子のところへ電話をかけたりする。この邪気の無さが、佐知の満ち足りた幸せを表しているようだと映子はいつも思う。

同じ三十四歳といっても、佐知の長男は中学二年生である。高校の先輩と、在学中から恋愛をしていた彼女は、二十歳になるかならないかですぐに結婚したのだ。これは映子たちの年代ではかなり珍しいケースである。この小さな町でも、少女たちは都会へ進学するのがごくあたり前になっているからだ。

「私は勉強嫌いだし、こんなもんでいいの」

佐知はあの頃妙に大人じみた言葉を口にしたものであるが、これと似たようなことを言いながら、全く正反対の行動をとったのが美和子である。

「勉強する気はないけど、絶対に東京へ行く。あっちに行きさえすれば、きっと何かが見つかるもん」

しかしどうせ行くならばと、美和子は三年生になると猛勉強を始めた。そう偏差値は高くないが、そこそこ知名度があってお嬢さま学校の雰囲気を持つ女子大に進んだ時、いかにも美和子らしいと映子たちは言い合ったものだ。

美和子は目が大きく、鼻も口もちんまりとまとまった愛らしい顔立ちである。アイドルタレントの誰かに似ていると、当然のことながら男子生徒の人気も大層高かった。体育館でバスケットの部活をしている美和子をひと目見ようと、入り口のあたりでいつも男の子が二人、三人うろうろしていたものだ。

大学へ入ってからの美和子は、さらに美しく垢抜《あかぬ》けていった。東京の有名大学のクラブに入会し、そこでもちやほやされていると、二十歳だった美和子は、今のように遠慮したり言葉を選ぶこともなく、堂々と自慢話を続けたものだ。結局、そこのクラブで知り合った東京の金持ちの息子と結婚したのであるから、美和子はちゃっかり自分の夢をかなえたことになる。

その彼女が、三十歳を過ぎ、結婚生活の不幸を土産に実家へ帰ってきているという。しかし今の映子の憂鬱《ゆううつ》は、その友の運命のためではない。美和子の離婚が、自分の生活に影を落とすのではないかという不安のためだ。

映子は六年前に、市川ワインの長男、市川洋一と結婚した。二十八歳の花嫁というのは、今どき珍しくも何ともない。だが、勤めもせずに家にいる娘がことを起こすとしたら、この町ではやや遅い部類に入る。

映子は時々自分の今までの道のりを考える時、いつも「中途半端」という言葉に思いあたるのである。

強硬に主張すれば、他の多くの同級生たちのように、東京の四年制の大学へ行くのも可能だったろう。けれども受験勉強するのが億劫《おっくう》だったのと、母親の「女の子は短大でいい」という言葉に押しきられて、地元の短大の保育科へ進んだ。そこを卒業して、四年間保母を勤めたのであるが、仕事はあまり面白いとは思えなかった。同じ年頃の、園児の母親にあれこれ指図されるのに、すっかり嫌気がさしたのだ。そんな折、母親が脳溢血《のういっけつ》で倒れた。入院することになり、その騒ぎの最中に辞表を出した。幸い、母親の病気はすっかり治ったのであるが、映子は〝家つき娘〟の気楽さにすっかり浸ってしまったのである。

皮肉なもので、この頃、いちばん多くの数の縁談が持ち込まれた。映子の実家は、かつてこのあたりきっての地主ということになっていたから、それなりの良縁も持ち込まれた。県庁や銀行に勤める男たちが、このあたりではエリートということになっているが、母の育子がすべて首を横に振った。

「県庁勤めてたって、もともと農家じゃん。うちの映子にそんなことはさせられんからね」

そしてこうもつけ加えた。

「子どもの時から、映子はうちの畑に行かせたこともないよ。映子は手がうんと荒れやすいんだよ。だから土いじったり、水に触ったりするようなとこは、絶対に困るよ」

そうかといって、商家も下品で嫌いだという。あくまでもサラリーマンで、しかも長男でない男と条件をつけたら、この町の若い男はたいてい失格である。いつのまにか、映子と母は「権高《けんだか》い母子」ということになってしまったらしい。地主だった昔のことを鼻にかけて、何さまのつもりだろうと、陰口を叩《たた》かれていたことも後で聞いた。

二十七の声を聞き、写真を届けられることもめっきり少なくなった頃、突然洋一の話が持ち上がったのだ。

「市川ワインの息子、どうずらね」

高校で映子さんより一学年上だけれどと、近所の女が説明してくれるまでもなく、映子は名前を聞いただけで、すぐに思いあたった。洋一は映子の強い記憶に残る少年だった。

洋一はバドミントンクラブの主将をしていた。映子の卒業した高校は、ラグビーが強く、野球もそれなりに県大会クラスで活躍する。そんな中にあって、他の球技など全く目立たない。バドミントンなど、暗く地味なクラブの代表のように言われていたのであるが、その中にあって洋一は女の子たちの品定めの場で、いつも名が挙がったものだ。決してハンサムというのではない。目が細く、高校生にしては完成されたかたちの顎《あご》を持っているのが、特徴といえば特徴だ。練習が終わった後、体育館で女の子たちをからかったり、軽い冗談を言って笑わせるようなこともなく、もの静かな少年というのが、おおかたの一致した意見だった。

「だけど市川さんはいいよ。本当にいい人だよ」

バドミントン部の下級生からまず賞賛の声が上がった。練習の時、なにくれとなく気を配ってくれるし、人の嫌がることも率先してする。決して成績のいい選手ではなかったが、主将に選ばれたのもその人柄のためだという。

が、人柄などというものは、十五、六の少女たちにはいちばんわかりづらく、価値もないものである。少女たちの話題はいつのまにか、笑顔が魅力的なラグビー選手や、地方新聞に時たま出る野球部のエースに移っていった。

あの洋一が、まだ結婚もせず、花嫁を探していると知った時、映子の中に驚きが起こり、それはすぐに羞恥《しゅうち》に変わった。体育館の夕闇《ゆうやみ》の中で、洋一の白い短パン姿を探していた自分の密《ひそ》やかな記憶を、誰かが気づいていたのだろうかと思った。

やがて洋一の釣書《つりがき》が送られてきた。そこにあるのは、かつて何人かの女の子たちの心を騒がせたスポーツ少年ではなく、平凡な地方の青年の姿である。多くの男の子たちがそうであるように、彼もまた学校を卒業したとたん、魔法が解けたようになっていた。洋一は高校を卒業してすぐ、家業の葡萄園とワイン工場を手伝っていた。

「いろいろ大学を受けたけど、うまくいかなかったんだよ。だけど頭はうんといいと評判だよ」

仲人《なこうど》の報酬で、最近家を改築したという評判の近所の女の言葉に、母の育子は大きく首を横に振った。

「今どき、大学も出てないような男じゃねえ……」

しかも洋一の母親は、近所でも評判のやかまし屋だという。おそらく、高卒、親と同居、といったような条件が、洋一を縁遠い男にしてしまったのだろう。

母の育子にしてみれば、取るにたらない話と考えていたようなのであるが、この時は珍しく映子が積極的に出た。会うだけ会わせてくれと、話を持ってきた女に頼んだのだ。

隣り町に住む、しかも高校で見知った仲となれば、見合いも簡略極まりない。町営の〝ぶどうの丘センター〟のレストランで、二人きりで食事をした。何年ぶりかで会う洋一は、少年の時の清潔さを未《いま》だに保っていたが、三十近くになっていればはるかに饒舌《じょうぜつ》に如才なくなっている。

「まいっちゃうよなあ。奥田さんとこんな風に会うなんてな」

にぎやかに話の口火を切った。

「昔の同級生の見合い写真、ぐるぐるまわってきて、時々うちに来ることがあるんだ。そういう時は照れちまって困るよ」

そんな話をみじめに感じてはいけないのだと、映子は胸を張った。

「そうか、私たち、あの高校の残り物ってわけか、ふふ」

笑ってみせたら、ずっと気が楽になった。

東京から特急で一時間半、都会にも近く、葡萄や桃で豊かなこの町であるが、それでも農家に嫁の来てがないという問題から逃れることは出来ない。長男だったら、高校時代の恋人と固い約束をしておくか、そうでなかったら東京に出て相手を見つけて帰って来なければチャンスがないとさえ言われている。そう成績がいいわけでも、勉強が好きなわけでもない息子たちまでわざわざ東京の大学へ進学させるのは、家を継ぐまでの執行猶予と、相手を探して来い、という意味があるのだ。

それにしてもと、映子は思った。白いシャツに砂色のジャケットといういでたちの洋一は、男ぶりも前より確実に上がっている。町には四十過ぎの独身男が山のようにいるから、三十になるかならないかの彼は、若い部類に入るはずだ。

「だけど――」

見合いの席に、全くふさわしくない質問を発していた。

「だけど市川さん、どうしてこんなことしてるの。市川さんだったらモテたでしょう。いくらでも女の人がいたでしょう」

「そんなことはないよ」

洋一は薄く笑ったが、それはやや男の狡猾《こうかつ》さが滲《にじ》み出ていた。

「オレなんか誰も相手にしてくれないよ。金もないし、家を継がなきゃならん。こんな男を相手にしてくれる女なんか、いないねえ」

「そうかしら」

そのとたん、二人の視線がからまり、映子は自分が処女であることを、見抜かれたような気がしたものだ。

その日のうちに、仲人の女から電話が入り、話はとんとん拍子に進んだ。最初はしぶい顔をしていた母の育子であったが、挙式当日はやはり娘の花嫁姿を見て涙にむせんだものだ。そして傍らの伯母《おば》につぶやいた。

「やっぱり娘は、嫁にいかせるもんだねえ。こんなに嬉《うれ》しそうな映子を、見るのは初めてだもんね」

そのままでいけば、映子は幸福になるはずであった。いってみれば、映子は初恋の男と結婚出来たことになる。高校時代、ぼんやりと想像していたとおり、洋一は充分にやさしく思いやりのある男であった。喧嘩《けんか》をしながらも、姑とも何とか続いているのは、洋一が二人の間に立っていてくれているせいである。

が、本当に幸福かと問われれば、映子はこうしてグラスを洗う手を止めてしまう。結婚して六年になるが、二人の間には子どもがまだ出来ない。一度病院で診てもらったことがあるのだが、どちらにも問題がないということであった。

「まだ二人とも若いんだから、ある時、ひょこっと出来ますよ」

と言われて、いたずらに日はたっていく。おととしは舅《しゅうと》が、五十八歳の若さで胃ガンで死んだ。舅がはじめたワインづくりであったが、この頃は安い輸入ワインのおかげで、さっぱり不振である。

これからはワインに力を入れていきたいと、見合いの席で夢を語った洋一であるが、このところ元気がない。以前のように東京にワインの勉強会に出かけることもなくなった。

そんなことはいい。そんなことは我慢出来る。今の映子の心を大きく占めているのは、洋一と美和子のことである。夫とかつての同級生、この意外な組み合わせを聞いたのは、婚約して間もない頃である。今は大阪に住んでいるグループの一人が、打ち明けてくれたのだ。

「もう時効だからいいと思うけどさ、ずうっと前、美和ちゃん、市川さんとつき合ってたんだよ。ううん、高校の時じゃない。市川さん、二年ぐらい東京の予備校へ通ってたんだって」

それは映子にとって初耳であった。

「市川さん、東京の美和ちゃんのアパートのまわり、うろうろしてたんだって、それで可哀《かわい》想《そう》になって、ちょっとつき合ったことがあるって、美和ちゃんから聞いたことがある。ずうっと昔の話だからさあ、でも、やっぱり知らせておいた方がいいと思って……」

考えてみると、この六年間、自分は大層意地の悪いことをしていた。夫の前でわざと美和子の噂話《うわさばなし》をしたことがある。夫の表情から何かを読みとろうとした。しかし洋一は何ひとつ変わらず、ふうーんとつまらなそうに頷いただけだ。それで映子は、かつての二人の交際は、若い日の本当にとるにたらないものだったのだと胸をなでおろした。そうだ、いくら美和子が離婚したといっても何の影響があるだろうか。あれは十数年前の少年と少女の出来ごとなのだ。

映子はさらに強くグラスをこする。その冷たい感触をいつまでも味わいたかった。

2

東京ナンバーをつけたままの赤いソアラが、店の前でぴたりと停まった。降り立つ美和子は紺色のハーフコートを着ている。おそらくどこかのデザイナーのものであろう。仕立てと生地がいいために、ウエストから裾《すそ》にかけての線がぴんと張っている。薄化粧だが、唇は車と同じような赤い色だ。少し茶色がかった髪をヘアバンドでまとめた様子といい、美和子はとても三十四の子連れの女とは見えなかった。

「おはよう」

美和子は歌うように声をかける。映子は夫の洋一とワインの箱詰めをしているところだった。輸入ワインに押され、このままでは自滅してしまうと、洋一はおととしから昨年にかけ、高校の同窓生名簿を頼りに、ダイレクト・メイルを送った。あなたのオリジナルのラベルをつくります、あなたブランドのワインをつくりませんか、といううたい文句が功を奏して、ぼちぼち注文が舞い込むようになっている。そのようにして獲得した東京に住む得意先が、歳暮に贈るからと何十本かまとめて買ってくれたのだ。これは夫婦にとって嬉しい作業で、ワインの箱詰めにも熱が入る。映子が一本一本タオルで丁寧に瓶を拭《ぬぐ》っていけば、洋一が市川ワイン特製の緑色の箱に入れていく、という作業の最中であった。

「あら、美和ちゃん、早いねえ」

映子はまっすぐに明るい声を出したつもりなのであるが、頰《ほお》がこわばっているのが自分でもわかる。声よりも皮膚というのは正直なもので、微笑《ほほえ》むために上にあがっていく力がどうしても出ない。

どうしてこんなに朝早く、しかも夫婦で仕事をしている最中に、美和子はやってきたのだろう。

「あのさ、今日、うちにバスが二台来るのよ」

美和子の実家は国道沿いの観光葡萄園だ。

「石和《いさわ》温泉の帰りだって。もうこんな時期だから、葡萄は期待してないけど、甲州ワインを買って帰りたいって先方は言うんだわ。だからさ、市川ワインを分けてもらおうと思って」

おかしなことを言い出すものだと、映子は美和子の顔をながめた。このあたりはどこの観光葡萄園も、一隅に売店をもうけ果物以外の土産物を置いている。ワインはその中でも目玉商品であったから、さまざまなメーカーがしのぎをけずっている。確か美和子の実家では、大手の会社のワインを置いていたはずだ。

「うちはさ、今までお父さんが、近代ワインと、ダンケワインしか置いてなかったの。でもさ、あそこのは不味《まず》いじゃない。この頃はお客さんの舌も肥えてるからさ、おいしいものを置かなきゃいけないのよ。だからね、私、今日は市川ワインを何本か仕入れておこうと思って、急に思い立って来たのよ」

そりゃあ、嬉しいなあと、夫の洋一は素直に口にし、注文のワイン以外にも試飲用のものを何本かつけてやった。

「何だか悪いわね」

「そんなことはないさ。またいるようだったらいつでも言ってくれよ。今度はオレの方で届けるからさ」

伝票を書きながら、洋一はおいおいと、映子に声をかける。

「お茶を出せよ。何してんだよ」

あ、いいの、いいのと美和子は手を振る。

「うちもうじき朝ごはんだから。だから映子ちゃん、何もいらないの」

二人のやりとりを映子はぼんやりと見つめていた。夫の横柄さもさることながら、美和子のこのうきうきした調子も気にくわない。いったいなんで今頃、うちのワインを仕入れようなどという気になったのだろうか、と考える時、美和子の離婚という事実を忘れることは出来ない。

ワインを仕入れることで、夫の洋一に近づこうとしているのではないだろうか。

この問いかけを発して、映子はあわてて首を横に振る。〝女房嫉《や》くほど亭主もてず〟、という言葉を思い出すほどでもなく、夫の洋一にそんな魅力があるとは思えない。冬のこととて、夫はセーターの上にジャンパーを羽織っている。下の方は灰色のズボンであるが、もちろん流行のかたちではない。東京の金持ちの家に嫁ぎ、しゃれたスーツを着こなす夫を持っていた美和子から見れば、全くどうということのない田舎の男であろう。しかしこんな男でも、退屈しのぎにはなると美和子は考えているのではなかろうか。

美和子には昔からそんなところがある。高校時代、自分を慕って近づこうとする男の子たちを決してないがしろにしなかった。相手を好きでもないくせに、たえずその種の男の子を近くに置き、焦《じ》れた熱い視線を感じるのが好きなのだ。そうした美和子の意地汚さを、何人かの少女たちと責めたことがある。その時、美和子はきょとんとした表情で言ったものだ。

「だってえ、まるっきり冷たくしたら、あの人たちが可哀想じゃん。私も構わないし、あの人たちも嬉しいんだったらいいじゃん……」

ああ、自分はなんて馬鹿なことを考えているのだろうかと、映子はさらにきつく首を横に振る。美和子はもはや十七歳の少女ではない。結婚も経験した三十代の女なのだ。そうした女が、高校生の時のように、自分に気のある男にそれとなく愛想をふりまく、などということをするはずはない。

それならば、洋一はどうなのだろうかと、映子は夫の横顔をさぐるように見る。洋一はかって予備校に通っていた頃、女子大生だった美和子につきまとったことがあるという。それにほだされて、どうやら美和子も短い間ではあるが、洋一を受け容《い》れたことがあったらしい。つまり夫と美和子は恋人だったということになる。それはずっと前、十八や十九のことじゃないかと夫が笑いとばしたら、映子は救われるのであるが、洋一は寡黙な男である。

今とても、美和子の後ろ姿を見ながら、

「若いなあ、相変わらず綺麗《きれい》だなあ」

とでも言ってくれれば、映子もそれなりの対応が出来る。冗談めかして、

「あなた、今でも好きなんじゃないの」

と問い、洋一に馬鹿と怒鳴られる。こんな明るい場面は、自分たち夫婦には無理なのかと映子はため息をつく。

いつからこんな風に、言葉をそれぞれの胸に仕舞い、いじくりまわすような夫婦になったのだろうかと考える時、やはり行きつく先は自分たちに子どもが出来ないことだと映子は思う。

いくら世の中が変わってきているとはいえ、農家の長男の嫁に、子どもがいないということは、冷たい刃《やいば》となって映子の胸をえぐることがあった。市川の家は本家筋ではないから、そう親戚《しんせき》が集うこともない。が、法事や正月だと、この土地特有の騒々しい宴会が始まる時、かなりの確率で洋一夫婦に子どもがいないことが話題にのぼるのだ。

オレがつくり方を教えてやらっか。

酔っぱらった男が大声で言い、まあまあと姑の正美が低く笑う場面は、映子にとってもう馴《な》じみのあるものとなっている。

映子さんはまだ若いからね、私は少しも心配してないんだよ。まあ、いいさ、そんなことは他人が心配することじゃないんだからね。

嫁を庇《かば》い、自分の大らかさを見せるようでいて、正美の言葉はひとつひとつトゲがある。そのトゲは、嫁と呼ばれる女にだけわかる暗号のようなものだ。そしてその暗号は、宴席の最中、何度も何度も発せられる。そしてもっとつらいことは、そうした最中、ずっと無言でいる夫の表情から、映子が何も感じとることが出来ないことだ。諦《あきら》めなのか、それとも自分へのいたわりなのか、映子は年ごとに夫の心がわかりづらくなっている。

ああ、いやだ、いやだ。どうしてこんなことを朝っぱらから考え始めたのだろうか。これというのも美和子のせいだと、赤いソアラが走り去っていった方向を、いつしか映子は睨《にら》んでいる。

正月というのは、地方に住んでいる者にとって、楽しさと迷惑が半々に入り混じった季節である。

この時期、多くの人間が帰省してくるが、彼らは暇を持て余しては、旧《ふる》い友人のところへやってくる。まるで自分たちの退屈につき合う義務があるかのようだ。冬だからといって、農家にすることがないわけでもなく、畑を見守ったり、機械の手入れなど心づもりをしていることも多いのだが、都会から帰ってくる連中はそんなことはお構いなしだ。毎夜のように、近くのスナックから呼び出しがあったり、あるいは酒瓶持参でこちらに来ることになる。

そうはいっても、かつてのクラブ仲間たちがやってきてくれるのは、洋一にとって嬉しいことには違いなく、映子に酒やつまみをあれこれ言いつけて、すっかりかつてのキャプテンの顔になる。部屋から夫の大きな笑い声がもれるのは、映子にとっても心なごむひとときであった。

「これ、持ってってやれし」

姑が無造作に盛った煮物の鉢を、映子に渡した。ダシをとるために姫貝をたっぷり使い、トリ肉のかわりにサツマ揚げを使うのが、この家の特徴である。田舎風の濃い味がよくしみ込んで大層うまい。

「あんらのし、この煮物が好きなんだワ。高校の時なんかは、それこそ鍋《なべ》いっぱいぺろりと食べたもんだワ」

おそらく高校時代、洋一がバドミントン部の仲間を連れてきたことを思い出しているのであろう。正美の機嫌も上々だった。

映子は居間の襖《ふすま》を開けた。掘りごたつに六人の男が座っている。いくら大きなこたつだといっても、四角のものだから二人がはみ出すような格好になっているが、その二人がいちばん酔っている。

「あ、映子ちゃん、悪いねえ」

「映子ちゃんなんて、お前、なれなれしいぞ、もう市川の奥さんだからな」

まるで掛け合い漫才のようなにぎやかさだ。どれも見知った顔ばかりで、映子は久しぶりに同じ高校を卒業した男との幸福を感じた。かつて青春を共有していた者たちが、夫の友人として自分の前にいる。中年の門がそう遠くないところに見えていても、皆同じような方言で喋《しゃべ》り、同じ思い出を持っているのだ。

「映子ちゃん、映子ちゃんも一杯やれし」

男の一人がグラスを差し出す。

「私は駄目だよ。まだ台所のことをやらんとならんしさ」

「いいじゃん、オレんとうさ、すぐに帰るからさ」

「嘘《うそ》つけ。どうせ朝まで飲むつもりずら。おい、映子、そん時は毛布一枚配給してやれな。毛布一枚だけでいいぞ」

洋一も珍しく軽口を叩《たた》いた。

「ヨシノブは何で来んだ？　電話をしただか、あいつ、東京から帰ってきてるずら」

「それがさ、子どもが熱を出しただと。それで村田医院へ連れてくって言ってた。ほら、あのうちの子ども、まだ小さいら。本人もおろおろしてた」

「変わりゃー変わるもんだよな。あのヨシノブがよオ」

「タケカズは、奥さんの実家行かんきゃならんから、帰ってこんだと」

彼らの間で交される、ヨシノブとタケカズという男たちに、映子は会ったような気もするし、一度も会わなかったような気もする。いずれにしても、顔を見ればすぐに誰かわかるはずだ。かつて体育館で一緒に汗を流した少年たちである。

「そういやあさ……」

この地方名物の、モツの煮込みに箸《はし》を伸ばしながら、水上という男が言った。

「美和子が離婚したんだってな」

「嘘だろ」

「やった」

ウイスキーを飲んでいた男たちは、いっせいに奇声を発した。

「何でまた離婚したんだよ」

「そんなこと、オレが知るわけねえじゃん」

「あいつが浮気でもしたんじゃねえか」

「そんな根性はねえってば」

「あれは根性でするもんかよ」

男たちの、十七の少年の好奇心に、三十代の卑猥《ひわい》さを混ぜ込んだ、さまざまな発言がとびかう。

「とにかくオレたちでお慰めしなくっちゃな」

「そうだ、そうだ」

かつて美少女といわれ、アイドルのように扱われていた美和子の威光は、まだ衰えてはいないらしい。酔ったふりをしながら、みな確かに興奮していると、映子は冷たく見据えている。

「美和子をここに呼ぼうぜ」

「そうだよなあ、やっぱり、味方になってやれるのはオレたちだよな」

いっせいに芝居がかった声を出すのは、あくまでもこれは遊びだということを示すためなのであろう。それならばこの家でやるのではなく、外のスナックででもやってほしいと映子は思う。

「おい、誰か、美和子の電話番号知らないか」

「うちに行きゃ、わかるかもしれんけんど」

「ほら、あのうち、丸屋葡萄園っていう名ずら。だから一〇四で調べりゃ、すぐにわかるさ」

その時だ、洋一が静かに言った。

「映子が知ってるワ」

そして顔を妻の方に向ける。

「映子は美和子さんと親友なんだワ。いつも電話をしてる仲だから、番号は空でかけられるワ」

映子はぼんやりと夫の顔を見つめた。洋一の意図が全くわからない。自分を美和子と親友だと、本当に無邪気に信じているのであろうか。それとも自分の力を誇示したいがために、かつての友人たちの前でそんなことを言い出したのであろうか。

ここにいる男のほとんどは、夫と美和子がつき合っていたことを知っていたはずだ。それなのに、ここに呼び出そうと口々に言うのは、つき合っていたといっても、たかが十八、九のことで、その内容もしれている。それにつき合ったといっても、おそらく洋一が熱を上げていたのだろう。誰もが経験した、若き日のちょっとした出来ごとではないかと、彼らは心の中でかすかに見くびり、同時に微笑ましく思っているに違いない。

そうした気持ちに同調出来ないのは、映子の心が意固地になっているからだ。そして映子を意固地にしているのは、洋一との夫婦関係である。

二人がすんなりといっている夫婦であったら、ここで美和子のところへ電話をするなどというのは造作もないことだと思う。

「ほら、あなたのかつての恋人」

と、笑って受話器を渡してやれただろう。が、今の映子は心が固くこわばったままだ。それなのに手は勝手に動き、隣りの男のグラスにビールを酌《つ》いでやったりしている。このままやり過ごすことが出来たらどんなにいいだろう。

「映子ちゃん、美和子を呼んでよ」

その相手が甘えた声を出す。映子はとっさによい方法を思いついた。彼らの酔いを利用してやんわりと拒否するのだ。

「駄目だよ、こんな酔っぱらいの巣」

映子は冗談めかして聞こえるよう、語尾に抑揚をつける。

「このメンバーじゃ、美和ちゃんも嫌がって来ないよ」

「そんなことねえってばさあ」

一人の男が口をとがらせた。

「とにかく誘ってみなきゃわからないじゃないか」

「映子、電話をしろ」

洋一の言葉で映子は観念した。これ以上愚図っていたら、おかしな風に見られることであろう。それに今日は正月の二日だ。美和子のことだから、どこかへ出かけている可能性の方が強い。それを祈りながら、映子は棚の上のコードレステレフォンを耳にあてた。男たちがじっとこちらを見ている。そこには確かな真剣さがある。かつての幼い性欲が急によみがえったかのようだ。

呼び出し音が聞こえる。そして美和子の明るい声がそれにとってかわった。

「はい、丸屋葡萄園です」

「あっ、美和ちゃん」

映子は出来る限り、やさしく親し気な声を出した。今や自分の矜持《きょうじ》を守るのはそれしかないと思う。

「あのね、今、主人の友だちが来てるのよ。憶《おぼ》えてるかしら、バドミントン部の人たち、みんなここで、かなり酔ってんだけど……」

ここで映子はひとつの企《たくら》みをした。〝かなり〟と〝酔って〟をことさら強く発言したのだ。

「それでね、美和ちゃんにここに来てくれないかって、皆さんが言ってるんだけどね」

「奥さん、ちょっと」

いきなり手が伸びて、受話器は隣りの男に奪われた。

「もしもし、三枝《さいぐさ》さん？」

美和子を旧姓で呼んだ。おそらくかつては口をきくことも出来なかったであろう憧《あこが》れの少女を、彼はいま歳月というものを味方にして、図々しく呼びかけている。

「オレ、前島カズキ、えっ、憶えてるって。嬉しいなあ……」

貸せ、貸せと、今度は別の手がそれをひったくる。

「オレ、伊藤ミツヒコ。オレは憶えてるら、ほら、一緒に皆でスケートに行ったことがあるじゃん。そう、そう。ね、待ってるから来《こ》うし、市川ワイン、わかるら？」

受話器を置いた彼の顔は、勝利の喜びに輝やいていた。

「来るってよ」

「やったア」

歓声があがる。映子は夫の顔を見ない。それだけはしてはいけないような気がする。

手がかじかんだような気がして、あわててこたつの中に伸ばす。その時、夫以外の男の手に一瞬触れた。

3

ものの二十分もしないうちに美和子はやってきた。暮れに見たものとは違う黒のコートを着ている。アルパカというのだろうか、毛足の長い不思議な素材だ。それを脱ぐとやはり黒のニットワンピースを着ていた。そう露骨なかたちではないが、めりはりのある体の線がかなりわかるワンピースだ。このあたりで真冬に、こんな薄いものを着ている者はいない。たいていの女たちは着ぶくれた上に、厚さが五ミリはあるかと思われるタイツを履いているのが常だ。

美和子は光沢のある黒のストッキングにつつまれた足を、くねっと斜めに折り曲げて座った。

「あ、これ、貰《もら》いものだけど……」

洋酒の瓶を映子に差し出す。そしてあらたまった様子で頭を下げた。

「あけましておめでとうございます。今年もよろしくね」

それを合図に、一座の男たちはとたんに図々しく饒舌になった。

「久しぶりだね、美和ちゃん」

まあ、一杯やろうよとビールを酌ぐ。

「あんまり飲ませないでね。私、車だから困るよ」

「心配いらんってば。オレはさ、ここの交通指導ボランティアだから、警察にも顔がきくだってばさ」

野川といって、地元の自動車販売会社に勤めるひょうきん者だ。

「美和ちゃん、相変わらず綺麗だねえ」

「こんなおばさんつかまえてさ、よく言うじゃんけえ」

微笑みながらの上目遣いはあきらかに媚《こ》びというものだ。しかもその視線はさりげなく、す早く行われたので、下品になるどころか、美和子の顔を華やかに彩った。

「あのさ、こんなこと聞いて悪いけんどさア……」

さっきからたて続けに焼酎《しょうちゅう》のお湯割りを飲んでいた、東京からの帰省組の男が声を発した。

「美和ちゃん、離婚したって本当け」

「あら、本当よ」

「こんな美人、何で別れるのかねえ、オレが美和ちゃんの亭主だったら、絶対に別れんけどね」

「ふふっ、小野君が私の夫だったら、どんなによかったらね。きっと浮気なんかしないで大切にしてくれたにね」

美和子は一座の男たちの名前を、正確に知っているようだ。映子にとっては「夫の友人」

という感が拭えない彼らであるが、人気のある美少女だった美和子と男たちとは、在校中さまざまな接触があったに違いない。

「でももうこれ以上いろいろ聞いちゃ嫌だよ。そうでなくても、出戻りの娘ちゅうことで、町中の噂なんだからね」

美和子がおどけたように首をすくめ、男たちはどっと笑った。今日の美和子はいつもと違い、ことさら方言を使う。語尾を強める甲州弁は、しゃれた黒のニットを着こなす美和子に似合っているとはいえない。親しみを表すために、どこか無理をしていると映子は思った。都会から帰ってきた人たちはいつもそうだ。取り澄まして標準語しか使わないか、不自然なほど甲州弁一色にするかどちらかだ。中間というものがない。

ぼんやりと美和子の口元を眺めている映子に、洋一が声をかける。

「おい、氷が無いぞ。気がきかんな」

映子は黙って立ち上がり台所に向かう。姑の正美が小豆《あずき》を煮ているところであった。お客たちのために汁粉をつくっているのであろう。酒飲みたちがそんな甘いものを食べるものかと、映子は腹立たしくなってくる。姑はいつもそうだ。自分のすることがすべて正しいと信じている。結局余った汁粉は何日かかけて食べることになるのだろうと、映子は今からうんざりした気分になってくる。

冷凍室のドアを音をたてて開ける。が、映子の乱暴さとは裏腹に、ロックアイスは二、三かけらビニール袋に残っているだけであった。

「うちの氷はさっき使ったよ。固まるにはまだまだ時間がかかるさ」

正美は勝ち誇ったように言う。

「お正月に氷がいるなんて、わかりきってることじゃんけ。どうして暮れに多めに買っとかんずらかね」

「今、買いに行ってきますから」

自分でも驚くほどざらついた声が出る。いつもだったら、やり過ごすことの出来る姑の嫌味なのに、今の映子はそこで立ち止まる。夫の洋一にしてもそうだ。ウイスキーに入れる氷がないからといって死ぬわけではあるまい。それなのにどうしてみんな、自分に睨みつけるような視線と声を向けるのだろうか。自分はそれほど咎《とが》められるようなことをしているだろうか。

「〝大木屋〟は休みだよ。今日はまだやっちゃいんよ」

「だったらコンビニへ行きますよ。あそこだったら元旦から開いてますからね」

映子はハーフコートをひっかけて車庫へ向かった。寒さのためにエンジンがなかなか暖まらない。ハンドルを握ったまま、しばらくそのままでいた。瞼《まぶた》の裏側がふっと熱くなり、映子はそのことに驚かされる。泣くほどのことは何もない。そんなしおらしい年齢でもなかった。それなのに、かじかんだ心と体はなかなか元に戻らないのだ。

あの座敷に帰りたくないと映子は思う。甲州弁を乱発する美和子を囲んで、男たちは盛り上がっているだろう。かつての憧れの的だった女が、年齢を加え、不幸を身につけて帰ってきた。ゆえにずっと近い存在になったことで、男たちははしゃいでいる。洋一さえもそうだ。

許されるならば、このままどこかへ走っていくことが出来たらどれほどいいだろうか。が、映子はわかっている。自分は国道沿いにあるコンビニに行くだけだ。そして手早く氷とつまみを籠《かご》の中にほうり込み、レジに向かうだろう。そして大急ぎで帰ってくるに違いない。しかし映子が運んできた氷を見て、洋一は言うだろう。

「遅いな、どこまで行ってたんだ。買ってきたのか。仕方ねえな」

ねぎらいの言葉などまるでない。映子が氷を買い整えて、そこにいるのが当然だと誰もが思っている。昨日まで、いや、さっきまでぼんやりと続いていた日常が、急に悲しくつらいものとなって、映子にかぶさってくる。

「えい、やっ」

滑稽《こっけい》なほど大きな声をかけて、映子はギアを入れた。


明日の朝まで飲み続ける、などと威勢のよいことを言っていたくせに、男たちは早々と引き揚げていった。これは、一時間もしないうちに美和子が帰ったこととは関係ないようだ。

「もうみんな、昔みたいに無茶は出来んっていうこんさ」

正美が言う。

「正月で、嫁さんや子どもを構ってやらなきゃならんからね。そう遅くまで飲み歩くことは無理さ」

洋一はどうやら飲み足りないらしく、近くのスナックへ行くと言って出かけた。こちらからも呼び出しがかかっていたのだ。

洋一が出かけてしばらくたった頃、居間の電話が鳴った。食器を洗っていた映子は時計を見る。夜の十一時をまわっていた。正月でなかったら、田舎では絶対といっていいほど電話がかかってくるはずもない時間帯だ。おそらく、洋一の友人からだろう。

「もし、もし……」

「あのね、映子ちゃん」

最初の声にかぶさって、公衆電話のコインが落ちる音がした。佐知からだった。

「映子ちゃん、一生のお願い、聞いてくれる」

「何なのよ」

「あのね、お願い。〝キララクラブ〟に今すぐ来てくれない。理由は来てくれたら話すから」

「いったい何なのよ……」

「お願い、とにかくすぐ来て。六号室にいるから」

電話は切れた。佐知の様子はただごとではない。しかし呼び出した先が、近所のカラオケ・ボックスだということにおかしな矛盾がある。

映子は廊下に出て姑の部屋を眺めた。あかりは消えている。どうやら昼間の疲れでとうに眠りについたらしい。洋一も、あとしばらくは帰らないだろう。

「ちょっと出かけてきます」

と電話のメモを千切って書こうとし、やはりやめた。氷を買いに行った出来ごとが、まだひっかかっているのだ。夜中に洋一が帰ってきても妻はいない。それで少し慌てたら、それはそれで小気味いいような気がする。

夜がふけると、あたりの空気はさらにしんと張りつめて、車を動かす音があたりに大きく響く。夜の十時を過ぎると、真暗になる道であるが、今夜は両脇《りょうわき》の家々に暖かい灯がついている。この町も後継者問題が慢性化していて、多くの家は老人ばかりだ。しかし今夜は都会から、息子や娘たちが子どもを連れて帰ってきたのだろう。このあかりは、つかの間の幸福のあかしなのである。

そしてキララクラブは、この灯も途絶えた葡萄畑の中にある。この黄色のモルタルづくりの建物が、突然畑の中に出現した時はみな驚いたものだ。しかしスナックで歌う料金の四分の一で済むといって、最近は大層人気がある。映子も友人たちと時々訪れる場所だ。昼間は主婦をあてこんで、割引料金となっていた。

さすがに今日はどの部屋も埋まっている。右側からは演歌、左側からはラップを聞きながら、映子は廊下を歩いた。ここに来るまでに深刻な思いはすっかり薄れている。単に酔っぱらった佐知が、映子を呼び出しただけなのだ。

六号室のドアを開ける。意外なことに、佐知はひとりであった。おまけに音楽は何もかかっていない。ひどく疲れた様子で、佐知はソファに腰かけていたのだが、映子を見るとはじかれたように立ち上がった。

「ああ、こんなに早く来てくれてよかった！」

「いったいどうしたのよ」

しかし佐知はその質問には答えず、反対に映子に問うてくる。

「ねえ、家を出る時困らなかった。姑さんとか、洋一さんに何て言ってきたの」

「何って……。うちの人は飲みに出かけたし、お姑《かあ》さんは寝ちゃってるわよ」

「ああ、よかった」

佐知の目に狡猾な色が走った。

「じゃ、映子ちゃんが出てくるの、誰にも見られてないのね。今、ここに来たの、知ってる人、誰もいないのね……」

「いったいどういうことよ」

佐知の身勝手さに映子は腹が立ってくる。

夜の十一時に自分は呼び出されたのだ。普段だったら主婦が来れる時間ではなかった。

「あのね、ちょっと困ったことになっちゃったのよ」

佐知は再び力なくソファに腰かける。カナリア色のモヘアのセーターが、明る過ぎる照明の下で白く沈んで見える。佐知がいつもよりもはるかに若やいだ格好をしていることに、映子はある予感を持った。

「私、今日、ちょっとデイトしてたのよ……」

佐知は不貞腐《ふてくさ》れたように語り始めた。その間も映子の顔を見ないようにする。

「実家寄って下二人はそこに預けて、それから谷村さんたちと会うってパパには言ってきたのよ。そうしたら下の子が急に熱出して、パパがあちこちに電話をしたらしいの。それでさっき、もうじき帰りますって言ったら、いったいお前、どこにいるんだって怒られちゃって……」

佐知の夫の顔を思いうかべた。高校時代からのつき合いを実らせて結婚した佐知は、すぐに母親となり円満な家庭を営んでいる。別居して家を建ててもらい、優しい夫と可愛《かわい》い三人の子どもという、あまりにもスムーズに手に入れた幸福は、佐知をいささかつけあがらせていたらしい。その相手とは半年ほどのつき合いだという。

時々出かけていく石和のスナックで知り合ったという男は、東京からの出張族だ。仕事の都合で、月に三日か四日は泊まりがけでこちらにやってくる。その時に会うのが、佐知の何よりの楽しみになった。今日も正月二日だというのに、日帰りで甲府に来るという彼と、石和のモーテルへ出かけた。しかし今まで非常にうまくいっていた情事に、思わぬところから大変な危機が訪れた。いったいどこにいるのだと怒り狂う夫に、佐知はまた嘘を重ねてしまう。実はカラオケ・ボックスで、夕方から遊んでいたと言ってしまったのだ。

「それがまたバレたら、どうするつもりだったのよ。ねえ、その男の人と結婚するつもりなの。お互い家庭を捨ててもいいと思ってるわけ」

「いやだア……」

佐知は笑い出した。その様子は無邪気といってもいいぐらいで、映子は呆然《ぼうぜん》とする。少女の頃からよく知っている佐知は消え、全く別の女が目の前に出現したかのようだ。黄色をまとったその女はなぜか先ほどからじわじわと映子を圧迫している。体臭の入り混じった温かさを感じ、映子は息苦しさのあまり吐きそうになった。

「映子ちゃんってイヤだ。あっちだって奥さんや子どもがいるだよ。結婚なんてするわけがないじゃんけ」

「だったら、どうしてモーテルへ行ったりするの。あんたは母親なんでしょう。こんなことが知れたら大変なことになるよ」

「わかってるわよ」

佐知はぷいと横を向いた。その顎の線がかすかに崩れているのを映子は見てとった。同級生で同じように母親となっても、都会で暮らしてきた美和子と佐知とは、老いていくスピードがかなり違う。美和子にある、ぴんと張りつめた直線が、地元の農家の妻となった佐知には少ない。よく動く黒目がちの目が愛らしいといえば愛らしいが、近頃めっきりと肉がついてきたとこぼす小太りの体といい、中途半端なパーマの髪といい、平凡でゆるやかな母親だ。この佐知が密《ひそ》かに不倫を重ねていたとは、まだ映子には信じられない。これほど近しい友人が、ドラマに出てくるような秘密を持っているなどというのは、本当のことだろうか。

「あのさ、つい魔がさしたっていうか、このことをいちばんびっくりしてるのは私なのよ……」

佐知はウイスキーのグラスをいじる。テーブルの上に置かれたボトルには、佐知の夫の名が記されていた。夫婦でよくこのカラオケ・ボックスに来ているのだろう。浮気が露見しそうになった時、佐知は夫婦いきつけの店に飛び込み、とりあえずアリバイをつくろうとしたのだ。これはやはり知恵というものだろうか。

「私さ、何だかさ、落ち込んでた時でさ。このまま田舎のおばさんで終わるんだなあって。知ってる男の人っていえばうちのパパだけで、恋愛なんて後にも先にも一回だけ」

「みんなそうよ。さっちゃん、小説に出てくるみたいな人生、普通の人は送れないんだからさ」

「そんなこと、わかってるってば」

佐知はグラスを手にしたまま、映子に向かって拝む真似をした。

「ねっ、お願い。廊下の電話でパパに電話して。夕方から飲んでて、ぐでんぐでんに酔っぱらってるって、だから帰れなくなっちゃったって。すぐに迎えに来てって頼んでよ」

佐知の傲慢《ごうまん》さは、どうやら不安と恐怖のためらしいと映子にもわかってくる。乱暴にドアを閉めて廊下に出た。佐知の電話番号は空でも押すことが出来た。それがとても癪《しやく》にさわる。

「もし、もし、国枝さん。あっ、宏さんね」

その後、映子はいっきに喋り立てた。もし少しでも間が空いたら、本当のことを話してしまいそうだ。それが怖かった。

「さっちゃんね、宏さんに怒られるんじゃないかってしょぼくれてんのよ。それで私に迎えに来てくれるように頼んでくれって……」

「全く映子さんに迷惑かけて」

佐知の夫はため息まで、人のよさそうな穏やかさだ。ふと〝間男〟という言葉が浮かんだ。知識としては知っていたが、接するのは初めてである。

「そりゃ、正月だもん、子どもを実家に預けて遊びに行くのはいいさ。だけど子どもなんていつ具合が悪くなるかわからん。だから連絡とれるところにいるのは、常識ずら」

「そりゃ、そうだわ。それで美加ちゃんの具合どう」

美加というのは、佐知の末娘で今年八歳になる。

「紅白見たり、ゲームしたりって、夜ふかししたのが悪かったらしいね。まあ、カゼ薬飲ませて寝かしつけたけんどね」

「まあ、そりゃ大変だったわ」

映子はせつなげに声をひそめたが、もう少しで笑い出すところだった。友人の夫に向けて、こんな風に芝居が出来るとは、自分はもはや佐知の共犯者ではなかろうか。

「そんなわけで、こっちに迎えに来てくれない。私が送ってってあげてもいいんだけどさ、それじゃあの人、帰りづらいみたい。それから、あんまり怒らないでね。さっちゃんもちょっとハメをはずしたくなっただけなんだから」

ハメをはずして、あなたの妻は浮気をしたんですよと映子は口にしてみたい誘惑にかられる。

それにしても佐知の浮気などというのは、本当に起こったことなのだろうか。

「仕方ねえなあ……。あと三十分もしたらそっちへ行くって言ってくれんかね。全く佐知の奴《やつ》、帰ってきたら尻《しり》をぺんぺんしてやるか」

宏の口調は、すっかり恋女房に対するそれになっている。今度は映子は本当に笑い出した。

「そうね、それもいいかもね。女なんてすぐにつけあがるからね」

その時浮かんだのは、佐知の顔ではない。黒いニットを着た美和子だった。

4

佐知の一件は、映子の心に大きな衝撃を与えた。あの時はぼんやりとしていたが、それは日がたつにつれ、ますます大きくなっていくようである。

「お願い。映子ちゃんとここに、ずうっとここにいたことにしといて」

両の手を合わせるようにしたしぐさや、

「知り合ってすぐかな、まあ、モーテルに行くような仲になったワケ」

などとやや得意気な口調を、映子はふと何かの折に思い出しては、苦いものがこみ上げてくる。それはまさしく嫌悪というものであった。

浮気をする人妻の話など、いやになるほど耳に入ってくる。先日も近くのドライブインの若女房がさんざんもめた揚句、夫と離婚したというニュースが流れたばかりだ。彼女は店に来る常連のひとりと恋仲となり、今はもう一緒に暮らし始めているという。

これは露呈した例であるが、噂《うわさ》になっている女たちは町で何人もいる。が、そうした女たちはいつも自分と遠いところにいると映子は考えていた。自分の家族、幼馴《おさな》じみ、そして近所の顔見知りの人々は、あくまでも噂する側であり、決して当事者にはならないものと信じていた。

ところがどうだろう。平凡な農家の妻で、幸福な母であったはずの佐知が、密かに情事を重ねていたというのである。

「だって、このまま田舎のおばさんのまま終わっちゃうかと思ったら、すごく嫌だったんだもの」

佐知は言ったものだ。

「だって私、恋愛したのはたったひとり、うちのパパだけなんだよ。そんなの、すごくつまらないと思わない」

高校時代の恋を実らせた自分たちの律儀さや純粋さを、佐知はよく惚気《のろけ》たものではないか。それなのに今や、そのことを恨みがましく佐知は言いつのる。

「ねえ、映子ちゃん、こわくない。このままさ、ただ年をとってくばっかりの人生、すっごく嫌だと思わない」

のようだ。

そう突然ナイフのような質問をつきつけてきた佐知を憎いとも思う。彼女に対する怒りや嫌悪は、他人に言えないものだけに、またぐるりとまわって映子の内側に入り込んでくるかのようだ。

こわいか、嫌かと問われれば、今の映子はうまく答えることは出来ない。このまま三十代後半になり、そして四十代になることは、嫌だといえば確かにそのとおりだが、しかし年をとることは人間ならば避けられないことだ。もっと別の人生もあったかもしれぬが、生まれ育ったこの静かな町で、ともかく夫がいて、自分の親の近くにも住める幸福というのは、何ものにも替えがたいような気がする。

幸福かどうかなどというものは、毎日ぐらついている秤《はかり》のようなものかもしれない。その時々の出来ごとで、片方が重くなったり、軽くなったりするのだ。

そして映子は四日前のことを思い出している。あの日は確かに、不幸の方の秤がぐんと重くなったものだ。

正月の五日、機嫌よく「いとこ会」に出かけた正美が帰ってきたのは、かなり夜も更けた頃だ。「いとこ会」というのは、正美の十二人もいるいとこたちが、二年に一度会費制で楽しむ集いだ。たいていは、この近くに住んでいる者たちばかりであるが、中には二人か三人、東京に出て活躍している者もいる。正美はそれが自慢であった。中でひとり八王子の医師に嫁いでいる女がいた。かなり羽ぶりがいいらしく、正月は海外旅行に出かけていることが多い。その金持ちの医師夫人が久しぶりに「いとこ会」に出るというので、正美は喜んで土産物を包んだりしていたものだ。

その姑《しゅうとめ》が、帰ってくるなり、

「映子さん、ちょっとここに来てくれない」

と声をかけた。当然のことであるが、姑があらたまった様子で声をかけるというのは不吉な前兆である。いいことが起こるはずもない。その時、無意識のうちにエプロンをはずしたことを、後で映子は悔いることになる。

正美はこたつの上に茶封筒を置き、それを映子の方に差し出した。

「何ですか、これ」

「東京の不妊治療専門のパンフレットなんだワ。邦子さんに前に相談したら、ここがいいんじゃないかって紹介してくれたんだワ」

邦子というのは、どうやら八王子に住む医師夫人らしい。映子をまず襲ったものは、怒りや悲しみではなく羞恥《しゅうち》であった。姑に自分たちの寝室を覗《のぞ》かれたような気がして、思わずうつむいた。

「映子さんもさ、こっちの病院じゃ通いづらいと思うワ。ねえ、私も協力するから、東京の病院でちゃんと診てもらったらどうずらね。今じゃ、ちょっと薬や注射をすれば、すぐに子どもが出来るっていうよ」

「あの、お姑《かあ》さん……」

やっと声が出た。

「このことは洋一さんも知っていることなんですか」

「知ってるって言われても困るけんどさあ……」

正美はちらりと戸口の方を見た。が、毎晩新年会といって飲み歩いている洋一が、こんな時間に帰ってくるはずはなかった。

「私がちろっとこのあいだこの話をした時にゃ、何にも言わなかったけんどね、あの子だってもう三十五になるからね。そりゃあ子どもが欲しいに決まってるじゃん。もう同級生の子どもはみんな小学生だもんねえ」

映子は唇を嚙《か》んだ。このことはどうやら姑と夫が共謀したことらしい。今までの夫だったら、姑が子どものことを持ち出すたびに、

「もう、うるさいなア。ごちゃごちゃ言わんでくれ」

と怒鳴ってくれたものだ。それが今回はおとなしく母親の言うことを聞いていたらしい。共謀、これが共謀でなくて何だろう。子どもという問題に関して、もはや二対一という関係が出来上がっているのだ。

「うちのお父さんも、そりゃあ孫を抱きたかったと思うワ。だけどそんなこと何にも言わないで死んでっただけんど、私はまだ生きるつもりだからね。ちゃんと洋一の子どもを抱いてみたいと思うんだワ」

姑は今、〝洋一の子ども〟と言った。子どもは二人のものでなく、夫の子どもと言うならば、どうして自分だけが責められなくてはならないのだろうか。だいいち、子どもをどうす

るか、などということは夫婦の問題ではないか。洋一を通じてあれこれ言うならともかく、こうして病院のパンフレットをつきつけるなどというのは、あまりにも乱暴な行為だ。

さまざまな言葉が胸にいちどきに押し寄せてくる。それを舌にのせてもいいのであるが、ぐいとまた呑《の》み込むのは、映子の心のどこかにひけめがあるからに違いない。いくら近代的になったといっても、農家の長男の嫁が子どもを産めないつらさはやはりある。実家の母親もそれは同じらしく、

「甲府の県立病院でも行ったらどうかね」

と遠慮がちに何度か言ったものだ。

しかし実の母親と姑に言われることの重みはまるで違う。映子はやっとのことでこう言った。

「それじゃお姑さん、このパンフレット預からせてください」

それを読もうと思ったわけではない。ただこたつの上に置きっぱなしにして、洋一に見られたくなかったからだ。「不妊」という言葉は、実は姑よりも夫の目に触れさせたくないものかもしれない。

映子は再び思う。幸福かどうかを計る秤は、いつもぐらつく。しかし幸福という方に安定した重しになるものがあり、それが子どもというものかもしれない。その重しがないからこそ、自分は人の言葉、人の行為で、こうしてぐらりぐらりと揺れてしまうのだ。

しかし、三人の子どもという重しがあった佐知も、ぐらりと反対側にかしいでしまう。本

当に人間というものは、どうしたらしんから幸福になれるのだろうかと、映子は小さなため息をついた。

その日の夕方、映子はひとりで花壇の手入れをした。そろそろ球根を植える準備をしなければいけないものがあったからだ。

市川ワインは、敷地を入ると右に屋敷と工場、左手に観光葡萄《ぶどう》園が拡《ひろ》がっている。観光葡萄園といってもそう広いものではないが、観光バスが入って来られるように棚はぐっと高く上げてある。この隅の方に映子は小さな花壇をつくった。

忙しいのにそんなことまでしなくていいのにと、姑の正美は嫌な顔をしたものであるが、それでも春にはヒヤシンスやチューリップ、秋にはコスモスと貴船菊《きぶねぎく》が咲いて観光客たちを喜ばせる。

農家の娘に育ち、農家に嫁いだといっても、映子はほとんど土をいじったことがない。実家の両親、ことに母親が映子が畑に出るのを嫌ったのだ。同級生の話を聞いてもみんなそうらしい。よほど忙しい時に、申しわけ程度に手伝ったぐらいだ。短大時代や保母時代には、全くといっていいほど畑に行った記憶はなかった。

市川の家では、ワインに使う葡萄は近くの農家から買い取っていたから、映子の出る幕はなかった。裏庭でつくるわずかな野菜は、姑の担当である。

「うちの嫁には、草一本抜かせたことがない」

というのが、正美ばかりでなくこのあたりの女たちの誇りであるらしい。もちろんこの後にいくつかの言葉が続く。

「全く今じゃ、農家の嫁ぐらいいいもんはないと思うよ。みんなが寄ってたかって機嫌をとるだからね。家の中のことだけさせて、みんな外にはいっさい出さん。おかげで顔も手もすべすべ白くて、サラリーマンの奥さんとちっとも変わらんよ。それなのに農家に嫁に来るのは嫌がられるだからね。全くこっちらは立つ瀬がないよ」

姑がそんな風に近所の女たちと話しているのを何度聞いたことだろう。だから姑は、映子が花を育てることにいい顔をしないのだ。金になる作物をつくっているならともかく、自分の趣味で手を荒れさせ、陽灼《ひや》けしていることは正美にとってどうやら我慢出来ないことらしい。

「あんたの実家は、好きであんたが土いじりしてるのわかってるずらね」

と時々皮肉を言うことさえあった。

映子はやや意地になって、土を掘り起こす。畑に出さないことぐらいが、何だと言うのだ。その代わり自分は、工場の帳簿づけや、パートのおばさんたちの食事の世話と、多くのことをやっているではないか。夏から秋にかけていつも感じる恨みや憤りを、冬のこんな時にふと思い出した。

黒い土は固く、スコップがなかなか入らない。映子は片足を重しにしてスコップを土の中につき差した。昨年の暮れからずっと嫌なことばかり続くのはなぜだろうか。冬の土は冷たく凍ったままで、自分の心もかじかんでいるかのようだ。

その時、一台のパジェロが門を抜けてゆっくりと入ってくるところであった。店の前でぴったりと停まる。助手席からひとりの男が降りてきた。四駆を見た時から、若い都会の男が乗っているのだろうと想像していたのであるが、その男は老人で半分白くなった髪を後ろに撫《な》でつけている。しばらく後、運転席から男が降りたった。着ている紺色のダッフルコートは彼を学生のように見せているのであるが、男の年齢はよくわからない。ものごしや顔の様子は三十を過ぎているようにも見える。

「こんにちは」

若い方の男が言った。にっこりと笑いかけた様子は、ひどくもの慣れた感じだ。

「こちらのワイン工場の方ですか」

「ええ、そうですけど」

映子はスコップを土の上に置いた。

「ああ、よかった。開いてましたよ、先生。日曜日だからやってないかと思いましたけど、よかったですね」

先生と呼ばれた年配の男はそれには答えず、ゆっくりとあたりを見渡した。が、まるで子どものような無邪気な好奇心に溢《あふ》れていて、そう嫌な感じではない。

「僕たち東京から来て、甲府の県立美術館へちょっと用があった帰りなんです。そこの観光葡萄園にちょっと寄って、ワインを試飲させてもらったんです。そうしたらおたくのワインがすごくおいしくって、じゃついでに工場を見せて貰《もら》おうということになって」

若い方の男の多弁さを、さらに補うように白髪の男がにっこりと笑った。

「いや、僕は前から甲州ワインのレベルは、最近なかなかのものだと思ってたんだけどね。みんな平均以上になった分、これぞといったものがなかった。その点おたくのものはピンときましたね」

「この際だからちょっと買い占めて帰ろうってことになったんですよ」

「そうですか、どうぞ、どうぞ」

映子は男たちを店の中に招き入れた。椅子《いす》を勧め、棚の酒瓶を指さした。

「お気に召した種類はどれだったでしょうか。うちは赤と白、スペシャルセレクト、それから貴腐ワインの四種類をつくっているんですよ」

「白がおいしかったですよ、奥さん」

先生と呼ばれた男が言った。

「ゆっくりと飲ませて貰っていいですか」

「もちろんですよ」

映子は試飲用の小さなグラスでなく、普通の大きさのグラスを二つ出した。それにいつも置いてあるチーズと馬肉のジャーキーを添える。

「あ、僕は結構です。車ですからね」

若い男はコートを脱いでいるところであった。男は黒いセーターに、白がかったグレイの上着を着ていた。どうということもない服装であるが、ひどくしゃれていると映子は思った。

「それならば、熱いお茶をお持ちしましょう」

「恐れ入ります。突然やってきて飲ませろ、なんてへんですね」

男は笑い顔がよかった。目がとたんに細くなって、ひどく人懐っこい感じになるのだ。

「いいえ、うちは葡萄酒屋ですから、飲ませてくれっていうお客さまは大歓迎なんですよ」

といっても、誰にでもこんな風につまみやワインを気前よく出すわけではない。先ほどから白髪の男のワイングラスを持つ手つきは、映子に心地よい緊張をもたらしていたからだ。

「あ、僕はこういう者です」

男はふところに手をやり、名刺を差し出した。東京の飯田橋《いいだばし》の住所と「園田出版　渡辺直哉《わたなべなおや》」という名前が印刷されていた。

「マスコミの方ですか……」

映子は身構える。以前情報誌に載せてやるようなことを言われ、かなりの広告料を騙《だま》し取られそうになったことがあるのだ。

「いいえ、マスコミなんて大層なもんじゃありませんよ」

男はまたおかしそうに笑った。

「美術書専門の本当に小さな出版社です。ここにいらっしゃるのは、美術評論家の佐々木宏一《ささきこういち》先生で、今日は先生のお伴というわけです」

といってもその男の名を映子が知っているはずはない。ただ佐々木という男の皺《しわ》の深い横顔を見れば、彼がなみなみならぬ教養の持ち主だということはすぐにわかる。ふうーんと彼はつぶやいて、ワイングラスを鼻に持っていき、香りをきいている。自分の家のワインは、そんなふうに飲んでいただくほどのものじゃありませんよと映子は少々赤くなった。

「あの、主人がいればいろいろご案内、ご説明出来るんでしょうけど、今はちょっと出かけているんですよ」

「あのね、奥さん、言ってもいいかしら」

佐々木の声はややかん高く、不思議なイントネーションがある。おそらく外国で長く暮らしたことがあるのだろう。

「ミラノに、これと似たのがあるのよ。あのね、ミラノの工業地帯の真中に、本当に小さな葡萄畑があるの。そこを遺産でもらった男が一生懸命頑張ってつくったワインがあるの。まだ荒っぽいんだけど、ヘンにおかしな個性があるワインなんだ。おたくのは、あそこのワインによく似てるよ」

「まあ、ありがとうございます」

「あのさ、おかしなものも入ってないし、すごくいいワインなんだけど、でもね、やっぱり何か決定的なものが欠けてんの。惜しいよ、残念だよ。僕、最近甲州ワインでこれだけのもの、ちょっとあたらなかったのに、やっぱり輸入ワインに伍《ご》してく何かがないの」

映子は混乱し始めた。この男は自分の家のワインを誉《ほ》めているのだろうか、それともけなしているんだろうか。

「とりあえず五本もらってきますよ。そして僕のカーヴに半年ぐらい寝かせてみます。それからどんなふうに変わるか見てみましょう」

佐々木は立ち上がりながら、そして改めて気づいたように映子に目をとめた。

「あなた、ここの奥さんですか」

「ええ、そうなんですけど、私は売店を手伝うぐらいで、ワインづくりは専ら主人とパートの人たちなんですよ」

「そりゃあ惜しいよなあ」

佐々木はねえと、渡辺という出版社の男を振り返った。

「僕が自分の葡萄園とワイン工場持ってたら、それこそのめり込むよ。夢中になるよ。こんな楽しいことないのに、残念な人だねえ」

「実際は大変な仕事で、とても、とても……」

映子は渡辺と目が合う。この男はすべての女を、こんな風に見つめるのだろうかとふと思った。

目を伏せ、ワインをさらにグラスに注《つ》いだ。

「あ、どうもありがとう、奥さん。とってもおいしい」

かん高い声で佐々木が言う。

奇妙な二人連れは、そんな風にして映子の前に現れたのだった。

5

「先日は本当にありがとうございました。突然お邪魔をしたくせに、あれを飲ませろ、工場を見せろ、などといろいろ要求して、さぞかし呆《あき》れられたことでしょう。

けれども佐々木先生は、帰りの車の中で、おたくのワインのことをしきりに誉めていらっしゃいました。日本のワインには珍しく、はっきりとした個性が現れているんだそうです。

僕は先生の担当になって以来、いろいろと教えていただいているのですが、やればやるほどワインの奥の深さにとまどっています。もっと勉強しなければいけないという気持ちと、いやこのぐらいで踏みとどまっておいた方がいいという気持ちとが半々というところでしょうか。

けれどもおたくの葡萄園へ行くと、やっぱりワインはいいなあとうっとりします。ワインは、気持ちがよいところで大切につくられているんだなあってつくづく思います。昔からの屋敷や蔵が、そのまま残っているところがいいですね。

佐々木先生は昔から甲州がとてもお好きで、季節の変わりめには必ず行きます。僕もよくお伴しますが、今度は桃の季節に出かけようという計画をたてています。その時にまたお寄りしたいと思っているのでよろしくお願いします。

またおめにかかるのを本当に楽しみにしています」

渡辺直哉から届いたこの手紙を、映子は何度も何度も読み返した。全くみっともないほどにだ。いったんは店の状さしに入れ、その後は事務所の引き出しに入れた。しかしもうよそう。手紙を日に二度も三度も読み返すなどというのはとても恥ずかしいことだ。ラブレターならともかく、これはただのお礼状ではないか。甲府の県立美術館からの帰りに寄ったという、いかにもインテリ風の評論家と出版社の社員。ワイン好きで相当の知識があるとわかったので、映子は精いっぱいもてなした。工場や蔵も隅々まで案内してやったものだ。この手紙はその際の礼なのである。それ以上の思惑など何もありはしないと思ったものの、映子は「市川映子様」と書かれた封筒の文字が何とも言えず嬉《うれ》しい。結婚した女のところへ届けられる、こうしたフルネイムの手紙は、たいていがデパートやどこかの通販会社からのダイレクト・メイルである。白い封筒に書かれた「市川映子様」という文字は、それだけで秘密めいたにおいがする。

そして末尾に書かれた、

「またおめにかかるのを本当に楽しみにしています」

という文字のやさしさといったらどうだろうか。「本当に」という三文字は、便箋《びんせん》の上できらりと光り、それだけで特別の意味を持っているようだ。映子は何かの暗号を読みとろうとして目を凝らす。「本当に」という文字から、あの背の高い男の肉声が聞こえてこないだろうか。どんな意図で「本当に」などという三文字を入れたりするのだろうか。

が、しばらくすると、苦笑が映子の唇に浮かぶ。

「馬鹿馬鹿しい……」

本当に他人が見たら、頭がおかしくなったとでも言われるのではないだろうか。いい年をした女が、他の男から貰った手紙、それも礼状という儀礼的なものを手にして日がな一日嬉しがっているのだ。が、自分はその愚かさに充分気づいているはずだと映子は思う。また遊びに来る、などと言っているが、彼らはたいてい、そんな約束は忘れてしまう。二年か三年たち、また甲府あたりに来た時に、ここに寄ってくれるかもしれないが、ただそれだけのことだ。自分は初めて会った編集者という種類の男に、ぼんやりとした興味を持ったが、本当にただそれだけのことだ。

春が近づくにつれて、市川葡萄園も次第に忙しくなってきている。晩春から急に増える観光客のために、休憩所に手を入れるのだ。今年は小さなカウンターを設け、そこでグラスワインを飲ませるようにしたらどうかと洋一が提案し、知り合いの大工が昨日から来ている。

三月になると、町が主催し、地元の新聞社が後援するワインセミナーも開かれ、それもこのあたりの者たちの楽しみだ。今年は特に応募者が多かったと聞く。東京からのゲストが、昨年の世界ソムリエコンクールに二位入賞した有名人なのだ。今までそういう催しに行くのは洋一だけで、映子はいっさい足を向けなかったのであるが、今年はセミナーへ出かけてみようかと思っている。というのも、あの佐々木という評論家の、

「家事をしているだけだというのはもったいない。ワインづくりぐらい面白いことはないのに」

などという言葉が、どこか記憶に残っているからかもしれない。

とはいうものの、この町で生まれ、ワイン屋の女房として生活している映子にとって、そんな言葉は、都会に住む人の気楽な感想といった思いがわくのは否定出来ない。葡萄の樹々が活動を始める時期、洋一もしょっちゅう空を眺め、天気予報にチャンネルを合わせる。この季節、盆地には遅い霜が降りてくることがあるのだ。

映子は子どもの頃、父親から葡萄が全滅した時のことを聞いたことがある。

「台風もおっかねえが、霜だってほんとにおっかねえ。ぽかぽかいい天気が続いて、葡萄が芽を出そうか、どうしっかって考えてるような時に、いきなりどかーんと来るんだからな」

映子が小学校に入る年、記録的な霜が降りた。そのために葡萄がすべてやられ、借金を返すためにどれほど苦労したかという話を、ビールに酔った父親はくどくどと話すのであった。

今でも朝起きると、葡萄畑のあちこちで黒い煙があがっているのが見える。冬の冷気を少しでもやわらげるために農家が古タイヤを燃やすのだ。男たちは夜を徹し、黙々とタイヤに火をつける。こんな様子を、あの佐々木という評論家は、果たして知っているのであろうか。

カレンダーが四月に替わった日、佐知が赤飯を届けてくれた。なんでもいちばん上の娘が、今年中学校に入るのだという。映子を浮気のアリバイづくりに協力させた一件以来、その後ろめたさから、電話一本かけてこなかった佐知が、重箱の風呂敷を手にしてやってきた。

「由樹《ゆき》ちゃんはへえーそんな年け？　子どもが大きくなるのはあっという間じゃんねえ」

「やだよ、おばちゃん。下の子だって、もう八歳だよオ」

映子の姑と、如才ない世間話が始まった。

「だけど佐知ちゃんは、ちっとも老けんねえ」

「そんなこん言ってくれるのはおばちゃんだけだよ。午前中入学式へ行ったらさ、そうしたら、もう母親同士同窓会になっちゃってさあ。あんまりみんな老けたから、嫌になっちゃった。お互い顔そむけたよ」

正美のアッハハという笑い声が聞こえてくる。姑は昔から、佐知の開けっぴろげな性格が気に入っているのだ。それよりも好ましいのは、佐知が三人の丈夫な子どもを産んだことであろう。息子の嫁がこっちの方だったらよかったのにという考えが時折通り過ぎるはずで、そんな姑に佐知が他の男とモーテルへ行っていることを告げたらどんな反応をするだろうかとふと映子は意地の悪い考えを持つ。

茶碗《ちゃわん》を持ち、二人が立ち話をしている売店に戻ると、

「あ、いい、いい。構わないで。赤飯届けたらすぐ帰るつもりだったからさ」

佐知が大げさに手をふる。それを汐《しお》に正美は、

「いいじゃん、ゆっくりしてけし……」

と笑い、後ろの戸口から出ていった。嫁の友人が訪ねてきたら、さりげなく席をはずすぐらいの気は遣ってくれる姑である。佐知は言葉とは裏腹に、売店に置いてあるソファに尻を沈めた。入学式のなごりの、いつもよりも濃い化粧をしているが、それがかえって荒れた肌を目立たせる結果となっている。陽にあたることが多いくせに、手入れを怠っている佐知は、シミや細かい皺が年齢の割には多いのだ。彼女が浮気をしているとは映子は未《いま》だに信じられない。それをかえって幸いなこととして、映子はさりげなく話しかける。

「由樹ちゃん、入学よかったねえ」

「それがさあ、小沢久子も米倉かおりさんも一緒だったんだよ。小学校が違うから知らなかったけどさあ、あの人たちも今年入学なんだよねえ」

かつての同級生の名を何人か挙げる。こんなのんびりした話をするために、佐知はここに来たのだろうか。今日はやり残した仕事がいくつもある。早く切り上げて欲しいと思う気持ちの奥では、やはりあの夜のことが大きく映子の心を塞《ふさ》いでいるのだ。

東京から出張してくる男と不倫をし、こっそりとモーテルに行くような女。それが露見しそうになった時、大あわてで電話をかけてきてアリバイを頼んだ女。その女が、娘の入学式に何喰《なにく》わぬ顔で出席し、しゃあしゃあと赤飯を持ってこの場にいる。さっきからの居心地の悪さは、実はその嫌悪感なのだとやっと気づいた。

しかし映子が「そろそろ……」と切り出す前に、佐知の目が狡猾《こうかつ》に光った。

「ねえ、これってさ、人に聞いた話なんだけどさあ」

上目遣いに映子を見ている。これ以上言いたくないのよ、というポーズをつくるためだ。

「あのさ、洋一さんと美和子が会っているのを見てるっていうんだよ。それも何回もさあ」

心に突然太い釘《くぎ》を打ち込まれたようになった。それと同時に、ああやっぱりと思う気持ちとが同時に起こる。映子はその〝やっぱり〟という気持ちをうまく前面に押し出そうとした。今は〝余裕〟という鎧《よろい》で自分の心を守るしかないのだ。

「見たって、どこで見たって言うの。まさか石和のモーテルじゃないら」

この映子の皮肉に、さすがの佐知も気づいたようで顔をこわばらせた。

「違うさ、甲府のスナックとかレストランだよ。二人でカラオケ歌ってるのも見たって
……」

映子は安堵《あんど》のあまり唇がゆるんだ。まだ決定的な事実は何もない。

「いいよ、そんなの。昔からの友だちだもん。スナックにも行くし、カラオケにも行くよね。それをがたがた言うことはないよ」

「だっておかしいじゃん」

佐知が声をあげる。それは驚かない友に対しての抗議なのである。

「カラオケやスナックだったら、地元の店へ行けばいいじゃん。それが甲府まで行ってるなんて、人に見られたくないからじゃないの。ここらへんで飲んで、カラオケやってる分には誰も何も言わないよ」

「そりゃ、そうかもしれないけど、二人でいるからって、あれこれ言う方もおかしいさ」

「映子ちゃん、考えてもみなよ……」

佐知はぐっと顔を寄せる。

「昔あの二人はつき合ってたんだよ。そいで美和ちゃんは別れてこっちに来てる。あれこれ人が言わない方がおかしいじゃん」

私は本当はこんなこと言いたくないんだけどさあと、佐知は唇をとがらせた。どうやらあの浮気の一件は、彼女の頭から消えているらしい。そうでなかったら、これほど無邪気に好奇心をぶつけてくるはずはなかった。ひとつ間違えれば、自分こそ決定的なスキャンダルの主人公になるはずだということには、まるで考えがおよばないようだ。

「私だから映子ちゃんに言うんだよ。もうみんな、相当あれこれ言ってるよ。でも私はあの二人、そんな仲じゃないと思う。ただ洋一さんが、ちょっと美和に憧《あこが》れてるだけだわ」

その言葉がどれほど映子を傷つけているか考えもしない。

「だけどさ、映子から注意した方がいいよ。これは妻の務めっていうもんだと思うよ。映子は昔から言いたいことも言えないで、じっと胸の中にためちゃうようなところがあるけど、それじゃあ駄目だよ。やっぱり言いたいことを言わんと」

そんなのよけいなお世話よと、声が出かかったとたん、電話がルルルと鳴った。途切れ途切れの音は内線電話である。案の定正美からだった。

「私、武藤さんのところへ行ってくるけど、何か買うもんがあったら……」

「あ、いいです、いいです」

とっさに大きな声で言った。

「買物なら、ちょうどいま行くとこですから。今出かけます」

姑から買物を頼まれたように言い繕い、佐知の方を向いた。

「どうもいろいろありがとう。だけどこれは私たち夫婦の問題だからね」

この皮肉も、佐知にはこたえないようだ。

「美和にも困るよねえ……」

まるで共通の被害者のようなため息をついた。

「ああいう派手なのが離婚して帰ってきたからさ、男がみんな浮き足立っちゃうんだよ」

その夜、契約している葡萄農家の畑へ出て、その後一緒に軽く飲んできたという洋一は、八時過ぎに帰ってきた。酔いが浅いのに、ほとんど喋らずこたつに横になる。この家では朝晩の冷えを嫌って、端午の節句の頃までこたつを手離さない。

「おい、深沢さんとこ、もう葡萄をつくらんかもしれんな」

深沢というのは、ワインの原料用の葡萄を買っている農家だ。洋一の父親の代から、品種についてあれこれ一緒に苦労した仲である。

「息子がやっぱり継がんて言ったらしい。深沢さんはオレの代まで頑張るって言ってたけど、どうも体がきついらしいな」

「深沢さんって幾つだっけ」

茶色になめされたような肌をした、老人の笑顔を思い出した。

「確かもう七十を越してるろ」

沈黙がしばらく続いた。安い輸入ワインが市場を荒らすようになってから、ワインの原料用葡萄をこつこつつくる農家は、年々少なくなっているのだ。

「仕方ないらなあ……。あのおじさんも苦労したからなあ」

洋一は柱時計を眺めた。

「まだ八時過ぎか……。また飲み直してくるか……」

映子は夫をずるいと思った。深沢さんの棄農を告げ、この嫌な哀《かな》しい気分を自分に与えてから、ひとり出ていこうとするのか。暗い気分のまま自分は置き去りにされるのか。

「美和とどこかへ行くの」

すらりと言葉が出た。

「甲府のスナックで飲んでいるんだって、もう噂になってるよ。ねえ、こそこそ二人で会ってたりして、恥ずかしいと思わないの」

「うるせえなあ」

こたつの中に老人のようにうずくまりながら、洋一は鋭くきつい目をこちらに向ける。

「くだらねえことを、ガタガタ言うんじゃねえよ」

「じゃ、やっぱり本当なのね。ねえ、どうして甲府で会うの。やましいことがあるからじゃないの」

いったんほとばしり出た言葉は、もう元に戻すことは出来ない。映子はさらにきつい言葉を重ねる。

「美和のことが好きだったら、もっと堂々としてもいいのよ。いっそ私と別れて、あの人と結婚したっていいじゃないの。こんな風に噂たてられて、陰でこそこそ言われるよりずっとましだね」

「うるせえな」

後ろの棚がいきなり音をたてた。洋一が灰皿を投げたのだ。

「あのなあ、オレはいま、相談にのってやってるんだワ。子どもも二人いて、いろいろ苦労してるんだワ。そのついでにカラオケ歌って酒飲んで、何が悪い。つまらんことを言うんじゃねえ……」

主語のない会話が、洋一の心を表しているようだと映子は思った。やはり夫は美和子のことを忘れられないのだ。そうでなかったら、これほど怒るものではない。

「気分悪いなあ……」

洋一は立ち上がった。どうやら近くに飲みに出かけるらしい。

「全くふざけやがって」

いつになく荒い言葉をたくさん吐きながら、玄関の戸を音をたてて閉めるのが聞こえた。

しばらく放心したように映子は座っている。自分の勇気に驚き、そして呆れているのだ。夫に問い糾《ただ》すことが出来るとは自分でも考えもしなかったことだ。佐知のささやきが怒りとなり、他の条件と組み合わさって突然噴き出したのだ。

どのくらいそうしていただろうか。電話が鳴っている。ずっと鳴り続けている。そろそろと手を伸ばしてとった。

「あ、よかった。おやすみじゃなかったんですね」

明るい男の声は、聞きなれないものであった。

「このあいだはお世話になりました。僕、園田出版の渡辺です……」

「あ、渡辺さん……」

体の中心部にぽっかりと穴が開き、そこから光が射し込んでくるようだった。

「あの今月、桃を見に行こうと思いましてね。今年の桃は、いったい何日頃でしょうかね」

「そうですね、今年は寒いから、十日過ぎでしょう」

「そうですか、僕はまだ見たことがないんですが、桃の花の季節はきれいだそうですね」

「ええ、すごくきれいですよ。ピンクのカーペットを敷きつめたみたいになって……。鳥が鳴いて、あったかくなって、まるで天国、みたいです……」

「もし、もし、あの、市川さん、泣いているんですか。どうしたんですか、かけ直しましょうか」

「いいえ、何でもありません」

映子は言った。

「何でもありませんよ。ちょっと風邪をひいてるんです。泣いてなんかいないんですよ」

6

風が吹いている。しかしそれは山に時折流れる冷たいものではなく、重たげに咲いた桃の花を揺らすかのようだ。

四月の甲府盆地は、ところどころピンクの絨緞《じゅうたん》を敷きつめたようになった。杏《あんず》やスモモの白は、さしずめ絨緞のへりになるだろうか。桃の美しさを清楚《せいそ》にひきたてている。

「やあ、本当に綺麗《きれい》だよなあ……」

山道の中腹に車を停めて、渡辺は大きく伸びをする。白いシャツに生成《きな》りのカーディガンという服装はいかにもしゃれていて、映子を少し哀しくさせる。男が都会的な格好や言動をすればするほど、映子とは全く何の関係もない都会の人間と思い知らされるような気がするのだ。

それにしても、彼はどうして一人でここにやってきたのだろうか。以前もらった手紙にも書いてあったではないか。佐々木という評論家のお伴をして、桃を見に行くつもりだと。それなのに彼は、佐々木が来ないことの言いわけをするつもりもない。いきなり市川葡萄園へやってきたかと思うと、映子を乗せてこの一宮《いちのみや》町へやってきたのだ。

「本当に素晴らしいよなあ……この景色」

もう一度うなるように感嘆詞を口にした。

「桜もそりゃ綺麗だけど、この桃のピンクっていうのは、実にいきいきしていてコケティッシュですよね。実をつけるものと、そうでないものとの差なんでしょうか」

その言葉は映子を少しばかり反応させる。まるで子どものいない自分のことを指摘されたようだ。実をつけるから桃の花はいきいきしていると言われればそうかもしれない。桜のように洗練されていないかわりに、濃い桃色は強い生命力に溢れているようである。

「この頃〝桃狩り〟だっていって、やたら観光客も来るし、桃を見せるドライブインも増えたけど、私たちが子どもの頃は、そんなもの何もありませんでしたよ。ああ、桃の花が咲いてる、っていう感じで普通に見ていたものだったけど」

「それもいいかもしれませんね」

「ほら、あそこに私の高校が見えますよ」

映子は指さした。盆地がなだらかな角度を保っているあたり、右端に灰色の建物とグラウンドが見える。

「あそこまで、勝沼《かつぬま》の私の家から自転車通学をしていたんですよ。だから桃畑の中を通ります。途中から葡萄畑に変わるけれど、それまではピンクの花の中を走って、そりゃあ楽しかったわ」

「ふうん、映子さんの高校時代、見てみたかったなあ」

男の言葉に、映子は心臓がとまりそうになる。結婚してからというもの、映子は男から名前で呼ばれたことがほとんどなかったからだ。たいていは「市川さん」か「市川葡萄園の若奥さん」である。子どもの時から知っている老人たちは、今でも「映子ちゃん」と呼ぶが、彼らのしわがれた声と渡辺のそれとは比べものにならない。

「セーラー服、それともブレザーの制服だったんですか」

「ブレザーの、平凡な型の制服でした」

自分の声が緊張のためにかすれているのがわかる。

「映子さんがそういう制服着て、自転車走らせて桃の中を走っていく。なんか考えただけでも楽しい光景だなあ」

この男は自分のことをからかっているのだと映子は思った。これで会うのは二度めの女、しかも自分は三十過ぎの人妻なのだ。何の魅力もないことは自分自身がいちばんよく知っている。現に夫さえ、他の女に心ひかれているではないか。

その時、強い羞恥が映子を襲った。やはりそうだったのかと確証を持った。先日、渡辺が電話をしてくれた時、映子は夫婦喧嘩《げんか》の真最中であった。美和子とのことをなじり、

「あっちと結婚したかったら、私と離婚すればいい」

と思わず叫んだ。そして怒った洋一が再び飲みに出かけた後で、渡辺からの電話がかかってきたのだ。あの時、不意に泣き出した自分のことをもちろん忘れてはいなかったが、あの夜の記憶がいま突然折り重なり、膨れ上がって映子の胸を締めつけるのだ。

「この男の人は、私を慰めようとしているのだ」

そうすればすべて合点がいく。彼が一人で来たわけもだ。おそらく淋《さび》し気で、不幸そうに見える葡萄酒屋のおばさんのことが気になったのであろう。おそらくやさしい男なのだ。泣き声を聞いたということに、責任を感じてしまったに違いない。

激しい羞恥の後は、静かな諦《あきら》めがやってきた。全く年甲斐《としがい》もなく、なんということを考えていたのだろうかと、映子は笑い出したくなってくる。この東京から来た男が、自分に興味を持っているなどと、一瞬でも考えたりして何と馬鹿なのだろうか。

好意や興味というものにはとまどってしまうが、同情というものだったら、今の自分にはふさわしいものかもしれない。若い娘だったらみじめに考えただろうが、映子はそれをありがたく受け取ることにした。

「自転車でここを走ってた頃、私ね、本当に何も考えていなかったのよ」

風にそよぐ桃の花を前にしたら、そんな言葉が素直に出た。

「あの頃、私の同級生たちは、みんな東京の学校へ行くことばっかり考えてた。だけど私は、ぼんやりしてたから何も欲しがらなかったし、努力もしなかったんですよ」

「そんな言い方って、随分年寄りっぽいなあ」

渡辺は映子の言葉を遮った。彼の頬《ほお》が紅潮して見えるのは、たぶん桃の花のせいだろう。

「まだあなたは充分に若いじゃないですか。それなのに、どうしてそんなにババくさいことを言うんだろう」

「渡辺さんみたいな人にはわからないわ。東京で楽しいお仕事している人に」

映子は拗《す》ねた。が、拗ねるなどということは本当に久しぶりだ。気がつくと、若い女のように唇をとがらせていた。

「楽しい仕事かなあ……。困ったなあ、そんな風に見えるのかなあ」

意外なことに、渡辺はとまどった声を出す。

「これでもいろんな苦労をしてるんですよ。あの、おいおい僕のことを話しますけどね、僕はおととし女房に逃げられてるんですよ」

「まあ、そう」

彼が独身かどうかというのは、映子の密《ひそ》かな疑問であったのだが、これではっきりした。しかも離婚経験者というのは、映子に甘やかな安堵をもたらす。ただの独身というよりもはるかによかった。

「甲斐性のない男っていうことで見限られたんですね。僕たちは大学の同級生で美学を専攻してました。彼女の方は学校に残って研究を続けてたんですがね。ある日突然離婚届けをつきつけられましたよ。一人でイタリアの大学へ行きたいからって」

「まあ、小説のようなお話って、本当にあるんですね。そんな話、テレビドラマの中だけのことだと思ってた」

この目の前の男は、悲劇さえも華やかに出来ていると映子は思った。

「いやあ、今だから笑って話せますけど、あの時はかなり落ち込みました。それで佐々木先生が僕を元気づけようと、あちこち誘ってくれるようになったんです。去年の夏、ずっと先生の清里《きよさと》の別荘にいた時は、さすがにホモじゃないかって疑われましたけどね」

これには映子も思わず吹き出した。

「そう、そう、帰りの車の中、佐々木先生がこんなことを言ってたんですよ。あの奥さんは、バン・デル・ウェイデンの聖カテリーナ像にそっくりじゃないか、驚いたよって。僕も全く同じことを考えていたから、二人でその話で盛り上がったんですよ」

「私が、その、えーと、聖カトリーヌっていうのに似ているんですか」

映子は思わず大きな声をあげる。そのことがからかいなのか、それともとてつもない賞賛なのか全くわからないからだ。

「聖カテリーナ像っていうんですけど、普通の人はまず知らないでしょう。バン・デル・ウェイデンは、十五世紀の画家ですけどね、宗教画描いても、あんまりそれっぽくないんです。聖カテリーナ像は、特に女が生々しく伝わってくる絵で、とてもいいんですよ」

渡辺の口調は、やがて専門家の熱っぽさを帯びてくる。

「ポルトガルのちょっとマイナーな美術館にこの絵はありますが、見るとぞくぞくってきますよ。佐々木先生も大好きで、この絵の複製を持っているぐらいなんですよ」

「あの……」

映子はおそるおそる尋ねた。

「その絵の女の人って、美人なのかしら」

「もちろん」

渡辺は深く頷《うなず》いた。

「今僕が言ったでしょ。ぞくぞくってくるって」

「信じられないわ。だって私、典型的な日本人の顔してるじゃないですか」

「そんなことはない」

今度は怒ったように渡辺は言う。

「佐々木先生も僕も思いました。どうして甲州のここに、中世の顔をした女性がいるんだろうって、僕も本当にびっくりしました。そうでなきゃ、またあなたに会いに、わざわざここに来やしません」

その時、風が急に激しくなり桃の木がざわざわと揺れた。花びらがきらめきながら散っていくのを、映子は信じられないもののように見た。


映子が花嫁道具として持ってきた三面鏡は、夫婦の部屋の窓際に置いてある。今どき三面鏡などいらないと、映子は何度か反抗したのであるが、嫁入りにはこれが必要だと母親に押しきられてしまったのである。

案の定、今ではすっかり無用の長物となっていて閉めたままのことの方が多い。が、映子はそれを大きく開き、自分の顔を映した。庭の若葉も鏡の中に入り、映子の顔を明るくしている。こうしてみると普段気にしていたシミもよく見えるが、自分の肌はまだ相当にみずみずしい艶《つや》をはなっていることがわかる。

それよりも何よりも、映子は自分自身の顔に驚いているのである。さっき渡辺からの手紙が届き、中に画集のカラーコピーが同封されていたのである。

「あの後、家に戻って本を開いてみたら、やっぱりあなたの顔がありました」

と手紙には記されている。そして二つに折り畳んだそれを拡げ、映子はため息をついた。正直なところ、そう似ているとは思えない。しかし、流し目ほどではなくも、伏し目がちにこちらを見ている女の瞼《まぶた》に見憶えがあった。

少女の頃から映子は眉《まゆ》が細く、瞼が広い。母親からはよく「淋し気な顔だ」と言われ、三十過ぎてからは「早く老ける顔だ」とおどかされた。しかしこうして見ると、自分の眉や目のあたりは、確かに宗教画の女のそれなのだ。そういえば高校時代、「地味な外国人みたいな顔」と言われたことを思い出す。

映子はしげしげとカラーコピーを眺めた。おそらく身分の高い女性なのだろう。胸のあたりにはぎっしりと縫い込まれた宝石が輝やいている。そして映子の胸の中にも、この宝石のような言葉がいくつか大切に仕舞われているのだ。

「そうでなきゃ、あなたに会いにわざわざここに来ません」

あの男は言った。確かにそう言ったのだ。それはもう同情ではなかった。あきらかに男は多くのものを映子に伝えたのだ。渡辺と会ってから四日間というもの、映子は何度その言葉を反芻《はんすう》したことであろう。

「そうでなきゃ」

「あなたに会いに」

「わざわざ」

映子は深いため息をつく。自分が男から、こんな風な言葉をかけてもらうとは思ってもみなかった。思い出してみても、少女時代、美和子のように男の子から騒がれたこともなかった。短大時代、しつこくつきまとった男がいることはいるが、何の好意も持てず、きつくはねのけてしまった。これといった恋愛もしないまま高校の同窓生と平凡な結婚をした映子にとって、渡辺の言葉はあまりにも強烈であったのだ。

彼は驚くべきことを教えてくれた。映子の顔は素晴らしい魅力を持っているというのだ。それは一流の美術評論家のお墨付きだという。それを信じていいものかどうか、映子はずっと半信半疑でいたのであるが、このカラーコピーを見たら納得した。完全とはいえないまでも合点がいった。夫と友人たちも、この町の人たちも誰も気づかなかったことを、渡辺は指摘してくれたのである。手紙の最後にはこう書かれていた。

「この絵の本物（といっても画集ですが）がご覧になりたかったら、いつでもご連絡ください。そちらへうかがってもいいですし、あなたが東京へいらしたついでに、どこへでも持参します」

映子は幸福につつまれて、うっとりと自分の頬に手をやる。いつの日か渡辺がそこに触れるような気がした。

「映子さーん、映子」

が、そんな思いはただちに姑の声で現実に戻される。階下の茶の間で、正美は帳簿を前にしているところであった。

「映子さん、この東京の下川さんちゅう人の、入金がまだなんだワ」

自宅に直接ワインを送っている客の名を指さす。

「だけんどね、うちの方の計算は合ってるからおかしいね」

「ちょっと待ってくださいよ」

映子はすばやく領収書の控えを調べる。

「ほら、この人は銀行振り込みじゃなくって、直接現金を持ってきてくれたんですよ。ここに受け取りがある。先月、ドライブの帰りに寄ってくれて……」

「ああ、あの白髪の人だね。憶《おぼ》えてるよ」

しかし正美は用件が済んでも、しばらくもじもじしている。それは普段の彼女からは考えられないほどの小心さであった。

「あのさ、映子さん……」

いつのまにか、唇の端をおもねるようにゆがめていた。

「あんたも聞いてるら、あのこと」

「えっ、何のことですか」

映子はとぼけてみせる。もちろん夫と美和子のことだとすぐにわかったが、そんなことを自分の口から言いたくはなかった。

「ほら、洋一と美和子さんのことだよ」

姑はニヤリと笑う。照れ隠しのように見えるが、唇のゆがみが得意さを誇っている。映子はつくづく母親というものの不可解さを思った。

「もちろん噂だってことは、私にもわかるけどさ、このへんはこういう話が好きだからねえ」

「そうですね」

平然と座っていられる自分が不思議でたまらない。さっきから渡辺の言葉がどこかで鳴り響いて映子を励まし続けている。

「あなたに会うために」

「わざわざ」

「中世の顔を持った女」

だからさあと、正美は声を潜める。

「私はね、あんたら夫婦のことが本当に心配なんだよ。どうだろ、映子さん、ここで思いきって東京の病院へ行ったら」

東京の病院というのは、親戚《しんせき》の女が紹介してくれた不妊の専門病院のことをいうのだ。

「こんな噂たてられるのもさ、洋一がふらふらしてるのも、あんたたちに子どもがいないせいだと思うんだよ」

「本当にそうですね」

すっかり映子は落ち着いている。渡辺の言葉とあの絵は、自分になんと大きな自信を与えてくれたことであろうか。

「それじゃ、映子さん、行ってくれるんだね」

「ええ、そりゃ構いませんが、その時は洋一さんも一緒でなけりゃ」

「だけど、男の人がそんな病院へ行くなんてねえ……」

正美は顔をしかめる。

「だけどお姑《かあ》さん、それはおかしいですよ。この頃は不妊治療は、夫婦一緒にやるのが普通なんですよ」

映子は少なからず自分の言葉に驚いている。無視していたつもりであるが、自分はどうやら雑誌のそうした類《たぐい》の記事をしっかりと読んでいたらしい。

「じゃ、私から洋一に話すかねえ」

正美はしぶしぶ承諾する。

「ええ、お願いします」

「だけど美和子さんもさ、何を考えてるんだかねえ」

ほっとしたのであろうか、正美はつい口が軽くなったようだ。愚痴のほこ先はいつしか美和子に向けられていくのだ。

「いくら出戻りだっていっても、あの人は二人の子どもの母親ずら。それなのにふらふら遊びまわってるだからね」

「仕方ないですよ。美和子さんはまだ若いし、東京で暮らしてた人なんですから」

「だけんど、子ども二人連れて再婚するなんて大変だよ。私だったらまっぴらだね。血もつながってないような子どもを二人、押しつけられてみろしよ。たまらんよ」

映子には正美の本音がすっかり読めた。正美が怖《おそ》れているのは、万が一、洋一が美和子と再婚するなどと言い出し、二人の子どもをこの家に連れてくることなのだ。そんな子どもを孫とは絶対に呼びたくもない。それならば、今いる嫁を励まして、子どもをつくらせた方がいいと正美は判断したのだろう。

「お姑さん、私も思いきって東京へ行きます」

映子は言った。

「このままじゃいけませんもんね」

そうだとも。姑は力んで答えた。

7

スーパーのレジを出たところに、美和子を見つけた。呆《あき》れるほど大きな豚肉の塊を、もう満杯になったビニール袋の中に突っ込もうとしているところであった。

淡いブルーのニットに、紺色のスカートを組み合わせているのが、初夏らしい爽《さわ》やかさだ。

このあたりにもしゃれた格好をする女は山のようにいるが、美和子はこうしたスーパーの中で立っていてもくっきりと目立っている。「様子がいい」という言葉があるが、まさに美和子がそうだろう。そうスタイルがいいというわけでもないのだが、体のバランスがとれているのだ。首が適度に長いのも洋服をひき立てている。

映子は少し離れたところで、レジを待つ列に並びながら、古くからの友人をじっと眺めていた。もしかしたら、二人をよく知っている誰かがそこに居合わせたら、嫉妬《しっと》深い目で、夫の愛人と噂《うわさ》される女をじっと睨《にら》んでいる妻と思ったかもしれない。

しかし映子が持っていた感情は、抑揚のないぼんやりとしたものであった。まるで普通の男が、通りすがりの女を眺めるように美和子を見ていた。

「本当に綺麗《きれい》な女だ」

美容院で染めたらしい栗色がかった髪といい、肩から下げたエナメルのショルダーバッグといい、すべてが垢抜《あかぬ》けている。スーパーへ買物に来る時でさえ、美和子は鏡の前であれこれ点検したり、スカーフを取り替えたりしているに違いない。

そういえば高校時代から、美和子はパーマや眉の手入れ、マニキュアを欠かさなかったものだ。他の少女たちがニキビをかき分けるようにしてさまざまな冒険をすると、その部分だけが露骨になり、すぐに目立って、教師に叱《しか》られる。ところが美和子の場合、そうした狡猾《こうかつ》さは、彼女の美しさの中にすっかり溶け込むのだ。卒業間際になると、美和子は堂々と薄化粧をしていたものだが、それを咎《とが》める者や、不自然だと思う者は誰もいなかったような気がする。

　こんな女だったら、男は誰だって自分のものにしたいと願うだろう。この栗色の髪に触れたり、あのニットごと抱きすくめたりしたいと思うはずだ。映子はふと、洋一に憐《あわ》れみを感じた。憐れみは妻という、今の映子の立場からすると全く不似合いな唐突なもので、自分でも驚いてしまう。しかし映子が感じるのは、せつなく冷たい思いなのだ。

「あの人は、この女に本当に好かれているんだろうか」

　昔なら洋一にも勝算はあったかもしれない。青春という平等で甘やかなヴェールが夫にもかかっていて、寡黙なスポーツマンだった少年はなかなか魅力的だったはずだ。しかし今はどうだろうか。映子は薄くなり始めた夫の後頭部や、いくら言っても捨てない、古い作業帽を思い出した。大人になり、東京の金を持っていた男との結婚経験がある美和子にとって、洋一とはどんな存在なのだろうか。もし退屈しのぎにいいようにあしらわれているとしたら、洋一が可哀想《かわいそう》だ……。

　その時、美和子の手が止まった。視線というものは気体となって、必ず人を刺激するものらしい。美和子は顔を上げ、そしてにっこりと微笑《ほほえ》んだ。ここで待っているからと、軽く手を振る。

　四枚の干物と牛乳の大パック、そして天ぷら粉や醤油《しょうゆ》といったものがその日の映子の買物だった。それらを見せるのに映子は抵抗がある。スーパーの籠《かご》の中には、美和子の知らない洋一が見え隠れしているはずだ。

しかし美和子は、映子が品物をビニール袋におさめるのを手伝ってくれる。自分は随分いい加減に詰めていたくせに、今度の手つきは丁寧である。特売の牛の挽《ひ》き肉も、きちんと小さなビニール袋に入れてくれた。

「忙しそうだねえ……」

美和子の笑顔と声には、まるで屈託というものが見られない。

「たまには電話でもしようと思うんだけどさ、映子ちゃん、忙しそうだしさ」

「そうでもないよ。私はいつだってマイペースでやってるよ。それより、美和ちゃんこそ、いろいろ忙しいんじゃないだけ」

映子は一瞬しまったと思う。この言葉はもしかすると皮肉に聞こえないだろうか。しかし美和子は表情を変えることもなく、まあねと頷《うなず》いた。

「子どものことがいろいろあってさあ。やっと転校に慣れてくれたと思ったらさあ、今度は塾だの、ピアノの先生だの見つけるのに大変だったよ。ここいらは、東京のなまじのとこより、ずうっと教育熱心だからさあ、親も大変だよ」

立ち話も何だからさ、アイスコーヒーでも飲まない、と言って美和子は階上を指さした。このスーパーの二階には、ファミリーレストランがあるのだ。

映子は承諾した。ここで美和子を拒否することなど出来るわけがない。妻がその女を拒否するということは、すべてを認めたということになるのだ。

いつものことであったが、店にはほとんど客がいない。奥の方で子どもに、アイスクリームを食べさせている母親がひとりいるだけだ。

「ここの店、いつも空《す》いてるね。これでやってけるのかね……」

「土、日の昼どきなんか、すごく混んでるよ。私も忙しい時は、ここで子どもにハンバーグ食べさせたりするけどね」

美和子はショルダーバッグのチャックを、さっきから所在なさげにいじっている。ベージュがかったピンク色のマニキュアが、黒いエナメルに映える。夫はこの指に触れたことがあるのだろうかと、映子はふと思った。

「だけど、暑くなってよかったよねえ」

運ばれてきたアイスコーヒーを、ちゅっと吸って美和子は言う。

「今年は連休終わっても寒くってさ、うちの父なんか葡萄《ぶどう》のつるが伸びん、って焦ってたよ」

「うちだってそうだよ。うちの人が――」

映子はそこで言葉を区切った。これも何かの意図のようにとられやしないだろうか。

「うちの人が、どんくらいタイヤ燃やすの手伝ったか、わからんぐらい多かったよ」

市川ワインでは、家のまわりにしか葡萄の木を育てていない。ワイン原料として葡萄は別に買いつける。しかし今年は晩春になっても気温が上がらず、洋一は古タイヤを燃やして、葡萄の芽を守るという農家を毎日手伝いに行ったのである。

「市川君、元気してる」

映子は美和子の顔を見つめる。この言葉こそ何かを企《たくら》んでいるのではないだろうか。噂されている二人なのだ。今さら「元気してる」などと尋ねるのはあまりにも白々《しらじら》しい。が、美和子はさらに続ける。

「ね、先月にカラオケしたのが最後ぐらいなのよ。それっきり会ってないから、どうしたのかと思って」

スーパーの蛍光灯ではなく、まだ夕方には早い初夏の光が、窓からたっぷりと入り込んでいる。おかげでさっきはあれほど美しく見えた美和子の肌も、いくつかの皺《しわ》が寄っているのが見えた。映子は今の言葉を信じることにした。

「先月の末に会ったきりなんて、私はもっとしょっちゅう会ってるのかと思ったよ」

「やめてよオ、奥さんまでそんなこと言うのオ」

美和子は笑い始めた。やっとおどけるきっかけをつかんだという感じであった。

「世間で言われてるほど、私たちはしょっちゅう会ってるわけじゃないの」

「そうだったの」

うまく笑えているかなと、考えながら映子は応《こた》える。それでも先ほどまでのぎこちなさはいっきに消えた。

「全く、田舎ってうるさいじゃんねえ……」

美和子のため息は、被害者としてのそれで、映子にも同じことを要求するかのようだ。

「私はさ、昔の友だちだと思って、たまにお酒を飲んだり、カラオケ行ったりしてるつもりだったんだけどさ、あれこれ言う人がいて、本当にやんになっちゃうよ。このあいだもさ、うちのお母さんまで、子どもの将来も考えろ、そうでなくても、出戻りでいろいろ噂されてるんだからって、本気で言うんだよ」

口をとがらせるさまは、高校時代を思い出させる。しかし映子はすべての用心を捨てたわけではなかった。男と女のことが、これほど単純なはずがないではないか。いくら世間知らずの映子とて、そのくらいのことはわかる。映子は相手にこう問うてみたい。

「あんたはさ、友だちだ、友だちだって言い張るけど、夫の方はどう思っているか知らないわけはないでしょう。あんたは、夫のそういう気持ちを、ずうっともてあそんでいるわけ」

しかしそんなことは言えるはずがなかった。ひとたび口にすれば、映子のプライドはずたずたになってしまうはずだ。

「それはそうとさ……」

美和子が言った。

「先週さ、あんたと市川君、中央線に乗ってたでしょう。古沢君が電車の中で会ったって……」

古沢というのは、やはりかつての同級生で地元の農協に勤めている。平日にもかかわらず、上りの電車に乗っていた彼と、洋一ともども軽い世間話をした記憶があった。

「ああ、古沢君ね。私たち、ちょっと東京に用事があって出かけたから、その時に会ったのよ」

「ふうーん、東京にね。何だかんだ言っても、結構仲がいいじゃん」

美和子の唇がかすかにゆがみ、それはどれほど後に映子の慰めになったことだろうか。同情されるよりも嫉妬される方が、はるかに心が晴れやかになるというものだ。

映子は自分たち夫婦が先週出かけた先が、どんなところだったか、ふと美和子に打ち明けたい衝動にかられた。不妊治療専門病院のベッドの上で、どんなことが行われたかをだ。それは洋一の方も同じだったようで、すっかり不機嫌になった彼は、帰りの車中、ひと言も口をきかなかったものだ。しかしそんなことを美和子に話す必要はもちろんないというものである。

ほんのかすかなものにせよ、相手に芽ばえた嫉妬というものを、映子が摘み取る必要はなかった。


「今日はご主人は、どうしたんですか」

まだ若い医師が、眼鏡の奥から映子を見る。それは咎めるというよりも、困惑しているかのようだ。

「今日の検査結果には、ご夫婦で来て欲しかったんですけどもね」

「申しわけありません。それが仕事が忙しくて……」

映子はひたすら頭を下げる。農作業は忙しい時に入っているが、無理すれば半日やりくり出来ないわけはない。洋一は一緒に来ることを頑《かたく》なに拒んだのだ。

「オレは絶対、もう二度とあんなところへ行かないからな」

　家に帰ってから、映子は病院のパンフレットを読んだ。そこには不妊検査の仕組みが詳しく書かれている。それによると、男性側を調べるためには、精子を採取しなくてはならないのだ。まさか病院で夫婦が性行為を出来るわけもなく、夫の方はトイレに入り、自分の手で刺激し、それをビーカーに採ることになる。洋一の性格上、そのようなことは、耐えがたいことに違いなかった。

「困りましたねえ。実は検査の結果、奥さんにはこれといった問題はないんですが、ちょっと困ったのはご主人の方なんですよ」

　医師は傍《そば》にあるモニターのスイッチを押した。映子は高校時代見た顕微鏡を思い出す。画面には白と黒の不気味な世界が拡《ひろ》がっている。しっぽのある球形のものが何十と散らばっているが、それは微動だにしない。これは写真なのだろうかと映子は目を凝らしたが、背後にはかすかに蠢《うごめ》くものがある。

「これは先週、ご主人から採った精子を見たものですが、ほら、ぴくりともしないでしょう。精子は充分にあるにはあるんですが、ほとんど動かないっていってもいいくらいなんです。運動の悪い精子ってのは結構ありますがね。これはちょっと程度を越しています」

「ってことは……」

「ということは、妊娠する可能性はとても低いってことです」

「低いっていうことは、あるっていうことでしょうか」

冷静に問うていく自分が不思議だった。混乱していく頭の中で、一箇所醒《さ》めて凜《りん》としたものが、映子に質問をさせている。

「まるっきり可能性がない、ということですか、それとも治療次第でどうにかなるんでしょうか」

「顕微受精といって、卵子に針で穴を開け、精子を送り込んでやるやり方もあります。だけどこれも、この運動量ではむずかしいかもしれませんね」

「そうですか……」

映子の頭にまっ先に浮かんだものは、夫の洋一ではなかった。姑《しゅうとめ》の正美の顔だ。姑がこのことを知ったら、どれほどうろたえ、嘆くであろうか。子どもがいないことで、たえずねちねちと嫌味を言い続けてきたが、不妊の原因は彼女の息子の方にあったのである。

「いい気味……」

映子は姑を嘲笑《ちょうしょう》しようとした。それしか今の自分を支えるものはないような気がした。

どうして東京に来た時に、渡辺の名刺を持ってきたのか映子にはわからない。もしかすると、病院へ行った後に、彼に会いたくなるかもしれないと考えたのだろうか。

正美の親戚から紹介された病院は市ヶ谷《いちがや》というところにあったが、地図を見るまでもなく、そこは渡辺の会社がある飯田橋と近いことはすぐにわかった。

名刺に書いてあるとおりの電話番号を押すと、最初女性が出て、すぐに渡辺が替わった。

「あの市川映子です。市川ワインの者ですけど」

「映子さん、いま東京に来ているんですか」

映子さんと呼びかけられ、体がいつもよりもじんと震える。渡辺のことを、どこか信じていなかった。彼のやさしさは、山梨に来た時だけのもので、東京へ行ったら迷惑がられるのではないかと不安だったのだ。

「ええ、市ヶ谷ってとこにいます」

「じゃあ、うちの近くじゃないですか。近くまで来てくださるか、僕がそこまで行きますから、お茶でもどうですか」

「お忙しいんじゃないですか」

「編集者なんていうのは、忙しい時は机の前にいません。僕がここにいるっていうのは、ひまってことなんですよ」

いろいろ指示があり、映子はタクシーに乗って駿河台《するがだい》のホテルへ行くことになった。ここのティールームが落ち着いてよいと渡辺は言うのだ。

大学の裏に、こぢんまりとした古風なホテルがあった。このホテルの名前を映子は何度か聞いたことがある。作家たちが原稿を書くためによく泊まるホテルだという。

窓際に席を見つけ、腰をおろした。これまた昔風の制服に身を包んだウェイトレスがやってきて尋ねる。

「何にいたしましょうか」

「あの、アイスコーヒー……」

言いかけてやめた。二日前に美和子と一緒に飲んだものではないか。

「いえ、コーラをください」

冷たいものをひと口入れたとたん、さまざまなものが押し寄せてきた。慣れない東京でひとり気を張り、タクシーに乗ってここまでたどり着いた。気の緩みが、映子に「考えること」を再開させる。

「駄目だ、今はものを考えちゃ駄目だ」

映子は自分に言いきかせた。

「山梨に帰って、自分の布団の中にもぐり込んだら考えよう。そして泣こう。今は何も考えないようにしよう。とにかく渡辺さんに会うまでは我慢するのだ」

しかし汗がひいたとたん、瞼《まぶた》が熱くなっていくのをどうすることも出来ない。衝撃の記憶は、襞《ひだ》のように映子の喉《のど》もとを狙《ねら》ってやってくる。涙がつつと流れていくのがわかった。

幸いこのティールームは椅子《いす》の背がとても高く、人の座高ほどもある。だから映子が泣いているのは誰にも気づかれないはずだ。

医師は言った。妊娠する可能性はほとんどないのだ。それも洋一が原因だった。なんという皮肉だろう。嫁としてずっと責められてきた映子であるが、何の非もなかった。夫が、洋一が、映子の不幸の種をつくっていたのだ。

「また泣いていますね」

目を上げると、渡辺のグレイのズボンが見えた。

「どうしてあなたは、いつも泣いているんだろう」

男の目は限りなくやさしく、映子を慈《いつく》しんでいる。同情ではなく、慈しみというのは、なんと心地よいのだろうかと映子は思った。

8

渡辺が案内してくれたのは、表通りから一本裏に入ったところにあるカウンター割烹《かっぽう》である。紫陽花《あじさい》柄の単衣《ひとえ》を着た女将《おかみ》とは顔馴《かおな》じみらしく、

「渡辺さん、今日は随分早い時間にいらしたわね」

と彼女は声をかける。もう四十をとうに過ぎたと思われる女であるが、綺麗な肌や身のこなしにどこか垢抜《あかぬ》けたところがあった。映子はこの女将に最初から気おくれとも、嫉妬ともいえぬ感情を抱いている。女将ばかりでない。ガラスで出来たとっくりにも、白い陶器の箸《はし》置《お》きにも映子は怯《おび》えている。こんな店に来たのは初めてだ。どうということのない気さくな店だからと渡辺は案内してくれたのであるがそんなことはなかった。確かに仕舞屋《しもたや》のような木造の二階建てなのであるが、玄関の石畳は綺麗に打ち水がしてあったし、白木のカウンターは磨き抜かれて艶々《つやつや》している。通好みとでもいうのだろうか、いかにも渋いしゃれた店で

ある。

「さあ、映子さん、もう一杯やってくださいよ」

渡辺はガラスのとっくりをかたむける。一度聞いただけでは名前を憶《おぼ》えられないが、この中にはとてもおいしいという冷酒が入っているのだ。

「確か、十一時五十分の下りが最終でしたよね」

「でも、その前にも何本かあるから間に合うようにします」

さっき食事をしたいが、まだ時間があるかと尋ねられた時、十一時五十分の最終に間に合えばよいと映子はとっさに答えた。しかし考えてみるとこれは非常識な話だったかもしれない。渡辺に夜中近くまで一緒にいてくれと言っているようなものだ。彼にも仕事や個人的予定というものがあるだろう。急に電話をかけ、会いたいと言った自分はもっと邪慳《じゃけん》に扱われて当然なのに、渡辺はひどくやさしい。いたわるように映子をタクシーに乗せ、この料理屋に連れてきてくれたのだ。

それはなぜかというと、映子が泣いていたからに違いない。全くどうしたことだろう。渡辺から電話があったり、会ったりする時、映子は必ずといっていいほど涙を流しているのだ。いったいこの女はどういう女だろうかと渡辺は思っているはずだが、もうそんなことはどうでもいいと映子は思っている。

初めてのこんな風なカウンター割烹の店は、何もかも珍しかった。冷酒も大層おいしく、つき出しに出された鱧《はも》とキュウリのあえものも初めて口にするものだ。嚙《か》むとしゃきしゃきと軽やかな音をたてる。

　こうしていると、さっき病院で知らされた夫の不妊という事実を、いくらか離れた場所に置くことが出来る。決して忘れたわけではないが、今はアルコールの力とここに連れてこられた緊張感とが、そのことを考えてはいけないと拒否している。その拒否というのは、先ほどまでは出来なかったことだ。考えまい、考えまいとしていても、黒く重たいものが脳に覆いかぶさっていた。それをはらいのけようとして、映子は泣いていたのだ。

「映子さん、あのね」

　渡辺は映子の目をのぞき込む。もう泣いてはいないかと確かめようとするかのようだ。上着を脱いだから、渡辺のシャツの白さがまぶしい。蛍光灯の下でも、それは明るく輝やいている。

「ここは関西の割烹の店ですけど、頼んどくとね、いちばん最後にカツ丼《どん》をつくってくれるんですよ」

「カツ丼ですって」

「ええ、ご飯も少なくて上品なカツ丼ですけどとてもおいしいですよ。実は僕、カツ丼が大好物でしてね。そば屋に入ってもあればっかり食べてるんです。そば屋のカツ丼も捨てがたいよさがありますけど、ここのカツ丼は上品でうまい。僕は〝よそゆき丼〟と呼んでいるんですけどね」

　その言い方がおかしくて、映子は笑った。カツ丼と発音する時、渡辺はとたんに深刻な顔つきになるからだ。

「やあ、笑いましたね」

渡辺は、何か小さな発見をした人のように叫んだ。

「やっと笑ってくれてよかった。映子さん、さっきホテルのティールームで会った時は、本当に哀《かな》しそうで、どうしようかと思いましたよ」

「ごめんなさい。渡辺さんにはいつもみっともないところを見られてばっかり」

「そんなことはないですよ」

力を込めて言う。

「この頃、子どもの泣いてるところをあんまり見ないと思いませんか。僕たちの子どもの頃は、身も世もないぐらいに泣いていたし、そういう子どもをいくらでも見ることが出来た。ところが今、そんな子ども、一人もいやしない」

「本当にそうですね」

「きっと泣き出す前に、親が何でもあたえてしまうんでしょう。だから泣くこともない、大人だってそうだ。泣いている人をあんまり見たことがない。だから映子さんが、あんなに泣いているところを見ると、誰だって心をうたれますよ……」

映子はいつもそうするように、渡辺の言葉からさまざまな意味を掬《すく》い取ろうとする。泣く人が少なくなっているという社会現象から、彼は自分に同情したのだろうか、それとも単に映子が泣いている事実が、彼の心を揺さぶっているのだろうか。

「今日は鮎《あゆ》のいいものが入りました」

女将が近づいてきて、小魚の皿を置いた。鮎は映子にとって親しいものだ。夫の洋一が時時釣に出かけるからである。が、ここの鮎は乱暴に食べる釣果《ちょうか》とはまるで違っていた。細い笹の葉が敷かれ、いまにも跳ねそうな形に焼かれている。緑色のたで酢というものも、映子には見慣れないものだ。

「僕は、魚を食べるのがとっても下手なんですよ」

「男の人はみんなそうですよ」

そう言った後で、映子は自分は男に媚《こ》びているようだと思う。一見そっけないようで意味あり気な言葉を舌にのせてしまった。「男の人」という言葉は、それだけで甘くどろりとしているようだ。

「映子さんは魚を食べるのがとっても上手《うま》いですね。とても山の国の人とは思えませんよ」

「失礼ね、山梨だからっていっても、お魚はスーパーでいくらでも買えますよ。川魚だって豊富ですもの」

こうした他愛ない会話を交し、冷たい酒を飲んでいるうちに、映子は自分が次第に清浄になっていくような気がした。さっきまで不幸というものに泥まみれ、汗まみれになっていたというのに、今は少しずつ洗われていくかのようだ。といっても今夜の下りの急行に乗ったら、すぐに汗が自分の体からにじみ出てくるはずであった。映子はそれが怖い。が、どうしようもないぐらい怖い。が、今日の下りには必ず乗らなくてはならなかった。

「あの、私、そろそろ失礼します。今だったら、九時半の特急に間に合いそうですから」

「まだいいじゃないですか」

男は映子を見る。女にたくさんの自惚《うぬぼ》れや、眠れぬ夜をもたらすような目だと映子は思った。が、これを一日の思い出として、自分は帰らなくてはいけない。

「この後、もう一軒どこかへお誘いするつもりだったんですよ。飲みついでにもうちょっといかがですか」

「そうはいかないんです。遅くなるって電話を入れた時も、姑《はは》はあんまりいい声を出さなかったし……。だいいち遅くなると駅からのタクシーがないんです」

「じゃ、新宿駅までお送りしましょう」

渡辺は立ち上がった。椅子がガタンと揺れ、彼はますます長身に見える。

「渡辺さん、あの……」

女将に聞こえないように、映子は小さな声で言った。

「ここのお勘定、半分持たせてください。お願いします」

「そんなこと、いいんですったら」

渡辺はいかにもおかしそうに白い歯を見せた。

「うちの社がよく使うぐらいですから、決して高くありません。心配しないでください」

「本当にこんなすごいところで、ご馳走《ちそう》になってすいません」

今日半日の感謝を込めて、映子はぺこりと頭を下げた。

女将の声に送られて二人は店を出る。その時手で持ち上げた麻の暖簾《のれん》の感触が、いつまでも映子の中指に残っていた。

「そうだ、ちょっとお詣《まい》りしませんか」

「えっ」

「すぐそこに神社があるんですよ。ここから新宿まではあっという間ですから、ちょっと寄っていきましょうよ」

有無《うむ》を言わせずという感じで、渡辺は映子の腕をひく。麻の感触をいつまでも持っていた左手に、もっと強い刺激が来た。映子の二の腕の下あたり、いちばん肉がやわらかいあたりを、渡辺は強くつかんだのだ。

そのまま小さな路地を歩いていくと、思いの他に大きい鳥居があった。赤い幟《のぼり》が夜目にもくっきりと見える。神社の敷地はかっきりと四角く、その四角いままに闇《やみ》が横たわっていて、そこに足を踏み入れることに映子は一瞬ためらった。が、酒と興奮で火照《ほて》った肌に、その闇はいかにも気持ちよさそうで、映子は足を踏み出す。鳥居からお社《やしろ》までは、わずか数メートルの距離だ。映子と渡辺は共に歩き、共に立ち停まって頭《こうべ》を垂れた。何年か前の、自分と夫との神前結婚式をちらっと映子は思い出す。全くこんな時に、自分は何ということを考えたのだろうか。

映子は恥ずかしさのあまり、いつまでも顔を上げられない。手を合わせ熱心に祈るふりをする。それでも神に捧《ささ》げる言葉はきちんとささやき続けていた。

——神さま、私がいちばんつらい夜に、こんな楽しいひとときをありがとうございました。明日から、このことを支えに生きていきます。どうか私に力をお与えください——

気配を感じて首を斜めにねじる。姿勢を正した渡辺がじっとこちらを見ていた。そして映子の視線に応えるように軽く微笑む。

「映子さん、何を祈ってたんですか、そんなに長いこと」

「言えませんよ」

映子も微笑む。

「神社で祈ったことは、絶対に人に言ってはいけないって、ずっと祖母から言われてました。きき目がいっぺんになくなるんですって」

「意地悪な人だなあ……」

二人は再び一緒に歩き始める。

「僕は映子さんみたいに意地が悪くないから、ちゃんと言いましょう。僕が祈っていたことはね、映子さんがもうこれ以上泣き虫にならないようにっていうことです」

「まあ」

その時、闇は一層深くなった。映子は突然肩をつかまれる。唇に熱いものを感じた。なんと渡辺は映子に自分の唇を押しつけたのだ。信じられない、こんなことがあるはずはないという思いと、いや自分はさっきからそのことをずっと予感していたのだという思いとがいっぺんにわき起こり、映子を混乱させる。そしてもっと信じられないことに、自分は身をよじったりはしていない。それどころか唇をかすかに開け、男の唇を受け容《い》れやすくしているのだ。

目を閉じているからあたりの闇は見えない。その代わり、頭の中に白い闇が生まれている。まるでこの世のものとは思えない時の中から発生している白い闇だ。どれだけの時間がたっただろうか。男がやっと唇を離した時、映子は長い長い夢から醒めたような気がした。

「送っていきましょう」

ややかすれた声で渡辺が言い、その冷静さは事務的といってもいいほどで映子を哀しくさせた。けれどもタクシーの中で、彼は映子の手を握り続けてくれ、そのことはキスと同じほど重大な意味を持つことのように映子には思われる。二人は何も喋《しゃべ》らず、やがてタクシーは新宿駅の東口に着いた。

「あ、ここで結構です」

「そうですか、じゃ、乗ったまま失礼します」

奥の席に座っていた渡辺は言う。タクシーの運転手の手前、演技をしているようなぎこちなさがあった。

「近いうちに電話をします」

「はい、お待ちしています」

そしてタクシーは走り去った。

あたりに誰もいないことを確かめると、映子はぼんやりと思い出にひたる。ただ一度だけのキスが、これほどの衝撃をもたらすとは自分でも思っていなかった。映子が初めてキスをしたのは、短大に通っていた頃、しつこく追ってきた大学生とたわむれにしたのが初めてだ。キスをしたという興奮はあったものの、感動や喜びからはほど遠いものだった。それよりもはるかに胸がときめいたのは、夫の洋一と婚約中にしたキスであろう。あの朴訥《ぼくとつ》な夫が、いきなり男の顔を見せ、自分の唇を激しく吸った時、映子はどれほど嬉《うれ》しかったことだろうか。その二週間後、ドライブに行った先のホテルで、初めて洋一と結ばれたが、その時よりも喜びが勝っているかもしれない。

その洋一と唇を触れ合わせないようになってから、もうどのくらいたつだろうかと映子は思う。もう三、四ケ月が過ぎているはずだ。親と同居している、もう若くない夫婦であったから、唇だけを交すことはない。それを接する時は、肉体を接することを意味していた。夫に触れなくなったのは、何が原因だったろうか。美和子とのことで喧嘩《けんか》をした時だろうか、それとも姑に子どものことを言われ、映子がそれを夫に訴えた時だろうか。

もうそんなことはどうでもよい。映子は他の男とキスをしたのだ。他の男に抱きすくめられたのだ。

映子は夫や姑に対し、奇妙な勝利感を味わう。自分はあの人たちの知らないところで、とんでもない経験をしたのだ。おとなしく普通の女だと思われている自分が、こんな裏切りをしたと知ったら、あの人たちは何と思うだろうか。

裏切り——自分が浮かべた言葉に映子は怯える。やはりこれも裏切りで不貞というものだろうか。この町にも、男の人と事件を起こした女たちは何人もいる。つい近所の若い農家の妻も、三人の子どもを置いて他の男に走ったのだ。今まで映子は、そうした女と自分とは別の人種だと考えていた。人間が平等だなどというのはとんでもない話で、劇的な人生をおくる人間と、そうでない人間というのは最初から決められているのだ。自分などは生まれた土地に住み、昔から知り合いの男と結ばれるように運命づけられているのだと思っていた。ところがどうだろう。二日前、自分は東京のしゃれた店で酒を飲み、その後男に抱かれたのだ。そんなことがあってよいのだろうか。映子はやはり不倫をしていた幼なじみの佐知に、このことを告げてみたい思いにかられる。

私にもそんな出来ごとが起こるのだ。

私もそんな風にして男に抱かれたのだ。

しかしもちろんのこと、そんなことは誰にも言えやしない。映子はただひとり、この甘やかさと勝利感を味わうしかないのだ。そしてすぐに映子は我に返る。自分には思い出にひたることよりも、さらに大きなことが課せられていたのではないか。夫の不妊という事実から逃れようとして、なおさら渡辺との思い出にひたろうとする自分に映子は気づいている。卑《ひ》怯《きょう》といえば卑怯であるが、一日にいっぺんにことが起こったのだから仕方ない。

夫とのことをもう一度整理して考えてみよう。何らかの解決策を見出そうと映子は姿勢を正すのであるが、すぐに体がぐにゃりとしてしまう。

「映子さんがこれ以上泣き虫にならないように祈っているんです」

という渡辺の声を、自分の中でどれほど繰り返したことだろうか。いけないと思いながらも、あの時の唇の感触を何度も甦《よみがえ》らせた。特にいとしく思い出すのは、わしづかみにされた肩の痛みである。どうしてあれほど激しく渡辺は自分を抱いたのだろうか。こんな平凡な女のいったいどこがよかったのだろうか。

清水のように、いくらでも疑問はわき出てくるが、その答えを出さないまま、何度でも問う。その楽しさに映子は目がくらんでいて、くらんだふりをしていて、夫とのことを考えないようにしているに違いない。

「ちょっと、いいかね」

突然の姑の声に、映子はとび上がるほど驚く。後ろめたいことを考えている時は、姑の声にこれほどびくつくものだろうか。

裏の畑でナスやキュウリの手入れをしていたらしい。正美の手は黒く土に汚れたままだ。おそらく前を通ったところ、ガラス越しに映子の姿を見て入ってきたのであろう。

「あのねえ、こんなことは聞きづらいんだけど……」

姑にしては珍しくもじもじと身をよじった。

「このあいだの病院の結果、どうだったね。あんた帰ってきても、何も言わなかったからずっと心配してたんだよ」

「ああ、あのことですね」

映子は言った。

「別に何にもありませんでしたよ。もうちょっと気長に待ちなさいって言われました」

嘘《うそ》がいくらでも出てくる。とっさに本当のことを打ち明けない自分のことを、そう不思議にも思わない。夫や姑を悲しませたくないというのが表向きの理由だが、つきつめていけば、もっと暗いものが映子の中に潜んでいる。あの事実をもう少し自分だけが握っていたいのだ。いざとなったら、ぶちまけるつもりだ。今はその時ではない。

「ああ、そうかね。そういうことだと思ってたよ」

ほっとしたように唇をゆるめる姑を、映子は意地悪く見つめていた。

「そうはいってもねえ、治療してもらえば、もっと早く子どもは出来るんじゃないのかねえ」

「本当にそうですね。そうかもしれませんね」

渡辺との接吻《せっぷん》を不意に思い出し、映子は微笑んでみせた。

9

七月になると、町の人々の空を眺める目が真剣になってくる。

もちろん行く雲や陽の強さを、いい加減に見る農家の者などいるはずはないのであるが、梅雨明けがいつになるかというのは、葡萄の生命を左右するものである。

映子は五年前の夏を思い出す。じくじくと冷たい雨が降り続いて、記録的な冷夏となった。葡萄が甘くならないどころか、粒が大きくならないと人々は青い顔で話し合ったものだ。市川ワインが契約している農家も、いつもどおりの収穫が出来ず、なんとかよその原料用葡萄をまわしてもらったものの、その年の生産量は三分の二にも達しなかった。いい葡萄が出来ない年に、いいワインが出来るわけもなく、夫の洋一などこう愚痴ったものだ。

「全くなあ、こんな割に合わない仕事もないよなあ。みんな競って勤め人になりたがるわけだよなあ。お天道さん相手にバクチやってるようなもんだもんなあ……」

が、今年の洋一の顔には笑顔がある。長梅雨になると思われていたが、七月からはからりとした夏空が拡がり、早々と梅雨明け宣言がなされたのである。

「よし、よし……」

洋一は庭に植えてある甲州葡萄の粒をとり、ひとつ口に含んだ。

「今年はうまくいくかもしれんな。もっともこの後に雨が来りゃ駄目だけんど」

市川ワインは洋一で二代目になる。洋一の祖父の時代、市場に出せない屑《くず》葡萄を搾って醗《はっ》酵《こう》させたこともあるらしいが、父の代で商売として確立させた。洋一は他のワインメーカーの経営者たちと勉強会を開き、何年かおきにフランスへ視察旅行に出かけたりしている。が、洋一に言わせるとワインづくりぐらい金のかかるものはないという。

「うちのタンクだってな、最新のいいもんに替えたら全部で億っていう金がかかる。今みたいな規模で、ほどほどのワインをつくってるのが、いちばんいいのかもしれないな」

それが諦《あきら》めなのか、それとも洋一独特の照れなのか、映子はまだわからないでいる。いずれにしても、今までの映子が案じ、見つめていたものは空の様子と、夫の顔だけであった。それに姑の正美が加わる時もあるが、長い間の訓練で出来るだけ無視するコツも身につけたはずである。

その映子は、いま受話器に全神経を集中させている。クリーム色のコードレス電話は、どこにでもありふれたものだ。いくら拭《ふ》いても、手垢が落ちず多少黒ずんでいるのが年月を語っている。わりと早い時期、NTTに勤める知り合いに勧められたものだ。当時は最新のものだったが、今は使い勝手が悪い。その電話がリンと鳴り出すのを映子は待っている。もちろん渡辺からの電話だ。東京でキスを交してからもう十日以上たつのに、彼からはまだ何の連絡もない。このことが自分をこれほど苦しめようとは映子は想像もしていなかった。

自分はやはりからかわれたのではないだろうか。

渡辺はたわむれに自分とキスをしたことを後悔しているのではないだろうか。そうだ、あの時彼は酔っていた。醒めてみると、どうしてあんなことをしてしまったのだろうかと舌うちしているのではないか。

このあいだまでのときめきや高揚は、あっという間に失望に変わった。失望、そう、映子は失望しているのである。医師から夫の不妊を告げられた時も、夫の不貞の噂を聞かされた時も、これほど深い失望を感じなかったような気がする。映子は初めてわかったのであるが、失望というのは自分がたまらなく小さく卑しく、みっともなく見えることなのである。そうだ、自分はただの田舎のおばさんではないか。もう三十歳を過ぎ、二の腕や腹に無遠慮な肉がつき始めている。都会の女のようにエステティックサロンや、高価な化粧品などというものから縁遠く暮らしてきたから、この頃は目尻の小皺も目立つ。美和子のように洗練されたところなどまるでない。そんな女を、どうして若いインテリの男が愛してくれたりするだろうか。あの男は自分を慰めるために酒に誘い、ふと出来心から唇を重ねてきただけなのだ。

「みじめだ……」

と映子は唇を噛む。いつの間にか渡辺のことを恨み始めている。もう少しすれば憎むようになるのではないかとさえ思う。

今年は七月の終わりから、露地もののデラウェアが出まわり始めた。小さな粒がぴっしりと揃《そろ》ったこの可憐《かれん》な葡萄は、映子の最も好きなものである。この頃都会の人は、巨峰やピオーネといった高級種が好きで、そちらの方ばかり珍重される傾向がある。が、このデラウェアに本当の葡萄の甘さがあると洋一は言い、映子もそれに同意した。

幼い頃、図工の時間に写生させられた葡萄もやっぱりこの形をしていたような気がする。

今日の午後、裏の農家から、木箱にどっさりとデラウェアが届けられた。

「奥さん、悪いねえ」

作業帽を被《かぶ》り、酒のために少し鼻が赤い主人は、還暦までにまだ二、三年あるといったところだろうか。かなり広い畑を持っているのであるが、子どもたちは東京に就職して戻ってこない。収穫期の葡萄農家ときたら、それこそ眠る間もないほどの忙しさである。果物は足が早い。一刻も早い出荷に間に合わすために、家中総出で夜なべをする光景は、通りのあちこちで覗《のぞ》き見ることが出来る。〝手入れ〟といって、玉割れしていたり、しなびて干し葡萄状になった粒を鋏《はさみ》で切り落とさなくてはならない。葡萄の他の粒を傷つけないよう、しかも全体の形を損なわないようにと、かなり神経を遣う仕事である。おそらく正美が裏の主人に、

「うちの嫁は手が空いてるから」

などと言ったに違いなく、収穫期になると映子は裏の家に行って手伝ってやることが多い。今日は皆が出かけて映子がひとりになるため、葡萄の木箱の方からやってきたという仕組みだ。

映子は店のラジオをつけ、らくな姿勢になって鋏を握る。こうして葡萄をいじるのは決して嫌ではない。少女の頃からやってきた仕事だ。当時は映子の家も専業農家で、夏になるとそれこそ何十という木箱が積まれた。家の中が葡萄のにおいでいっぱいになり、それは髪にも制服にも浸《し》みついたものだ。

今は父親も年をとり、ＪＲに勤める兄がたまに手伝う程度だからたいした収穫量もない。こんな他人の仕事を手伝ってやるぐらいなら、実家へ行って箱詰めでもしてやりたいと思うのであるが、映子は少しひるんでしまう。行って行けないことはないし、姑も勧めてくれる

のであるが、その前後ちょっと機嫌が悪くなるのも確かだ。

「じゃ、行かせて貰います」

などと挨拶《あいさつ》したり、夕食をあらかじめつくっておかなくてはいけない手間を考えると、また別の機会にしようと持ちかけたエプロンを、元の引き出しにしまう。

木箱を二つ片づけた頃だろうか、電話が鳴った。露と果汁に染まった指で受話器をとる。

「はい、市川ワインです」

「もし、もし……」

心臓が止まるかと思った。甲州訛《なま》りの全くないその低い声は、渡辺のものに間違いない。映子は受話器を置こうとさえ考える。一ケ月近くたって、渡辺への恨みは憎しみとはならず、諦めになろうとしているところだったのだ。

「もし、もし、映子さんですね」

〝映子さん〟という言葉で、映子の脳天は痺《しび》れていく。

「東京の渡辺です。お久しぶりです」

「あっ、お久しぶりですね」

やっと映子は体勢を取り戻した。痺れは一瞬のもので、それが通り過ぎた後は、白いものがもやもやと漂っている。が、返事はちゃんと出来た。

「渡辺さん、このあいだはご馳走さまでした」

「いいえ、あんなところでよかったら、また食べに行きましょうよ」

「そうですね。また東京へ行くチャンスがあったら……」

これは映子の精いっぱいの皮肉というものであった。しばらく沈黙が続く。近くでセミの声と、小型トラックが走り抜ける音がする。

「今、何をしていたんですか」

やがて渡辺が問うた。

「私ですか、いま出荷する葡萄の手入れをしてました。鋏で悪い粒を取るんです」

「あの、近くに、どなたかいらっしゃるんでしょうか」

「いいえ、私ひとりで留守番をしているんですけれど」

「ああ、よかった」

彼は少年のような声をあげた。それに映子の心は少しなごむ。

「この一ケ月、僕は何度も受話器に手をかけました。だけど、もしご主人やお姑さんが出たらどうしようって、ついびくついてしまうんですよ」

「どうしてびくつくのかしら……」

誰にも教えられなくても、こんな風に男を誘う言葉を知っている自分に、映子は驚いている。

「それはやましいところがあるからでしょう」

案の定、男は映子が欲しくて欲しくてたまらなかった言葉を口にし始めた。

「映子さん、このあいだのこと怒っているんじゃないでしょうか。実は僕がいちばん心配していたのはそのことだったんですよ」

「何を怒るのかしら。私、渡辺さんにとってもおいしいものをご馳走になって、とても楽しい晩を過ごさせてもらった、それだけですよ」

それには男は応えず、突然話を変えた。

「ねえ、映子さん、近々東京にいらっしゃることはないんですか」

「そんなことはまずありません。何の予定もありません」

「じゃ、僕が勝沼まで行きますよ。それならばいいでしょう」

「とんでもない」

芝居がかった口調は止まり、そこで映子の地の声が出た。

「こんなところで男の人と、二人きりで会っていたりしていたら、それこそ町中の噂になりますよ」

「それならば甲府で会うんならいいでしょう。あそこは大きな街だから、あなただって目につくことはない」

「渡辺さんって何もわかってないのね」

映子は笑い出した。またたく間に映子を包んだ幸福は、余裕と甘い声を生み出しているのである。

「甲府っていっても、地方の県庁所在地ですよ。私たちはたいていあそこで買物をします。メイン・ストリートを歩いたら、それこそ知り合いに三、四人会いますもの」

「それならこうしましょう。映子さんの都合のいい時間、場所を指定してください。そこに僕は車で行きます。それでドライブすればいい。車に乗っていれば、誰も見たりすることはないでしょう」

渋々といった感じで、映子は一週間後の午後七時とつぶやいた。

「あの国道をしばらく走ったところに〝ボンジュール〟っていう丸太小屋みたいな店があるはずです。そこで待っていてください」

ボンジュールというのは、勝沼ではなく隣りの町にある喫茶店だ。東京帰りの店主が、コーヒー一杯に七百円というべら棒な料金をつけたため、地元の客はほとんど行かない。客は通りすがりの観光客か、そうでなかったら地元でも、おしゃれと自任する若者たちだ。たぶん見知った顔はいないに違いなかった。

「それじゃ、七時にお待ちしています」

「ボンジュールですね、わかりました」

事務的なやりとりの後、電話は切れた。映子は自分の頰《ほお》を両手で押さえる。出来たらば、葡萄の木箱を全部ひっくり返して「バンザーイ！」と叫びたい気分だ。体全体が嬉しさのあまり大きく波うっている。

どうしたことだろう、罪の意識などまるで無くなっているのだ。渡辺とキスをしたあの夜、映子の中で空怖《そらおそろ》しい思いが生まれていたのも事実ではなかったか。夫がいる身の上の自分が、他の男の唇を受けたという事実が映子を怯えさせた。ところが長いこと待ち、男のことを忘れようと努めていた頃に誘いの電話が入った。そのとたん、映子はすべてを許し、単純な喜びにひたっているのである。

「私は恋をしているのかもしれない」

声に出さずつぶやいてみると、幸福はさらに深くなるようだ。さっきまで鋏を握り、葡萄の粒をいじっていた。自分はこんな風にして一生を終えると思っていた。ところが違う、違っていたのだ。映子は都会のしゃれた男から、会って欲しいと懇願されている。こんなことが本当に起こっていいのだろうか、自分の身の上に起こったことは現実なのだろうか。

その後、映子はなかなか鋏を持つことが出来ず、おかげで裏の主人から頼まれていた木箱の葡萄をこなすことが出来なかった。

「明日も行ってやれしよ」

夕食の魚をむしりながら正美が言う。嫁の手が遅いことに腹を立てているのだ。

「忙しい時はお互いさまだしね。あそこはいつだって、うちの屋敷の葡萄の消毒、手伝ってくれるんだから」

「本当にそうですね」

女二人の夕食が終わった後、珍しくひどく酔って洋一が帰ってきた。今日は知り合いの家の収穫を手伝った後、帰郷した同級生と飲みに行くと出かけて行ったのだ。ポロシャツを脱いだ後、ランニングだけになり、洋一はビールを飲み始める。農作業やワインづくりでつくられたほどよい量の筋肉が胸や腕についている。映子は夏になると毎晩見ることになる、この夫のランニング姿が好きであった。プロ野球ニュースも終わり、テレビの画面では騒々しいタレントのお喋りが始まっている。

「なあ、お前、竹内っていうの、憶えてるか」

不意に洋一が問うてきた。

「竹内さん、知らない。あなたの学年の人でしょう」

「ほら、生徒会の書記をしてた男だよ。お前が一年の時に役員をしてたから、顔を憶えてるはずだぞ」

「ああ、あのひょろっとした顔の長い人だ」

その生徒は秀才ということでも有名であった。確か一年浪人した末に、一流国立大に入学したはずである。

「あの竹内って、今度助教授になったんだと」

「えーっ、助教授」

「オレと同い年でたいしたもんだよなあ。あの頃はみんな同じように学生服着てたけど、大人になるとどんどん離れていくよなあ」

洋一はごくりと音をたててビールを飲み干す。

「毎年のことだけどよ、正月とか夏になるとよ、ちょっと嫌な気分だよな。東京からみんな帰ってきて仕事の話をする。みんな働き盛りで仕事が面白くて仕方ない。自慢するつもりなくたってよ、そういう風に聞こえてくるよなあ……」

今夜の洋一はひどく酔っているらしい。こんな風に愚痴を口にするなど珍しいことだ。おそらくその竹内という男の話に、ひどく心騒いだのだろう。

「だけどさ、あの人たちだってあなたのこと羨《うらやま》しく思っているかもしれないよ。ローンに追われて狭いとこであくせく暮らしてる。だけどあなたは、今をときめくワインメーカーの社長さん、経営者じゃないの」

昼間の余韻が残っている映子は、おどけた声を出す。自分が幸福な時には、やはり夫も幸福であってほしい。うち沈んだところは見たくないと思った。

「今夜は来てなかったけど、日比野っていう奴、テニス部の主将してた、やたら女にもてた男……」

「ああ、あの日比野さんね」

女のように愛らしい大きな目と、陽に灼《や》けた顔とがアンバランスで、それがいいと女の子たちが騒いでいたものだ。

「あいつ今、ロシアにいるらしい。なんかでっかい工事で行ってるらしいな」

「ふうーん、そうなの」

以前洋一から聞いたことがある。昔から飛行機が大好きだった洋一は、工学部に進んで整備士になることを夢みていたのだ。

「大学落ちたくせに、こんなことを言うのはよくないとわかってるけど、うちがワイン工場やってなかったら、もっと別の生き方があったと思う」

あれは新婚間もない時で、洋一が今よりもはるかに饒舌《じょうぜつ》だった頃だ。そんなことを映子に打ち明けたことがあった。

いまビールにも飽きた洋一は、テレビの前で横たわっている。腋下《えきか》の垂直の脇毛は、彼の青年とも中年ともいえない年齢を現しているようだ。

「ねえ……」

映子は口を開く。

「今でも別の生き方があるって、思っているわけ」

「わかんねえよ」

洋一はリモコンでチャンネルを替えた。またプロ野球のニュースが流れてくる。

「疲れているんだから、むずかしいことごちゃごちゃ言うなよ」

私は考えているわと、映子は夫の後ろ姿を見つめる。あなたがこの家を継がず、美和子と結婚する人生を夢みるように、私も別の生き方が、ひょっとしてあるんじゃないかって思うようになってきた。そんなこと、決してあなたには言わないけど。

10

その日、映子は白い麻のシャツに、コットンパンツを合わせた。傍目《はため》から見れば、よそゆきというほどでもなく、ちょっとそこまで買物に行くという格好であろう。この狭い町では、スーツを着て出ようものなら、たちまち近所の注目をひくところとなる。

「お嫁さん、おしゃれして出ていったけど、甲府へでも行くだかね」

真向かいの主婦など、さっそく姑に尋ねるに違いない。シャツにコットンパンツといういでたちが、そう怪しまれることなく外出出来るぎりぎりのところであろう。

この麻のシャツは、昨年デパートで買った有名ブランドのものである。秋のバーゲンを眺めている最中、あまりにも値引きしているのでつい欲しくなったのだ。

とはいうものの、このブラウスは映子の持っているものの中でも飛び抜けて高いものに違いなく、もったいなくてずうっと袖《そで》を通していなかったものである。映子は値札やタグを注意深くはずし、台所のくず箱の奥の方に入れた。姑がそういうものを拾って点検するとは思えないが、やはり目に触れないようにした方が得策というものだ。

そうだ、この世には隠しておいた方がよいものがいくらでもあると映子は思った。自分と渡辺が深い仲に陥るようなこともないし、夫を裏切るような行為をするはずもない。しかし二人が一緒にいるところは、誰にも見られてはならなかった。

運のいいことに、夫の洋一は帰省中の友人と会うといって、早々と家を出ていった。映子は正美と二人、早めの夕食をとった後に家を出る。洋一と同じように、やはり久しぶりの友人と会うというのが名目だ。

夏の田舎町で、急に社交が盛んになる季節であった。何軒かのスナックは、同級生のグループが陣どっているし、誰かの家では酒盛りが開かれている。さすがに女たちは、男と同じように早い時間から酒やカラオケというわけにはいかないが、子どもをそれぞれの実家に預けた後、幼なじみたちと夜遅くまでファミリーレストランで茶を飲んだりする。

正美もそういう町の事情をよく知っているからこそ、

「ゆっくりしてきなよ」

と快く出してくれたのである。

この姑のやさしさが、映子に苦いトゲのようなものをいくつか心の中に生《う》えつける。自分は、この女の息子以外の男と、これからこっそり会いに出かけるのだ。もう接吻は交した。おそらく彼は、今夜も自分にキスをしてくるに違いない。

キス……あの時の唇の感触や抱擁をどうやって表現したらいいのだろうか。恐れおののきながら安らいでいる。嬉しさにうち震えながら、心のどこかで哀《かな》しんでいる。そんな相反するものと舌とが、からまり合い燃えていくのがキスなのだ。映子はあのキスの瞬間を求めに、今夜出かけようとしているのである。

そして姑から与えられたトゲは、運転しているうちに、なめらかな甘美なものに変わる。ああ、なんて幸せなんだろうと、映子は深いため息をついた。この町で、自分はおそらくいちばんの幸せ者なのだろうとしみじみと思う。

やさしい夫に愛されている女はいくらでもいる。可愛《かわい》い子どもに囲まれている女もたくさんいるはずだ。けれども夫以外の男から、激しく思慕されている女が、いったい何人いるだろうか。

おろしたての白麻のシャツを着、念入りに髪を撫《な》でつけた映子は、実は勝者なのである。誰も知らない、誰に知られてもならない密《ひそ》やかな勝者なのだ。


ボンジュールの駐車場に車を停めた。東京ナンバーと相模《さがみ》ナンバーの車が一台ずつあるだけだ。コーヒーハウスボンジュールは、名前はひどく野暮ったいくせに、外観は凝ったウッディハウスである。

しかしまず映子は扉を開けながらすばやく店の中を眺める。渡辺の姿はまだない。車の持ち主と思われる二組の若いカップルが、何やら声高《こわだか》に話している。映子はいちばん隅の目立たない席に座った。エプロン姿の女がオーダーを取りにくる。年は少々離れているが、どうやらオーナーの夫人らしい。カウンターとの喋《しゃべ》り方がかなりぞんざいだからだ。

「アイスコーヒーひとつねえ」

女は声を張り上げ、その大きさに映子はびくっとする。過去に二度だけ訪れた自分のことを、この女が憶《おぼ》えているはずがない。それなのに映子はさまざまな想像をしてしまう。

「ほら、あそこに座っている女の人はさ、隣り町の市川ワインの奥さんよ。あのびくついている様子からしてさ、男の人と待ち合わせをしてるんじゃないかね」

女がカウンターの陰で、オーナーと話している声が聞こえてくるような気がする。気を落ち着けなければいけないと、映子はハンカチを握りしめる。いったい誰が、自分と渡辺のことを知っているというのだ。万が一、万が一、知り合いに見られてもどうということはない。こう言えばよいのだ。

「うちのお客さんと会ってたのよ。山梨でおいしいコーヒー飲みたいっていうからさ、あの店へ案内しただけなのよ」

ああ、自分は少し混乱しているようだと映子は思った。さまざまなシチュエーションや言いわけを自分でつくり、自分で演じているうちにすっかり疲れてしまっているのだ。

その時、扉が開いた。男が入ってきた。渡辺であった。白いポロシャツにチノパンツといういでたちは、彼をひどく若々しく見せている。映子はすぐ目をそらし、視線で男を迎えたりはしない。接吻をした男と、次に会う時というのは、何と照れくさいものだろうか。

「お待たせしました」

渡辺は椅子《いす》に座った。額ばかりでなく、むき出しの腕やそこかしこが火照《ほて》って、汗さえにじんでいる。それが服装ばかりでなく、彼を若々しく見せている原因であったようだ。

「中央高速で事故があったみたいで、すごく混んでたんですよ」

「まあ、本当」

「八王子をちょっと出たあたりで、急に動かなくなっちゃったんです。約束の時間に間に合わなかったら、どうしようかって、本当にひやひやしちゃいました」

映子はいっきに、温かな気持ちで満たされる。自分に会いたいために、約束の時間に間に合うようにと、必死で車を走らせてくる男がいるのだ。これが幸福でなくてなんだろうか。

「渡辺さん、お忙しいんじゃないんですか」

映子はその男を心から労《いた》わる。

「そうでもないですよ。このあいだからかかりっきりでやってたものを、やっと印刷所に入れてほっとしているところです。ゲラが戻ってくるのは、お盆休みが終わった頃でしょうから、まあちょっとひと息というところですかね」

「あのう、ゲラって何でしょうか」

「失礼、つい僕たちの言葉を使ってしまいましたね。書いた原稿が印刷されたものですよ。これに著者や編集者が直しを入れていって、だんだん本にしていくわけなんです」

「そうなんですか……」

渡辺の語る世界のことを、完全に理解しているわけではない。けれども自分の仕事を語る時の、渡辺の目や表情はとても魅力的だと思う。そう照れもしないで、自分のひたむきさをあらわにするのだ。

「僕のことはもういいから、映子さんのことをもっと話してくださいよ」

「私のこと？」

映子はうろたえる。他人が自分の生活に興味を持つなどと、今まで考えたこともなかったし、こんな要請をされたこともなかった。

「私のことなんか、別にお話しすることもないと思うわ。私は田舎のワイン屋のおかみさんで、どういうことのない平凡な生活をしてるんですもの」

「それはとっても素晴らしいことだと思うな。ねえ、映子さんはワインづくり、手伝わないんですか」

「私は工場の方へは行きません。パートの人の食事をつくったり、売店でワイン売ったりするだけで精いっぱいなんですもの」

「それはとってももったいない話だと思うなあ。僕たちのように都会に住む人間にとって、葡萄園を持って、自分の好きなようにワインをつくるなんていうのは、最高の夢なんですよ。それを楽しまないなんて、もったいないなあ」

「ワインづくりも、商品となると別ですよ」

なぜかむきになって映子は答える。久しぶりに会ったというのに、ほとんど切実さのない渡辺の口調にどこか腹を立てているせいかもしれない。

「うちのワインづくりは、主人の祖父の頃から始まっているんですが、代々女にはやらせないみたいですね。主人の母も工場のことはほとんどしません」

「それはたぶん、ワインをつくり始めた頃に日本酒のつくり方を真似たせいかもしれませんね。女の菌が入るといって、日本酒の蔵は長いこと女の人をシャットアウトしていましたから」

「そうですか……。私、日本酒のことはまるっきりわかりませんから……」

しばらく短い沈黙があった。映子は男の顔を眺める。自分にそんな勇気があるのが不思議だった。キスをした後、次に渡辺に会うことがあったら、おそらく恥ずかしさのあまり自分はずっと目を伏せているに違いないと、ずっと思い込んでいたからだ。

「そろそろ出ましょうか」

伝票を持って渡辺は立ち上がる。その時、映子はかすかな風を感じた。背の高い男がきっぱりとした動作をする時にだけ立つ風だ。映子はそれをもっと近くで感じたいと激しく思った。

二人で店の駐車場へと歩く。田んぼはかなり離れたところにあるはずなのに、うるさいほど大きな蛙の鳴き声が聞こえてくる。

「まだ大丈夫ですよね」

ギアを入れながら、渡辺は怒ったような声を出す。

「何が大丈夫なんですか」

われながら何と嫌らしい言い方だろうかと映子は思う。が、仕方ない。羞恥《しゅうち》と緊張が極端なまでに昂《たか》まった時、女は大層意地悪な言動をとるものなのだ。そういうことは、よほど美しい女か、男にちやほやされ続けてきた女がすることだと思っていたが、その時になると映子もすんなりとすることが出来た。

「何時頃までに帰ればいいんですか」

「何時頃までっていっても……。私のような農家の嫁は、早ければ早いほどいいんですよ。何時まで大丈夫、なんてことは言えないわ」

「でもドライブする時間ぐらいはあるでしょう」

渡辺が急にぶっきら棒になるので、彼が本当に怒ったらどうしようと映子は不安になる。

「友だちと会ってお喋りするって言ってあるので、ちょっとぐらいだったら平気です」

「じゃドライブに行きましょう。道を教えてください」

「この国道を右に折れてしばらく行きます……川に出ますからその土手沿いをしばらく走って……」

渡辺は無言で車を発進させる。国道といっても暗い道だ。すれ違う車のヘッドライトがとてもまぶしい。車はやがて川にたどりついた。このあたりはいわゆるラブホテルが三軒ほど密集している。どこのネオンも、まるでおもちゃ箱をひっくり返したような色彩だ。青に赤に紫色と、けばけばしいけれど子どもっぽい。映子はふとこの乗っている車が、そのうちの一軒に吸い込まれていくのではないかという畏《おそ》れを持った。

もしそうなったら、自分は抵抗することが出来るだろうか。

自分は心の底から夫を裏切ってはいけないと思うのだろうか……。

そんなことは映子にはわからぬ。わかっているのは、渡辺が自分のことを決してホテルになど誘わないということである。なぜだかわからぬが女の勘でわかる。渡辺は自分と接吻はしてもそれ以上のことはおそらく望まないはずだ。まるで鏡を見るように、相手の臆病《おくびょう》さが映子にはわかる。

河原は月の光で青白く輝やいていた。まだかよわい背丈のススキが斜めのまま揺れている。

彼はその傍《そば》で車を停めた。

「映子さん……」

渡辺は声を発した。映子が欲しがっていた言葉を紡ぎ出す声だ。

「とても会いたかった……」

「私もです」

初めて素直になった映子に、男は手をさし出す。肩をつかまれ唇を重ねられた。酒気を帯びていないから、このあいだよりもはるかに乾いている唇であった。

「僕は映子さんに会うために、東京から車を飛ばしてきたんですよ……」

ややあって唇を離した後、渡辺は言う。

「本当にひと目だけでもいい、顔を見たいって思ったんです」

「そんな……」

映子は感動で胸がいっぱいになる。全くどうしてこんな素晴らしい体験を、口にすることが出来ないのであろうか。人妻のこうした喜びは決して口に出すことはなく、体中をぐるぐるまわるらしい。映子はせつなさのあまり身をよじった。

「私みたいに何の取り柄もない女の、いったいどこがいいんでしょうか……」

「どうして君は、そんなことを言うの」

〝映子さん〟という呼びかけが、二回のキスで〝君〟に変わったようなのである。

「君はとっても素敵で可愛らしい。本当に魅力的な人なんだ」

「そんなこと、誰も言ってくれなかったわ……」

「そりゃね、きっと、他の人たちの目はふし穴ばっかりなんだよ」

渡辺はもう一度あわただしいキスをする。その唇を受け止めながら、映子は唐突に夫の洋一のことを思い出した。自分と結婚した彼の目は、唯一ふし穴ではなかったということなのだろうか。


次の日、佐知から電話がかかってきた時に、映子は胸がドキリとしたものだ。

「ねえ、映子ったら、昨日、石和の河原行ってさ、男の人とキスをしてたでしょう。やることが大胆よね。私の知り合いがしっかりと見ていたわよ」

もしもこんなことを言われたらどうしようかとチラッと考え、馬鹿馬鹿しいと笑い出したくなった。どうやら渡辺とキスをして以来、自分はつまらぬことにいろいろ怯《おび》えていると思った。

案の定、佐知の電話は今から出てこられないかというものことである。ちょうど映子の家では、相変わらず帰りの遅い洋一を待ちながら、女二人で葡萄の手入れをしているところであった。

「お姑《かあ》さん、ちょっといいですか」

「ああ、行ってらっしゃい」

姑は淡々とした調子であるが、〝ゆっくりしていらっしゃい〟という言葉が今日はなかった。

約束のファミリーレストランへ行くと、佐知はちょうどアイスコーヒーに口をつけようとしているところであった。唇をとがらせるようにしている佐知はとても若く見え、愛らしいといってもいいぐらいだ。子どもたちの成績もよく夫婦仲も円満で、何の不自由もしていないように見える彼女が、裏で不倫をしていたとは、いったい誰が想像しているだろうか。佐知と相手の男とは、映子たちが完全にその存在を無視したラブホテルに行く仲なのである。そしてそれが夫に知られそうになった時、窮地を救ってやったのは映子である。

おそらくそうした映子の心がわかるのだろう。佐知はいきなり言った。

「ねえ、こんなこと言っていいのかわからないけど、私は映子に恩も義理もある。だからあんたに言うんだよ。他の人が言わないことをよ」

ここでちょうど映子のフルーツポンチが運ばれてきたので佐知は口をつぐむ。昨夜以来、こうして冷たく甘いものを口にしたい気分なのだ。

「ねえ、絶対に私からだって言わないでね、思わないでね」

佐知はひと思いに喋ろうとするあまり、アイスコーヒーで少しむせた。

「あのね、どうも美和子が妊娠しているらしいの」

「まさかあ……」

離婚したばかりで子どもを連れて実家に戻ってきている美和子が、どうして妊《みごも》ったりするのだろうか。

「そんなの出鱈目《でたらめ》じゃないの」

「出鱈目じゃないわ。私の友人で、産婦人科通ってる人が、何度も美和子を見たって……」

「だからって妊娠とは限らないでしょう。もしかすると治療や診断に出かけてるのかもしれないじゃないの」

不妊治療に通ったことのある映子はきつい口調になったが、それを佐知は遮る。

「子どもを産んだ女はピイーンときたわよ。お腹の出っぱりが普通じゃないもの。動作もだるそうですぐわかるわ。それでね、それでね……」

怒らないでね、という言葉が後に続いた。

「父親は洋一さんだろうって、口さがない人たちは言うのよ」

今度は本気で映子は笑った。

11

映子は低く笑い続けている。怒りもあったし驚きもあった。しかし、そうした感情を含めてもなお、映子はおかしいのである。そうした映子の表情を不気味に思ったのであろうか、佐知はおずおずと声をかけた。

「あの、ごめん、私、つまんないこと言っちゃったよね。美和子の子どもの父親が洋一さんだなんて、それは何も知らない人が面白がって言ってるだけだよ」

「わかってるってば」

「気にしないでね。私ってよくくだらないことを言っちゃうから」

映子は今年の冬の、佐知の狼狽《ろうばい》ぶりを思い出した。浮気がばれそうになり、大慌てで映子にアリバイづくりを頼んできた時のことだ。罪を持つ人間に限って、どうして他人の愚かさを許さないのであろうか。他人の秘密をあれこれ噂《うわさ》するのだろうか……。

佐知もこの場の気まずさがわかったらしく、ゆっくりとアイスコーヒーのストローをまわし始めた。氷がちゃりんと澄んだ音をたてる。

「だけど美和子、どうするんだろう」

ふと思いついたように佐知は顔を上げる。自分は口さがない近所の女たちではない。本当に美和子のことを心配する親友なのだと、彼女は言いわけしたいようなのである。

「本気で未婚の母になるつもりなんだろうか、この町でそんなことしたら、ねえ、大変な騒ぎだよねえ」

「わからない」

それが映子の正直な気持ちだ。他人の人生などどうしてわかるだろうか。美和子がこれから子どもをどう育てるのか、相手の男と結婚するのか、などということを映子は推しはかることも出来ない。美和子は美和子、自分は自分なのだ。ただわかっていることは、彼女の子どもの父親が洋一ではないということだけである。男性不妊と診断された洋一に子どもが出来るはずはない。

いまこのひとつの真実に支えられて、自分はこれほど冷静なことを考えられるのである。

「ねえ、佐知ちゃん、美和子が妊娠したっていうこと、まわりの人たちはみんな知ってるの」

それがいちばん気掛かりなことであった。この狭い町で、離婚して帰ってきたというだけで美和子は肩身の狭い思いをしているのだ。それに未婚の母などという要素が加わったらいったいどんなことになるのであろうか。佐知よりもはるかに純粋に、自分は美和子のことを案じていると映子は思う。そこには夫と噂されている女、といった苦いものはない。それはすべて払拭《ふっしょく》された。なぜならば美和子に他の男性がいることがはっきりしたからである。だから自分は心からやさしい声が出せるのだ。

「ねえ、美和子はどんな様子なの。まさか家の中に閉じこもってるってことはないわよね」

「それがさっ」

自分の失言にもかかわらず、映子が全く不機嫌になっていないことに気づいた佐知は、調子に乗って身を乗り出す。舌もずっと滑らかになった。

「それがあの人の本当にわからないところなのよ。子ども連れてね、堂々と買物にも行くし、家の前でよく水撒《みずま》きだってしてるよ。私見ても、元気ィー、なんてもんよ。おまけにTシャツ着てるから、お腹だって目立つしィ……うーん、男の人から見れば、ちょっと太ったかなあっていう感じかもしれないけれど、子どもを産んだ女から見れば、もうはっきりわかる大きさよねえ……。そういうお腹をして、人前に出るあの人の気持ちって、本当にわからないのよねえ……」

最後はため息をつく。どうやら美和子は不可解な存在となって、佐知の頭の中を大きく占めているらしい。

「あのさ、今度三人で会ってみない。美和子も、映子ちゃんと私にだったら本当のことを話すかもしれない」

「別に聞きたくもないよ」

うっかり口に出してしまった後で、その言い方はとても冷たく聞こえたのではないかと、映子は少々自己嫌悪に陥る。

「美和ちゃんもそういう態度をしてるっていうことは、覚悟だって出来てるし、相手の人との話し合いが出来てるんじゃないの」

この「相手の人」という言葉を、映子はとても温かく発音する。なぜか背の高いがっしりとした男の姿が浮かんでくる。とにかく自分の夫でないことだけは確かなのだ。

「とにかく美和ちゃんのことはほっておこうよ。友だちとして出来ることは、あれこれ噂しないことなんじゃないの」

これは佐知への痛烈な皮肉というものであった。

洋一は今日も飲む約束があるからと言い、早めに工場の仕事を終えて母屋に戻ってきた。

「いい加減にした方がいいよ。みんなは東京から遊びに帰ってきてるんだ。それにつき合うことはないだよ」

姑の正美が台所から声をかける。彼女は家に遊びに来る同級生たちには愛想がいいが、自分の息子が出かけることはあまり喜ばないのである。

「そうは言ってもよ、あいつらは昔の友だちに会えるのを楽しみに東京から帰ってくるんだからよ、そうもいかんさ」

珍しく洋一は母親に反抗した。

「そうかもしれんけんど、遊びに帰ってきた人たちに、仕事をしてるあんたが毎晩つき合ってやることはないだからね」

これには答えず、白いポロシャツに着替えた洋一はぷいと立ち上がった。その後ろ姿を見ながら、夫は美和子の妊娠を知っているのだろうかと映子は思う。いや、まだ知っていないような気がする。なぜなら少々不機嫌になっているものの洋一の足取りは軽く、何の屈託もないからである。このままずっと知らずにいてほしいと映子は祈るように思い、そんな自分の気持ちにハッと息を呑《の》む。

どうしてそんなことを考えるのだろうか。たとえ他の女のこととはいえ、夫が悲しむのを見たくないのだろうか。いや、そんなことではないと、映子は慌てて打ち消す。美和子の妊娠によって、ひと波乱もふた波乱も起こることが嫌なのだ。おそらく夫は何らかの反応を起こすであろうが、自分はそれを見るのが嫌なだけである。

「映子さん、夕飯は何にするかねえ」

姑がのんびりとした声を出す。

「洋一がいないし、二人だけだから余りもんでいいじゃんね」

いつも姑は同じことを口にする。夫が出かけた夜は、女二人冷蔵庫のものをさらって食べようということなのだ。こういう時のために、冷蔵庫の中にはラップされたさまざまなものが眠っている。おとといの煮物、昨夜の鮭の焼いたものの残り、そうしたものを電子レンジで加熱すると、なかなか皿数の多い夕食になる。漬け物は新鮮なものを山盛りにするし、何かもう一品つくることもある。映子はこのことに対してあまり不満はない。ただ姑が、夫が出かける夜は判で押したように同じことを言うのがおかしいだけだ。

電話が鳴った。ちょうど映子は茄子《なす》の漬け物を出そうとして、ぬかみその中に手を入れたところであった。

「あ、私が出るよ」

正美が気安く受話器をとった。

「もし、もし、はい、はい……市川ですけどねえ」

いつもそうだ。姑はよく知らない相手からだと、とたんにきつい口調になるのである。

「はい、いますよ、ちょっと待ってください」

目を上げると、コードレス電話を持った姑が立っている。

「映子さんにだよ。東京の渡辺さんっていう人から」

「はい、ちょっと待ってください」

その後、自分がどのように行動したのかまるで憶えていない。大急ぎでぬかみそがついた手を洗いタオルで拭《ふ》いた。正美は受話器をダイニングテーブルの上に置き、レンジの前に立っている。

ここで話せということなのか。それとも単に映子が喋りやすい位置に、受話器を置いただけなのだろうか。

とにかく映子は気が動転している。姑の手前、うまく振るまわなくてはと思うものの、受話器を持つ手が震えているのが自分でもわかった。とにかくその場で話し始める。

「もし、もし、映子さん……」

向こう側から伝わってくる声も、息を潜めたものだ。

「今の人、お姑さんなんですか」

「はい、そうです……」

「すいません、ご迷惑でしょう。すぐに切りますから」

「いいえ、いいんです……」

「あの、ただちょっと声を聞きたかっただけなんです。たったひと言でもいいからと思って電話をかけたんだけど、まずかったなあ……」

「いいえ、そんなことはないんですよ」

そう答えたものの、映子は気が気ではない、何かを温め直しているのであろう、台所でがちゃがちゃと鍋《なべ》を動かす音がする。

「映子さん、また近いうちに東京へいらっしゃる予定はありませんか」

「いいえ、ないんです」

自分は同じような、否定の言葉ばかり繰り返していると映子は思った。

「それじゃあ、僕が近いうちにそちらに会いに行きます。いいですよね」

「はい……」

やっと違う答えが出た。

「よかった。それだけ聞けば安心出来ます。それじゃあ、また」

「ええ、じゃ失礼します」

受話器を置いたとたん悔いの強さが、映子の胸に拡《ひろ》がっている。恐怖があっという間に消え、跡に残ったのは甘やかな感情である。自分はどうしてもっとやわらかい言葉を相手に与えてやることが出来なかったのか。いくら姑が傍にいるからといって、口をついて出てきたものは硬い拒否の言葉ばかりであった。おそらく渡辺は、自分のことをなんと臆病なつまらぬ女だろうと思ったに違いない。

いくら気をつけようとしても、映子の表情はぼんやりしていたらしい。正美が声をかける。

「今の電話、誰からだったでえ？　東京の渡辺さんちゅう人だったけど、何とか出版とか言ってたよ……」

「出版社の人で、うちの広告出さないかってずっと言われてるんですよ」

全く自分でも驚くほど、的確で上等の嘘《うそ》がすらりと出た。好きな男からの電話を、姑の前で受け取るという異常事態の前で、映子の頭脳は別人のように動き始めているのだ。

「だけどお金をいっぱい取って、おかしな雑誌にちょっと載るっていうのだと困るものねえ」

「ああ、ダメ、ああいうのはダメだよ」

正美は手にしていた玉じゃくしを、信号機のように左右に激しく振った。

「私も洋一も、ああいうの大嫌いで、いっさい相手にしないのさ」

「そうですよねえ、お姑《かあ》さん。それが賢いと思うよ」

映子はにっこりと笑う。やっとしみじみとした幸福を感じる余裕が出てきたようなのである。自分は目の前にいる姑を、決して嫌いではないとふと思う。ただ好きでないというだけだ。けれどもその好きでない女とふたりきりで、映子は何度も何度も夕飯を食べなければならない。その理不尽さと引き替えに、汁を飲みながら好きな男のことを考える。それはおそらく許される行為に違いなかった。

「ねえ、映子さん、こんなこと聞きづらいんだけんど……」

このあたりの習慣で、胡瓜《きゅうり》の漬け物にたっぷりとカツオ節をふりかけながら正美は問うてくる。もうこの時点で、映子は姑が何を言おうとしているかわかった。

「お医者さんのこんだけんど、いったいあれからどうなってるだかねえ……」

正美が勧めた不妊治療専門病院のことだ。そこの医者は、洋一の方に問題があり、このままでは妊娠はむずかしいであろうとはっきり告げたのだ。しかしそのことをまだ映子は姑にも夫にも告げていない。もしそのことを話したとしても本気にしてくれないであろうということがひとつ、もうひとつの理由は、この決定的とも言える切り札を、映子はまだ使うつもりがないということにある。あの日病院で、映子はどれほど驚き、悲しんだであろう。絶望というのはこういうことだろうかとさえ思ったものだ。あの時の自分と同じ苦しみを、姑に味あわせるのはまだだと映子は考えている。子どもが出来ないのは、あくまで自分の方に原因があると思わせているのは、安堵《あんど》にも似た感情を映子にもたらす。

結局、姑や夫に本当のことを告げないのは、復讐《ふくしゅう》を考える意地の悪さと、同時にこれ以上家の中に波風を立てたくないという映子の小心さによるものなのだ。

「秋になったら、ちゃんと通おうかと思ってますよ」

今日の映子の舌は、持ち主を完璧《かんぺき》に離れて勝手に頭脳プレイを始めている。

「東京へ何度も行かなきゃならないんで、お姑さんに迷惑をかけると思いますけど、よろしくお願いしますね」

そう口に出して、映子は素晴らしいことを思いついた。そうだ、自分は渡辺と会うチャンスをいくらでもつくることが出来るではないか。不妊治療の目的で東京へ行けばよいのだ。

他の男に会うために、夫との子どものことを言いわけにすることが、それほどいけないことだと映子には思えない。なぜなら自分は不妊という大きな不幸を背負わされているのだから。

「ああ、いいともさ、いいともさ」

正美は相好《そうごう》を崩した。こうして見ると、人のよい女である。もし孫が生まれたら、さぞかし甘いお婆ちゃんになることであろう。

「竹川さんとこのお嫁さんもさ、四年間子どもが出来なかったのに、病院へ行ったらすぐにお腹が大きくなったそうだよ」

「へえー、そうですか」

竹川さんのお嫁さんというのが、町のどの女を指しているのか映子にはとっさにわからぬ。どうやら正美の中には、妊娠地図とでもいうような、妊《はら》んだ女たちのリストがあるらしいのだ。

こんな会話があったためだろうか、すっかり機嫌よくなった正美は、風呂に入り、早い時間に寝ついてしまった。洋一が帰ってきたのは十二時近くになろうとしている頃である。

廊下から茶の間に上がろうとして、敷居のところでつまずきそうになった。足元がふらつくほど飲むことは珍しい。いつもなら、酔ってもごろりと横になる程度だ。

「ちょっと飲み過ぎじゃない」

映子が言うと、洋一は低くああと答えた。

「ビール出してくれよ、ビール」

「やめた方がいいんじゃないの。ふらふらしてるよ」

「いいから出せってば」

こんな風にからむこともなかったはずだ。ビールが飲みたければ、自分で冷蔵庫を開けて勝手に飲む。夫のこの横柄さはいったいどこからきているのだろうかと映子は訝《いぶか》しく思い、そしてもしかしたらとつぶやく。もしかしたら、夫は美和子の妊娠を知ったのではないだろうか。きっとそうだ。今日出かけたスナックは、美和子の住んでいる地区にある。佐知の話では、美和子の妊娠はそろそろ人の目に立ち始めているらしい。店で飲んでいて、その噂が出たということは充分に考えられる。

夫は知ったのか。それとも知らないままなのだろうか。

いつもだったら、こうした問いを映子は自分ひとりの胸に仕舞い、くすぶらせ、そして重く沈ませていったものだ。ところが映子はその質問を口にしてもいいような気がしている。夕方の渡辺からの電話が、映子に勇気を与えているのだ。いや、勇気というよりも悪意に満ちた衝動といった方がいいかもしれぬ。

「ねえ、知ってた」

ビールとコップをテーブルの上に置いた後、映子はさりげなく夫の顔に目をやる。

「美和子、お腹が大きくなったみたいね」

「知ってる……」

洋一は肩で大きく呼吸した後、ビールをひと息に飲み干した。

「いつ知ったの。今日誰かに聞いたのね」

「いや、聞いたのは先週だよ」

主語を省いた言い方をしたが、美和子から聞いたということになる。

「なんでももうじき結婚するらしい。東京の人で、ずっと前からつき合っていた男らしい……」

「あら、そう」

この奇妙な喜びと意地の悪さをどういったらいいのであろうか。映子は楽しくてたまらぬ。どうやら夫は失恋をしたらしいのだ。相手の女は、現に別の男の子どもを宿しているというのだ。これが愉快でなくて何だろう。うきうきとした映子は、こんな軽口を叩《たた》く。

「私、ひょっとしたらあなたの子どもじゃないかと思ってた」

沈黙があった。夫の白がくすんできたポロシャツが、蛍光灯の下で上下している。

「オレもそう思ったことがある……」

「へえーっ」

映子の喉《のど》から悲鳴がもれた。大げさに笑ったふりをしようと思ったのだがうまくいかない。

「っていうことは、美和子とそういう仲だったっていうこと」

「そうだ」

洋一はこちらを向き直った。すべてが終わった後で、洋一は妻に打ち明け、居直ろうとしているのである。今日、妻と同じように彼も魔にとりつかれていた。

12

「ねえ、それ、本当のことなの」

映子は夫に問いかけてみる。これほど注意深く心を込めて発する質問は初めてだと思った。

「ああ、本当だ……」

夫の洋一は酒くさい息と共に、あっさりと答えを口にした。

「美和子とは、いつ頃からそんな風になったの……」

「今年の二月ぐらいだ。いろいろ悩みごとがあるっていって相談された。話をしているうちにそうなったんだ」

「ねえ、それっておかしいんじゃないのッ」

自分はとても冷静だと映子は思う。それなのに、喉の奥に重みが加わり悲鳴のような声が出た。

「あの人は、昔っから恋人がいたんでしょう。その人の子どもが出来て、もうじき結婚するんでしょう。それなのに、どうしてあなたとそんなつき合いをするのよ」

「わかんねえよ」

今度は洋一が悲鳴のような声をあげる。

「オレだってわからないよ。何が何だかよくわからないよ」

この〝わからない〟という言葉ほど、夫の美和子に対する思慕を伝えるものはなかった。〝愛している〟とか、〝あの女が好きなんだ〟と聞いたとしても、自分はこれほど傷つかなかっただろう。

「ねえ、あなたは騙《だま》されたのよッ」

映子は左手のこぶしをぎゅっと握る。出来ることならば、夫の胸元をつかんでこちらに引き寄せてみたい。口惜しさと怒りが、一緒になり体をじんじんと鳴らしている。

「美和子はね、最初からあなたなんか相手にしていなかったのよ。あなたなんか、あなたなんか、単なる退屈しのぎの相手だったんだから」

洋一は何も言わない。酔いのために青ざめている頰《ほお》がかすかに動いたが、唇は固く結ばれている。夫が沈黙したことが、映子の怒りを大きくした。どうやったら夫をもっと傷つけることが出来るだろうか。可能な限り、自分の言葉で夫をとことん打ちのめしてみたいと思う。

「あの派手な女が、あなたみたいな田舎のおじさんを、本気で好きになると思っていたの。ねえ、どうして自分が騙されているってわからなかったのよッ」

泣いている自分に気づいた。いつ頃からかわからぬが、夫を冷ややかに見ていた時があった。他人から美和子との噂を聞いても、どこか醒《さ》めた心で聞いていた。ところがどうだろう、夫の口からはっきりと美和子との関係を聞いたとたん、映子の目からは涙が噴き出してきたのだ。口惜しい、たまらなく口惜しい。どうして洋一は自分に本当のことを告げるのだ。心のどこかで、美和子とのことを自慢したい気持ちがあるからではないだろうか。そうだ、そうに決まっている。夫のことを憎いと思う。それ以上に憎いのは美和子だ。

いくら大人になって疎遠になっていたといっても、自分と美和子とは高校時代からの友人であった。親友と呼ぶには性格が違い過ぎていたが、佐知と三人、仲よくしていたことは事実だ。美和子が離婚してこちらに戻ってきてからは、何かと親切にし、町の噂からも庇《かば》ってきたではないか。それなのに美和子は、夫と関係を結んだのだ。しかも本気ではなかった。もし美和子が真剣に洋一のことを愛していたならば、映子は彼女のことを許したかもしれぬ。いや、多分許さなかったであろうが、これほどの嫌悪は持たなかったに違いない。

夫も憎く、美和子も憎い。二人への憎しみは、二乗となって映子の胸に押し寄せてくるのであるが、感情をそう重ね合わせていると考えることも、身震いするほど腹が立った。

「あなた、今さら私にそんなことを喋ってどうするつもりだったの」

いつまでも黙っている夫の口を開かせるために、映子は別の方向から揺さぶろうと骨を折る。

「ねえ、だってそうでしょう。美和子は別の男の人と結婚するのよ。あなたなんか捨てられて、あっちはあっちでうまく収まるはずなのよ。それなのにどうしてあなたは今さら、美和子とのことを話すの。どうして、どうしてよッ」

洋一はなおも口を閉ざしたままだ。もうこれ以上何も言わないと決めたようで、夫のその意固地さがほとほと憎い。映子は目の前にあるガラスの灰皿を片手でつかんだ。何かを強くつかまないことには、自分の指はもう耐えられそうもなかった。そしてそれは案外軽く振り上げることが出来た。ほとんど無意識のうちにそれを投げる。夫を狙《ねら》ったのかどうか自分でもわからない。とにかく灰皿は洋一からそれて、後ろの襖《ふすま》にぶつかった。鶴の模様の首のところが、ぱっくりと割れた。吸い殻があたりに散らばる。

「何をするんだッ！」

洋一が大きな声をあげる。日頃はおとなしい妻の狂乱に驚いているようだ。

「ちょっと冷静になれよ」

「どうして冷静にならなきゃいけないの」

映子は夫を睨《にら》みつける。

「こんなひどいことをされて、こんなに馬鹿にされて、冷静になれってどういうことなの」

やっとわかった。夫も美和子も自分のことをなめていたのだ。そうでなければ、美和子は洋一とそんなことをしなかったはずだし、洋一は美和子とのことを妻に告白するはずもなかった。

洋一は映子に、失った自分の恋の話を聞いてもらい、そしてついでに妻を悲しませたかった。そうなのだ。洋一が見たかったものは、妻の驚き悲しむ顔だった。いったい、何のために。決まっている。彼は感情のもっていきようがなく、それを妻にぶつけたのだ。猫がスズメをいたぶるように、洋一はこのうえなく残酷な仕打ちをしたかったのだ。

けれども映子は思わぬ行動に出た。いま映子を支配しているのは受け身の悲しみではなく、強い怒りである。どうして自分の中にこれほど強靭《きようじん》なものが潜んでいるのか不思議だった。とにかく映子は夫を睨み続けている。

「私は許さないわ、絶対に」

映子は言った。

「私はあなたと美和子を、絶対に許さない」

映子はまず実家に帰ることを考えた。車で十五分のところに、両親の住む家がある。しかし兄夫婦にあれこれ説明しなければならないことを考えると、心がすっかり萎《な》えてしまう。自分より年下の兄嫁と昔からどうにも気が合わないのだ。子どもを年子で三人産んだ兄嫁は、映子と顔を合わせるたびに、

「やっぱり女はね、子どもを産まないと一人前っていえないものねえ」

としたり顔で言うのを常としている。そんな無神経さが映子には耐えられなかった。騒がしい姪《めい》たちと一つ屋根の下に暮らし、気がねしながら兄嫁と暮らすというのは、たった三日間でも嫌だと思う。

「女三界《さんがい》に家なし」

という言葉が身に染みた。そんなことは大昔の話だと思っていたが、今の自分がそのとおりではないか。子どもがいない女は、婚家先においてもどこか仮住まいといった心細さがあ

る。その間に実家の方は別の女が入ってきて、違う家族を増やしている。

映子は今さらのように、自分の、女全体の不幸を考えるのである。

そして実家へ帰らない理由はもうひとつあった。この狭い町で、映子がもし実家へ帰ったりしたら、大変な噂になるのは間違いない。もうじき美和子の妊娠、結婚というのはこのあたりのトップニュースになるだろう。そんな時に映子が、もし実家に帰ったりしたらさまざまな臆測《おくそく》を生むはずだった。面白おかしい話がつくられ、拡がっていくに決まっている。そんなことはすまいと決心する映子だ。町の人たちに勝手な噂をさせるというのは、夫に悲しい顔を見せることと似ている。自分の誇りを賭《か》けて阻止しなければならないことだ。

この町のことに限らず、人間関係というのはとにかく建前を大切にする。ある一定以上に感情を露出すると、後で取り返しがつかないことになるというのは、三十年以上生きてきた映子が身につけた知恵である。

次の日、実家へ帰らない代わりに、映子は部屋にひきこもった。姑の正美も薄々感じているらしくて何も言わない。姑が出かけた隙《すき》に、映子は下に降りていって電話をかけた。葡萄園を経営している美和子の家は観光のシーズンが始まり、手伝いの者を何人か雇っているらしい。見知らぬ女の声がした。

「もしもし、美和子さん、お願いします」

「はい、わかりました。ちょっと待っててくださいね」

人々のざわめきが遠くに聞こえる。休日の混雑を避けて、平日にやってくる人たちは案外多い。

「はい、もしもし。電話代わりました」

相変わらず屈託のない美和子の声だ。

「私、映子だけど」

「あっ、映子ちゃん、久しぶりだねえ」

「あのね、話があるんだけど、ちょっと会えないかしらね」

「それって、今日。今日会わなきゃ駄目なの」

こちらを窺《うかが》うように語尾を上げた。

「うん、今日、絶対に会いたいの」

「あのさ、今日は午後から観光バスが三台停まるから、ちょっと手伝わなきゃならないのよ」

「じゃ、夕方に会ってくれない」

「夕方か……」

そこで言葉が途切れたが、ややあってから美和子は観念したようにため息をついた。

「わかったよ。じゃ、どこにする」

「じゃあね、六時にね、ぶどうの丘センターのテラスのとこがあるら、あそこで待ってて頂戴《ちょうだい》」

そして映子は乱暴に電話を置いた。いくら鈍感な美和子でも、今の電話で大方のことは察しがついただろう。映子はすべてを知ってしまったのだ。すべてを知ったら、愛人よりも妻の方がはるかに強い。昨日から映子は、自分が大きく変わったと思う。美和子と夫との不倫をもっと別の形で知ったら、自分はこれほど怒ることはなかったはずだ。夫の告白という形だから、自分はこれほど強い憎しみに揺さぶられているのだ。

そして映子は気づく。昨日の夜からなんと自分は渡辺とのことをすっかり忘れているのだ。キスを交し、熱い思いをささやかれ、自分はすっかり惑わされていたではないか。もしも、何らかの奇蹟《きせき》が起こったら、自分は彼と人生をやり直したいと夢みたこともある。ところがどうだろう、自分はこの目の前の怒りにすべてを奪われているのである。

渡辺のことはいずれ考えようと映子は思う。渡辺は甘く美しい記憶であり現実だ。しかし、それに溺《おぼ》れたりすると自分はもうあの女と戦えないような気がする。

五時四十分、車に乗り込みキイを差し込む。ここからぶどうの丘センターまで十分とかからないが、遅れたくはなかった。そうかといって早めにいきたくもない。ちょうどいい頃合いを見計らって出発したのだ。

案の定、ぶどうの丘センターはたくさんの観光客でにぎわっていた。駐車場は東京をはじめとする他県の車で埋まっている。しかし平日ということもあり、ぼちぼちと帰り仕度をする人がいる。レストランのテラスの隅の方にいくつか空席があった。美和子はまだ来ていない。厨房《ちゅうぼう》のドアの陰にあるこの席は、いわば死角になっていて、映子は顔見知りのウェイトレスにコーヒーを注文した。

「おたくも忙しくなってきたら。ここんとこ天気が多いから人も出るよねえ」

「うちは葡萄酒屋だから、来る人っていっても知れてるさ。だけどねえ、工場の方は忙しいよ」

「市川ワインさんはさ、ここんとこ評判いいよ。このところ、名指しで買ってく人も増えてるしさ」

このセンターの地下は巨大なカーヴになっていて、入場料を出すと各メーカーのワインを試飲させてくれる。客は気に入った会社のものを買っていくのであるが、市川ワインの売れ行きは確かにそう悪くない。映子はそんな愛想を言ってくれるウェイトレスに、精いっぱいの笑顔をかえした。

が、映子のそんな落ち着きも美和子がやってくるまでだ。美和子はしゃれた麦わら帽子をかぶり、紺色のワンピースを着ていた。ゆったりとしたデザインであるが、腹部がそう目立っているとも思えない。佐知と違い、そうしたことにすぐに気づくことの出来ない自分の不幸を、一瞬映子は思った。

「ああ、暑いねえ」

照れ隠しなのだろうか、挨拶《あいさつ》もなしに美和子は椅子にどさりと腰をおろした。そのだらしなさというのは、確かに妊娠の証《あかし》というものかもしれなかった。

「映子ちゃん、用事なら早く言ってね、私、夕ご飯の仕度、やりかけで来ちゃったから、子どもたちに怒られちゃうよ」

〝子どもたち〟という言葉が、映子に話し出す勇気を与えた。もし美和子に会ったとしても、自分は何も喋ることが出来ないのではないかと心配していたのであるが、そんなことはなかった。

「その子どもたちに顔向け出来ないことを、どうしてしたのよ」

「それって、どういうこと」

美和子はきょとんと首を傾《かし》げる。とても年齢には見えないあどけない表情だ。

「しらばっくれないでよ。夫が私に言ったのよ。あんたとそういう仲だって」

「そういう仲って、どういう仲でもありゃしないわ」

美和子は低く笑う。ひどく下卑《げび》た感じだった。暑さのために、オレンジ色の口紅が半分とれかかっている。自分の夫は、この唇と触れ合ったのだと映子は見つめる。

「私と洋一さんとは、恋人でも何でもありゃしないわよ」

「でも、寝たんでしょ」

自分がこんな下品な言葉を口に出来るとは思わなかった。でもそれはすらりと自然に舌にのせることが出来た。

「寝たからって、恋人だっていうことはないでしょう」

美和子は苦笑いする。その笑いを映子はかつて聞いたことがある。田舎の高校だったから、早熟な生徒は数が少ない。その中でも美和子はキスを中学生の時に経験していることで知られていた。

「キスをしたからって、恋人っていうことはないじゃん」

十六歳だった美和子はそう言い放ち、まわりで聞いていた映子は、空怖《そらおそろ》しい気分にさえなったものだ。それと同じ笑いだが、三十四歳の美和子には、狡《ずる》さとしたたかさが加わっている。

「それにたった二回だけだよ。映子には本当に悪いと思ってるけど、あれは何ていうのかなあ、大人のはずみっていうもの、私はすごく淋《さび》しかったし、おたくのダンナはすごくやさしかった。それだけのことよ。だって私、あの時のこと、ほとんど憶えてないもの。これ、本当だよ。大人のちょっとした出来ごとっていう感じだったのに、洋一さん、どうしてそんなこと、映子に言うのかねえ」

美和子の言うことを、映子はほとんど理解出来ない。全く違う価値観を持った異星人の言葉のようだ。怒る以前にまず理解出来なかった。

「あのね、多分聞いてると思うけど、私、もうじき結婚するのよ」

もうこんな話はやめましょうよ、とでもいう風に美和子はひとり頷《うなず》く。

「あのね、この町に帰ってきた時は、彼との仲も終わったかなあって思っていたんだよね。離婚の時のごたごたが長びいてて、彼と危うくなりかけてたの。事実何の連絡もなかったしね。本当につらくって淋しくって、どうしようもなかった。子ども二人抱えて、一生この町で暮らすのかって思ったらぞっとしちゃった。そんな時に洋一さんがいろいろ慰めてくれたんだよ」

「それって……」

やっと言葉が出た。震えてはいるが、映子はやっとの思いで単語をつなげていく。

「それって、夫と私のこと、あまりにもバカにしてない……」

「そんなんじゃない。でもね、勝手なことに違いないけど、男と女って規則どおりにいかないことがいっぱいあるでしょう。ねえ、私、このことはいくらでも謝る。映子には本当に悪いことをしたと思っている。私と洋一さんは仲のいい友だちだったけど、ある日ちょっとだけルールをはずしちゃったっていうことだよ」

「でもあの人は、そうは思ってはいない。あんたは取り返しのつかないことをしたのよ。それがわからないの……」

「取り返しのつかないことじゃないよ。私から洋一さんに頼んでみるよ。私も新しい人生始めるし、洋一さんには映子がいる。人間ってそんな後ろを振り返っちゃ前進しないんだしさあ……」

美和子の身勝手さに、映子はただ呆然《ぼうぜん》としている。他人をこれだけ傷つけ苦しめているのが全くわからないのだろうか。

しかしなぜか唐突な質問が映子の口から漏れた。

「赤ちゃん、出来たんだって」

「うん、まだ四ケ月だけど、わかる人にはわかるみたいだね」

美和子はにっこりと笑い、自分の腹部に手を置いた。まるでそうすることによって、自分の罪がすべて許されるとでも思っているようだ。

「じゃ、私、そろそろ帰るよ。カレーにルーを入れなきゃ。子どもがお腹空かせてるし」

その時、目がくらむような怒りが映子を襲った。映子は歩きかけた美和子の背に手をかける。思いきり強く押した。

そこは丘の上のテラスだった。陽が暮れかかり、太陽が厚い雲に閉ざされた時だった。

バランスを失った美和子は、ずるずると芝生を落ちていく。美和子は無言のままで、大きな悲鳴をあげたのは映子の方であった。

13

ただ草の音だけがした。とても大きな音だ。巨大な獣が草の上を走っていくようである。青い色彩が丘の上を転がっていくのが見えた。それが美和子の着ていたものだとわかるまでに映子は時間がかかった。

すべてのものがスローモーションのようにゆっくりと動いていく。人のざわめきも暮れかかった陽の光も確かにそこにあるのに、膜を一枚隔てているように感じられる。

美和子は丘を下がりきったところに倒れていた。ぴくりとも動かない。

死んでいるのだ。

映子の心臓はわし摑《づか》みにされた。恐怖のあまり息が出来ない。美和子が死んでいるということは、映子が殺したということなのだ。自分は殺人者になるということなのだろうかと映子は後ずさりする。殺すつもりなどまるでなかった。ただ夫とのことに逆上し、気がついたら美和子の背を押していたのだ。どうしてこんなことになったのかわからない。ただうつぶせに倒れている美和子がそこにいる。

「ちょっとオ」

かん高い女の声で映子は我に返った。土産物を下げた観光客が丘の下に立っている。美和子を見つけて大声をあげているのだ。

「ちょっとオ、人が倒れているわよ」

丘といっても数メートルの高さだ。女の声に丘の上のテラスにいた人たちが、柵《さく》のまわりに走り寄った。

「あっ、本当だ」

「早く救急車を」

逃げなければと映子は思った。美和子は死んでいるのだ。となれば、自分は殺人者として逮捕されるのだ。その前に逃げなければ大変なことになる。しかしどうしたことだろうか。足がすくんで一歩も動かないのだ。

「ちょっとオ、誰かあー」

丘の下から女の声がする。透んだ空気の中、声はまるで谺《こだま》のようによく響く。

「誰かあ、手を貸してくださいよ。この人、うんうん言ってちっとも動かないの」
美和子は生きているらしい。映子の体中の血が再び流れ始めた。ああ、神さま、私は殺人者にはならなかったのですね。者にはならなかったのですね。気がつくと映子は天を仰いでいた。

どうやって家に帰ったのか、映子はまるで憶《おぼ》えていない。車を停めようとし、軽い衝撃を受けた。タイヤが花壇のブロックに乗り上げていたのだ。しかし車を正しい位置に直す余裕などまるでなく、映子は家の中に走り込んだ。台所へ行き、水道の蛇口を大きくひねって水を出す。ごくごくと飲んだ。流しの横に昼食に食べたアジの開きが置いてある。冷蔵庫に入れ忘れたのだ。もう一度自分にアジの開きを食べる日が来るだろうかと映子は思った。美和子はどうやら生きているらしい。が、低い丘といっても、転落して倒れたのだ。大きなケガをしているのは間違いないだろう。

しかも美和子は妊《みごも》っているのだ。妊娠したことのない映子にはよくわからぬが、さっきの出来ごとで赤ん坊が無事でいられるはずはないと思う。全く大変なことをしてしまった。映子は殺人者にはなっていないが、罪を犯したのである。警察という言葉が浮かんでくる。牢《ろう》屋《や》という筆致の怖《おそろ》しさに、映子はごくりと唾《つば》を呑《の》んだ。美和子の症状次第では、自分は警察へ出頭しなければならない。町中にある警察署に映子は何度か行ったことがある。地域の交通指導員の当番にあたった時の講習会だ。署長はこの町の名士だからもちろん知っている。時々は市川ワインを贈答用に使ってくれる気のいい人物だ。が、映子が犯罪者になったら話は別であろう。自分は手錠をかけられるかもしれない。もしそんなめにあったら、自分はもうこの町に住めるはずはないと映子は思った。

「おい」

映子はびくりとして振り返った。そこには作業着姿の洋一がいた。

「さっき広瀬農園から電話があったぞ。このあいだ持っていった分の納品書をすぐに送ってくれだと。だから……」

そこで洋一は言葉を止めた。映子の様子があきらかにおかしいとわかったからである。

「どうしたんだよ。顔が真青じゃないか」

その時ふと奇妙な快感が映子の中に生まれた。それは自分が事実を打ち明けることによって、これから夫がとても苦しむことになるだろうという思いである。美和子とのことを知ったら、夫は驚き、声を失うに違いない。うろたえ、苦しみ、息もたえだえになるだろう。けれどもそれは、すべて彼が原因なのだ。洋一はこともあろうに、妻の友人に心を移し関係を結んだ。ただの浮気でも妻は口惜しく悲しむものなのに、夫はその女に憧《あこが》れという深い思慕を抱いている。憧れというのは、理性や道理をいっさい排除するほど強固なものだ。錯覚と思い込みで出来ているからこそかえって強い。そのくらいのことは映子も知っている。夫は、二人の子持ちで離婚経験者の女に、ずっとこの憧れという感情を捧《ささ》げているのだ。そして相手は、そんな夫を軽くいなし、時には邪慳《じゃけん》に扱ったりしている。妻としてこんな屈辱があるだろうか。だから映子はこれほどまでに深い狂気に陥ってしまったのだ。

すべて洋一のせいなのである。その洋一がこれから唇をわななかせ恐怖に震えていく。そのありさまを見たいと思う自分は、いけない女だろうかと映子は思った。

「大変なことをしてしまったの」

驚くほど低い声が出た。まるで唾《つばき》を吐く時のような声だ。

「美和子と口争いをしていたら、突き飛ばしていたの。あっという間にあの人、転がっていったわ」

「いつのことだ」

「ついさっきよ」

「場所はどこだ」

「ぶどうの丘センターのテラスの丘」

「それで美和子さんはどうなってるだ」

「わからない……倒れているのだけは見たけど……」

「あの高さだったら、そうたいしたケガはしないだろう」

夫の冷静さが映子には意外だった。ことの重大さがよくわかっていないのだろうかとさえ思う。

「でも……」

なぜかわからぬが、目の前にいる夫の胸を強い言葉でえぐりたいと思う。

「でも、あの人は妊娠しているのよ。あんな風に転んで無事でいられるはずはないと思う。

きっと流産したと思う」

しばらく沈黙があった。映子は夫の目を見つめる。これほど気持ちが動転しているというのに、どこか冷ややかな心が夫の反応を確かめようと見据えているのだ。

「もしそうだったら、ちゃんと償いはしなくちゃならないだろう。でも今は先にしなきゃいけないことがある」

洋一は受話器を手に取った。壁の一覧表を見ながらボタンを押す。

「もし、もし、ぶどうの丘センターですか。さっきテラスのところで女の人が落ちたんですが、どこの病院に入院したかわかるかね……。ええ、はい、わかった。町立病院だね……。はい、ありがとうございました」

受話器を置き、洋一はまっすぐ映子の方を向き直った。

「町立病院に行ってるみたいだ。さあ、これから二人で行こう」

「私、行かない」

思わず映子は叫んだ。

「私、行かないよ。嫌だもの。それよりも警察へ行く。私があの人をつきとばしたって言う」

そこにじっと立って映子は身じろぎひとつしていないのだが、後ずさりしているような気分だ。本当に怖かった。

「馬鹿、何を言ってるんだ」

洋一が怒鳴った。

「警察へ行くのも、まずは病院へ行ってからだ。様子をちゃんと自分の目で見てからだ」

「でも私、嫌だもの。そんなことしたくないもの。お願いだから、私をここに居させてよ」

映子は必死だ。どんなことがあってもここを動きたくはないと思う。病院へ行き、美和子と会うぐらいならば自分で命を絶つ方がずっとましというものだろう。

さっき夫に事故のことを告げた時、かすかに芽ばえていた冷ややかなものが今は全くない。ただ熱く黒いものが体の中を渦巻いていて、映子は気が遠くなりそうになる。

「私は行かないよ。行くぐらいなら死ぬからね」

「馬鹿野郎!」

映子の頬《ほお》に激しい痛みが走った。映子は驚きのあまり口を大きく開ける。穏やかな夫が手を上げたのはこれが初めてであった。

「とにかく病院へ行かなきゃいけない。オレも一緒に行く。いちばんいけないのはオレだ。それはわかってる。だけど今は美和子さんを見舞うことだ。わかったか」


近所の女が、数年前に大きな事故を起こしたことがある。飛び出してきた五歳の子どもを轢《ひ》き殺してしまったのだ。あの時は大変な騒ぎだった。その女は映子とも顔見知りであった。甲府の方に勤めているサラリーマンの妻で、四十代の平凡な主婦である。その女が子どもを殺してしまったのだ。死んだ子どもの母親はほとんど気がおかしくなっていて、通夜の時、頭を下げる女に向かって花を手あたり次第投げたという。まわりの人が止めると、今度は聞くに耐えないような言葉で罵《のの》り始めたそうだ。

その話を聞いた時、「おお、嫌だ」と耳をふさぎたいような気分になったが、今日ももしかすると映子も同じようなめに遭うかもしれない。美和子はもちろんのこと、美和子の両親にどのような言葉でそしられるのであろうか。

病院のエレベーターの中に映子はいる。傍らには作業着からこざっぱりとした上着に着替えた洋一が立っていた。今は夫のこの男らしさが頼りである。美和子とのことを告げた時の洋一の反応は、映子の想像していたどれとも違っていた。決してうろたえたり怯《おび》えたりはしなかった。その毅然《きぜん》とした態度にひきずられるようにして映子はここに来てしまったのだ。

エレベーターが三階の外科病棟に着いた。チンと小さな音がする。それはまるで、これから劇の幕が開くという合図のようであった。廊下の右手に長椅子があり、そこに小柄な初老の女が座っていた。美和子の母親だ。かつて映子はなんて垢抜けた綺麗なお母さんなのだろうかと、つくづく眺めたことがある。いつ遊びに行っても、整った髪をし、きちんと化粧をしていた。この頃は珍しくないが、映子が子どもの時代、そんな母親はこの町で美和子の母ぐらいであった。が、しばらく会わないうちに彼女は丸く小さくなり、髪は真白になっていた。その老いた姿が、映子の恐怖を再び呼ぶ。自分はこの女からどのような怒りをぶつけられるのだろうか。映子は少しずつ彼女に近づいていく。スリッパの湿り気が足元から伝わってくるようだ。

「あっ、映子ちゃん」

信じられないようなことが起こった。美和子の母はこちらを見てかすかに微笑したのである。それは懐かしさがこもった無邪気なものだった。

「映子ちゃん、久しぶりだねえ……」

「おばさん」

映子はそこで深呼吸をした。

「おばさん、すいません。私、大変なことをしちゃいました」

「いいだよ、いいだよ」

ゆっくりと手を振る。

「あんなことがあってびっくりして、家に帰ったずら。全く美和子も仕様がないじゃんねえ。立ちくらみがしたらしいんだよね。普段からあの子、貧血気味でよくふらふらするんだよ。今はお腹が大きいんだから、気をつけろしってさんざん言ってやったんだけどね。全く馬鹿じゃんねえ……」

「あの、そんなことありません。私が、美和子さんを……」

「お母さん」

その時洋一は声を発して、会話を中断させた。

「お母さん、美和子さんの具合はどうなんですか」

「それがね、どうも足首を骨折したみたいだねえ。今、脳波を撮りに行ってるけど、こっちは大丈夫ずら。草の上をごろごろ転がっていたからそうたいしたことはないけど、足が折れちゃあね。お腹が大きいから、注射や薬だって駄目だし、こりゃあ治療が長びくねえって私は言ってやったんだ」

「っていうことは、お腹の赤ちゃんは大丈夫なんですね」

と問うたのは洋一である。

「ああ、いま四ケ月で安定期に入る前だったけど、何とかなりそうだよ。だけどね、それがよかっただかどうだかねえ」

「おばさん……」

映子は美和子の母の横に座った。まだ混乱していて話の内容がよくつかめてはいない。美和子の背を押したのは自分なのだ。美和子は決して自分の過失で転倒したのではない。そのことを告げなくてはいけないのに、美和子の母親は次々と重要な言葉を口にするではないか。

「私はね、映子ちゃんだから言うけどさ、転んだって聞いた時、いっそのこと子どもが流れてくれりゃいいなって思ったのよ」

「そんな……」

「だってそうだよ。あのね、未婚の母っていうのは今どき珍しくないらしいし、私もそいじゃそれでいいと思ってただよ。美和子が出戻ってきてからっていうものさ、世間への見栄なんてものはいっさい捨てたからねえ。だけどさ、美和子が結婚しようっちゅう男が、あんまりひどいからねえ」

映子は息を呑む。どうやら美和子の子どもの父親というのは確かに存在しているのだ。

「映子ちゃん、会ってくれたことあるけ？」

「いいえ……」

まさか自分の夫ではないかと、一時にせよ疑っていたとは言えやしない。

「定職がないような男なんだよ。バブルの頃はね、自分で店をやってたらしいけど、それは潰《つぶ》れちゃってね。今は友だちの会社を手伝う何とかコンサルタントとかいうらしいけどね。見るからにペテン師みたいな男だよ」

「そうなんですか……」

「美和子は結婚する、一緒になるなんて騒いでるけどねえ、男の方がどうずらかね。独身だって私は聞いてるけんどね、どうもあの男、前の奥さんときちんと別れてないんじゃないかって思うだよ」

「まさか……」

「本当だよ。うちの方でも興信所頼んでみっか、なんて言ってたところだったからね。いっそのこと子どもが駄目になったら、すっきりしたと思うけんどもね。全く美和子も運がいいだか悪いだか」

やがて廊下の向こうから車のきしむ音が聞こえてきた。看護婦がひとりストレッチャーを押してくる。そこに横たわっている女が美和子だと、映子は直感でわかった。

「先生から説明がありますので、お母さん、診察室の方へ行ってください」

「はい、はい」

美和子の母親は歩きながらも、娘の方に声をかける。

「美和子、具合はどう」

「うーん、もうそんなに痛くないよ」

布にくるまれた美和子の声は、くぐもっているからよく聞き取りにくい。この位置からでは映子は見えないようだ。そしてストレッチャーが動き出し、映子は後を追う。そこで美和子は初めて映子の姿を見たようだ。

「あっ、映子ちゃん」

歯を見せて笑った。映子は立ちすくむ。何が起こっているのか全く理解出来ない。もしかすると美和子は、映子に殺されていたかもしれないのだ。それなのにこの微笑はいったいどうしたことなのだろう。

が、洋一に促されるようにして病室に入る。美和子がストレッチャーからベッドに移る時、二人は手を貸した。美和子は白い寝巻きを着ていて、むっちりとした腰の線がよく見えた。夫はこの腰に触れたことがあるのだと、映子はしみじみと思う。その夫と二人、美和子の体を支えるようにしてやるのは奇妙な気分だ。

病室は二人部屋だったが、もうひとつのベッドは空になっている。看護婦が出ていき、部屋には三人が残された。考えてみると、この三角関係がわかってからというもの、三人になったのは初めてである。しかし謝罪の言葉はすらりと出た。美和子の母親との会話でかなり気が楽になっていたこと、そして赤ん坊が無事であったことが、映子の心をかなり落ち着かせている。

「美和子、許してちょうだい、私、大変なことをしてしまった」

「えっ、何のこと」

美和子は目をみはる。いつのまにか化粧はすっかり落ちていた。アイシャドウをしていない目だが、かえって睫毛《まつげ》の長さがよくわかる。

「私、自分でも何をしたかわからないの。本当にどうして、あんなことしたか……」

「映子ちゃん、何かへんだよ」

美和子はきょとんと目を大きく見開く。

「私がくらくらってして倒れたんだよ。昨日雨降ってたからさ。草が滑ってさ」

「嘘《うそ》、どうしてそんな嘘つくのよ。私があんたの背を押したんじゃないの。あんたのこと憎かったからそうしたんだよ」

「洋一さん」

美和子はのんびりといってもいいほど間のびした声で呼びかける。

「洋一さん、映子さんへんだよ。何かおかしいこと言ってるよ」

映子の心の中で困惑と恐怖が去り、新しい怒りが芽ばえようとしていた。

14

美和子がケガをしてから五日がたった。けれども映子はそれ以来、病院へ見舞いにも行かない。

美和子の真意が本当にわからないのだ。あの日、不意に姿を隠した太陽の下で、美和子の背を押したのは映子である。押された美和子は草をきしませながら落下していった。それなのに美和子は、自分が転んだのは暑さのあまり立ちくらみがしたせいだと言い張るのだ。

「映子さんへんだよ。何かおかしいこと言ってるよ」

という病院での美和子の言葉は、今でもはっきりと耳に残っている。

どうして美和子はあんな嘘をついているのだろうか。どうしてそこまでして自分を庇《かば》うのだろうか。こう考えていくと、やはりひとつの答えが浮かび上がってくる。

「美和子は、それで私に謝罪したつもりなんだ」

高校時代からの親友である友人の夫と、関係を持ってしまったという事実は、やはり美和子を悩ませていたに違いないのだ。

「私と洋一さんとはそんな仲じゃないよ。愛とか恋とかっていうのじゃないもの」

と居直りとも、言いわけともつかないものを口にしていた美和子であるが、心の中では映子に対してすまないと思っていたのだ。だからとっさに嘘をついた。映子が自分を突きとばしたのではないと主張している。

これで美和子は、自分に借りを返したつもりなのだと映子は唇を嚙《か》む。高校時代、ノートや消しゴムを貸し借りしたように、美和子は人の心もやり取り出来ると考えているらしい。

「そんなことが出来るものか」

思わず口に出して言ってみた。ねっとりとした美和子の声が、耳のすぐ近くで聞こえるような気がする。

「私も映子ちゃんを許してあげるからさ。映子ちゃんだって私を許してくれるでしょう。だってさ、私たちずっと長い友だちじゃないの」

昔から美和子はそうだった。何かを差し出せば、何かきっと許してくれると考えている癖は、彼女が大人になり母親になっても少しも変わっていないのだ。

「私、やっぱり言うよ」

映子は洋一に告げた。

「ちゃんとこういうことははっきりさせた方がいいんだよ」

「言うって、いったい誰に何を言うんだよ」

「美和子のお母さんとか、結婚する男の人にだよ。私が美和子を突きとばしたんだって。あの人がひどいことを言ったから怒ったんだって」

「言ってどうするんだ」

洋一はため息のような小さな声で言った。午後から温度がぐんぐん上がり、ずっと工場にいた洋一は、作業着の上を脱いでいる。三十を過ぎた今でも、青春時代につけた筋肉はまだ失われていない。Ｔシャツの上からでも肉が盛り上がっているのがわかる。白い布には汗のために幾つかのシミが出来ていて、この男とはもう何ケ月肌を合わせていないだろうかとふと映子は思った。美和子のことを知ってからだから、もう半年になるだろうか。洋一も求めてこないし、映子も誘うことをしない。もともと淡泊な夫婦だったが、今は唇を触れ合うことさえなくなった。

肉体の結びつきが失《な》くなった夫婦は、感情が薄くなるかというとそういうことはない。かつて美和子と結ばれたことを洋一が告白した時、映子は逆上した。怒りで我を忘れるというのはこういうことかと思ったほどだ。目の前が突然暗くなり、耳がじんじんと痛くなる。そして舌が映子の意志に反して勝手に動き出すのだ。そして眠っていた言葉、あるとは知らなかった感情を誘い出していく。自分にもそんな面があったのかと、映子はしばらくたってからも思い出しては驚くことがあった。

そして今、同じ激しさで映子は夫をせつなく見ることがある。汗ばんだ肌と広い肩を持ったこの男は、自分ひとりだけのものだと思う。この男を一時的にせよ、他の女に渡すぐらいなら、自分は何をするかわからないだろう。つまり映子は、今でも美和子のことを嫉妬しているのだ。夫は、美和子のことをまだ大切に思っている。ことを荒立てることなく、そっとしておけというのは、映子にとって屈辱以外の何ものでもない。

「言ってどうなるもんでもないじゃないか」

洋一は静かに諭すように言う。その口調がさっきから映子の心を刺していく。

「どうして本当のことを言っちゃいけないの。私、このままじゃ嫌だよ。私はあの人みたいに、いろんなことをしてこっそり口を拭《ぬぐ》っているような人間じゃないもの」

ちくりと皮肉を込めるのも、かつての映子にはなかったことだ。

「本当のことを言ってどうするんだ。どうしてそんなことをしたか、っていうことになったら、美和子さんと――」

ここで洋一は言い澱《よど》んだ。

「美和子さんとオレとのことも話さなきゃならなくなる。そんなことをしてどうするんだ。傷つくのはお前じゃないか」

「私は傷ついたっていいわよ。今までだってさんざん傷ついてきたんだから、今さらどうってことはないわよ」

「そんな言い方はするな。噂《うわさ》を立てられて面白おかしく言いふらされるだけだ。オレたちはこの町にずっと住んでいかなきゃならないからな。お袋だって可哀想《かわいそう》だ。年寄りを苦しめたくない」

「ふん、お姑《かあ》さんを悲しませないために、私が我慢しろってことなのね」

「そんなことじゃない。わかった、わかってるよ」

洋一は首を横に振る。ひどく疲れた様子だった。

「悪いのはすべてオレなんだ。そのことはよくわかっている。オレはきっと償いをするよ。だから今は何もしないでくれ。お願いだ、頼むよ」

「償いって、いったい何をしてくれるの。ねえ、教えてよ」

不意に映子の目から涙が溢《あふ》れた。それはいくらでも流れてきて、頬を濡《ぬ》らしていく。

「私をこんなに、さんざん苦しめているんだから、そろそろ償いをしてくれてもいいでしょう。ねえ、いったい何をしてくれるのよ。ちゃんと教えてちょうだい」

「お前、変わったなあ……」

洋一はじっとこちらを見ている。その目の中にありありと恐怖が漂っているのを映子は見た。

この男とはもう駄目かもしれないと思う。けれどもこの男を決して失いたくなかった。


どうして美和子の見舞いに行こうなどと考えたのか、自分自身でもわからない。が、気がつくと映子は町立病院の廊下を歩いている。洋一はそっとこのままにしておくようにと懇願したが、せめて美和子の気持ちだけは確かめておきたかった。これから二人が嘘をつき通すにしても、了解というものが必要だ。

病室のドアを軽くノックした。「どうぞ」と聞き憶えのある声がした。体ごと押して映子ははっと後ずさりする。白い寝巻きの美和子の傍に、ひとりの男が座っている。しかもその男は、アイスクリームを美和子に食べさせているところであった。バニラクリームを盛った匙《さじ》は、空に浮いてちょうど美和子の口に入ろうとしているところであった。

「あ、いいのよ、いいのよ」

映子の様子を察して、美和子が手招きする。今日の彼女はとても綺麗《きれい》だ。化粧をしていない肌が透きとおるようである。好きな男の横にいるとキラキラ輝やき出す女がいるが、美和子はそういう類《たぐい》の女であった。

「紹介するね。こちら川口さん……。つまり、私の彼よ」

男はちょっと照れたように笑い、頭を下げた。このあたりでは見たこともないような不思議な色のシャツを着ている。おそらくイタリアあたりのブランド品なのであろう。映子は美和子の母親の言った、

「ペテン師のような男」

という言葉を思い出した。何でもバブルの頃は店を経営していて大層な羽ぶりだったが、今では経営コンサルタントをしているというのだ。

「いやあ、美和子がいろいろとお世話になっているそうで」

男は頭を下げ、その様子は人のよさそうな感じさえする。

「何でも美和子と昔から仲よくしてもらっているそうですね。こいつみたいな我儘《わがまま》女、よく辛抱出来ますね」

「よく言うよ。人が聞いたら本気にするわよ。私みたいなやさしい女をつかまえてひどいわよ」

二人には寝た男と女だけがかもし出すだらしなく馴《な》れた空気が漂っている。が、美和子はお腹の中に、この男の子どもを宿しているのだ。二人が親密なのはあたり前のことである。

「全くさ、美和子の奴《やつ》はおっちょこちょいでしょう。転んだって聞いて、本当に肝を冷やしましたよ。子どもが無事かどうか、来るまで心配で心配でたまらなかったけど、何も無くてよかった、よかった……」

川口という男は、匙を持った手で、美和子の腹の上のシーツを撫《な》でるようにする。その腹の子どもを産もうとする女を突きとばしたのは私なのよ。映子がその言葉を舌にのせることを全く考えなかったのは、その男の様子があまりにも無防備だったからだ。子どもが生まれるのが嬉《うれ》しくて嬉しくて仕方ないという様子がはっきりとわかる。

「この人、結婚は三回めなんだけど、子どもはこのコが初めてなのよ」

映子は驚いて川口を見る。彼は三十代後半か四十代になったばかりというところであろうか。この年齢で二回も離婚している男というのは、いったいどのような人生をたどってきたのか。川口は決してハンサムというわけではないが、下がり気味の目のあたりに女が好みそうな甘さが漂っている。それは水商売の男に共通している甘さだと映子は思った。美和子がこの男にどうして惹《ひ》かれたのか、映子はまだよくわからないでいるが、彼に対して嫌悪は感じなかった。好意というほどでもないが、とりあえず男に免じてこの場は穏やかに済ませようという気持ちはわいている。

「だからさ、子どもが生まれるの、この人、楽しみで楽しみでたまらないの。でもね、奥さんがどうしても離婚届けにハンコを押さないのよ。あ、これ、うちのお母さんには絶対に黙っててね。彼はもう奥さんと別れたことになっているからね」

映子は頷《うなず》く。

「このあいだまでとんとん拍子に進んでたのよ。私が山梨に帰ったのが幸いしてね、この人はうちを出てね、東京で私と暮らすためのマンションを探してくれた。ところがさ、私が妊娠しているのがわかったらもう大変。もう気がおかしくなったみたいになっちゃったの。どんなことしても、絶対にハンコを押さないって。子どもを産めない女の人の、ああいう時の嫉妬《しっと》ってすごいわねえ。もう意地っていうより執念ね。私、すっかり怖くなっちゃったわよ」

その言葉が、どれほど映子の心を深く傷つけたか美和子はまるで気づいていないようだ。いや、気づいていて復讐《ふくしゅう》しているのかもしれない。

映子は自分の胸にとっさに問いかけている。あの日美和子を突きとばした自分の心の中に、子どもを産めない女の嫉妬が込められていただろうか。夫と別れても、なお他の男の子どもを楽し気に産もうとする美和子が憎かっただろうか。そうだと、どこかで声がし、その声の大きさに映子はうろたえる。そして再び後ずさった。そのまま廊下に出る。

「どうしたの、映子ちゃん」

「呼んでこようか」

などという声が耳に入ってきた。映子は小走りになる。病院の廊下を走るという不作法に、すれ違った看護婦が咎《とが》めるように見たが映子は気にしなかった。やっと息を整えることが出来たのは、病院の駐車場に停めた自分の車の中だ。ハンドルを握りしめる。何かにつかまっていないと不安だった。肩で大きく息をする。

心の底から自分は不幸だと思った。前からおそらく気づいていたのであろうが、今まざまざと思い知らされた。映子の不幸は何重構造にもなっていて、すっかり大きくねじれてしまっているのだ。夫に裏切られた悲しみに、子どもを産めないつらさ、そしてその不妊の原因は、他の女に心を移した夫の方にあるという複雑さ。しかもその相手の女は自分の幼なじみで、今は別の男の子どもを宿している。そして誇らし気に自分の腹を見せるようにし、

「子どもを産めない女って、本当に嫉妬深いわ」

などと言う。みじめさにみじめさがからみ、大きな影となって映子を追いつめている。そしてこのみじめさのいちばんからまっている部分は、映子がまだ夫を愛しているということなのだ。もし映子が本気で夫を憎むことが出来、別れようと決心したならば、この知恵の輪のようにからまったものは時間がかかるとしても、いずれはほぐれるに違いない。離婚というせつなさとスキャンダルの代わりに、映子は心の平安というものを手に入れることが可能なのだ。しかし今はまだそれは出来そうもなかった。洋一のいない人生は、やはり想像することも出来ない。

それならばあの男はどうなのだろうかと、映子はゆっくりと顔を上げる。何度か接吻《せっぷん》を交したことがある男だ。都会の洗練された物ごしを持ち、インテリジェンスをたたえた男。渡

辺という男は今でもとても現実の人間とは思えない。映子のことを美しい人だと言い、とても惹かれるとはっきりと口に出した男だ。自分の肩を抱いた時の指の強い感触と、やや乱暴に重ねられた唇。あれは本当に起こったことだったのだろうか。

いま映子をみじめさのからみから救ってくれるものがあるとすれば、それはあの体験を再び持つことである。夫によって得た悲しみを忘れるために、別の男と会おうとしている自分を、映子はそう不思議なことと思わない。他にいったいどんな方法があるというのだろうか。こんなに心が乾いていて、涙も出ない。こんな時に夫以外の男から、甘美なやさしさを貰《もら》うことがそれほどいけないことだろうか。

映子は車から出て電話ボックスへと向かう。車椅子の人でも入れるような大きなボックスである。受話器を持つまでに、映子は幾つかの賭《か》けをした。渡辺に電話をかける時はいつもそうだ。

テレフォンカードが、財布の中に入っていたら。

電話ボックスが空いていたら。

女性ではなく、渡辺が直接に電話に出たら、きっと自分は思っていることを口にしよう。「会いたい」とこちらから言ってみるのだ。その日、映子はすべての賭けに勝った。財布の中には、度数のたっぷり残ったテレフォンカードがあったし、ふたつ並んで建てられたボックスはどちらも空いていた。そして二回のコール の後、聞こえてきたのは確かに渡辺の声であった。

「もし、もし」

「あの、もし、もし……」

映子は最後の賭けをする。渡辺がすぐに自分からの電話だとわかってくれるかどうか、息をこらして待っていた。

「映子さん、映子さんですよね」

ところがどうだろう、相手は大きな声で自分の名を呼んだのだ。

「久しぶりですねえ」

しかしこの言葉には腹が立った。久しぶり、などというのは、中元が届いたかどうか確かめる時などに使う言葉ではないか。一ケ月前にキスをした男が言うべきことではなかった。

「映子さん、今どこにいるんですか。もしかしたら東京に来てるんじゃないですか。そうだったら嬉しいなあ」

この男は冷たい言葉の後で、いつも必ず甘く耳に心地よい言葉を用意していると映子は思った。そのためにいつも映子の心は、かじかんだり膨らんだりするのだ。いや、渡辺に向かってぐいとひき寄せられたり、遠ざけられたり、といった方が正しいかもしれない。

「私、東京じゃありません。今、勝沼の病院にいるんです」

「病院、どこか悪いんですか」

「いいえ、そうじゃありません。友だちの見舞いに来たところです」

「そうですか、それならばよかった。いや、よくないかな。あなたが東京にいないのは残念です」

「でも私、近いうちに行きますから」

「近いうちって、いったいいつなんですか。映子さんはいつもそう言って、なかなか東京にいらっしゃらないじゃありませんか」

「明日行きますよ」

すらりと言葉が出た。

「何か用事があるんですか」

「いいえ、何もなくても、渡辺さんに会いに行きます」

受話器の向こうから沈黙が伝わってくる。驚きと喜びの混じったしばらくの空白があった。

「本当ですか。本当ならそれはとても嬉しいなあ」

「渡辺さん、あの……」

映子は言いかけてやめた。この依頼をするのはあまりにも大胆だとわかったからである。渡辺にどこかいいホテルを紹介して貰おうと思ったのであるが、いざ問いかけようとして「ホテル」という言葉はどうしても出なかった。

約束の時間を決め、受話器をいったん置いた後で、映子は番号案内を押した。外から一〇四がかけられる電話で本当によかった。一度友人の結婚式で行ったことがある新宿のホテルがある。高層のとても綺麗なホテルだった。あそこに泊まってみるつもりだ。東京でひとりで泊まるというのは初めての経験であるが、明日映子はそれを実行してみるつもりだ。洋一や美和子のことを考えるのはそれからでいい。

映子は黙って家を出るつもりだった。永遠かどうかはわからない。が、とにかく一晩だけ家を離れてみるつもりだ。

「もし、もし、新宿にあるホテルの番号、教えてください」

あまりにも早口になり、映子は少し咳《せ》き込んでしまった。

15

約束の時間よりも少々早く、渡辺はホテルのロビーにやってきた。今日の彼は灰色のスーツにネクタイを締めている。こんな服装の彼を見たのは初めてだ。たいていの場合、彼は編集者らしくカジュアルな格好をしているからである。

普段、夫や近所の男たちの作業着やジャージを見慣れている映子にとって、渡辺のスーツ姿は大層新鮮に見える。男らしくて知的だ。そして何ともいえない色気がある。

こんな感想を持つのは、多分映子がこの男のことを愛し始めているからに違いない。そうだ、一度でもキスを交した男というのは、全世界の他の男とまるで違う。くっきりと二分されるのである。

「いやあ、こんな格好、仰々しいでしょう」

映子の視線に気づいた渡辺は、照れたように笑った。

「僕もスーツは久しぶりなんですよ。実は今日、ある作家の出版パーティーがありましてね、ちょっと顔を出してきたんです」

「いいんですか、そのパーティー、途中で出てきたんじゃないですか」

「いいんですよ、二百人も来るパーティーですから、僕ひとりが抜けてもどうということはありません」

二人は何となく見つめ合って微笑した。たいていいつも会うのは山梨であったが今夜は違う。東京の真中、新宿なのだ。映子はのびやかに放たれた自分の心を感じる。けれどもその自由さは畏《おそ》れと隣り合わせのものだ。自分はいったい何を考えているのだろうか。こんな風に家出して、そのホテルに男を呼び出しているのだ。これならば渡辺にどうとられても仕方ないだろう。もしかすると彼は、思いがけぬほど大胆な行動に出るかもしれぬ。その時自分は拒否することが出来るだろうか。いや、自分は最初から拒否する気持ちなどないのかもしれない。そうでなかったら、どうしてこんな風にして渡辺を来させることがあるだろうか。

わからない。全くわからない。ただ言えることは、すべてを渡辺に任せようということである。もし迷ったり考えたりすることがあるとすれば、それは答えを迫られた時でいい。何も始まらぬうちに自分が悩むことはないのだと映子はひとり頷く。そうしたらいくらか自然に振るまえるようになった。

「渡辺さん、それならどこか連れていってください。私、おなかぺこぺこなの」

「任せてくださいよ。今日、僕は珍しくスーツを着ていますからね。フランス料理だってOKですよ」

「フランス料理なんて困ります。私、そんな格好してこなかったんですもの」

本当にそうだ。映子の着ている水色のジャケットと紺色のスカートというアンサンブルは、三年前同級生たちと一泊の旅行に出かけるために買ったものである。甲府のデパートの特選コーナーにあったそれは、映子の一張羅だ。かなりの値段だったが思い切って買ったと記憶している。いつもの映子にしては短めのスカートが、とても若く見えると友人たちからも誉《ほ》められたものだ。

けれどもこうして新宿のホテルの中で見ると、映子のアンサンブルはやや流行おくれのような気がする。肩のパットも大き過ぎるのではないだろうか。そこへいくと渡辺のスーツはとても格好がよい。どこがどう違うのかうまく説明出来ないのだが、洋一がごくたまに着るものとはまるで違っている。シルエットの微妙な差と、着こなしのうまさなのだろう。

好きな男の素敵さというのは、映子の場合そのまま不安に繋《つな》がってしまう。映子の中でまだ「東京のマスコミの男」に対しての気後れとさまざまな疑問は拭い去ることが出来ないのだ。

「そうかなあ、今日の映子さん、とってもいいと思うけどな。ブルーがすごくよく似合いますよ」

渡辺は目を細めるようにしてこちらを見つめる。この視線を感じるたびに、映子は体が痺《しび》れるのがわかる。今までにもこんな風に男に見られたことがあった。ずっと以前新婚の頃、洋一がふっとこちらに向ける目の中に、自分へのいとおしさややさしさを感じたことがあったけれども、今あれはどこへ行ってしまったのだろうか。夫からもうち捨てられた自分は三十歳を過ぎ、もう二度と男から熱いまなざしを向けられることはないと思っていた。ところがどうだろう。神さまは突然素晴らしい贈り物をしてくれたのである。この目の前の男は、確かに自分のことを美しいと思ってくれているのだ。それは奇蹟のような幸運ではないか。

不倫というのは罪かもしれない。けれどもこの視線を経験しただけで、映子は有罪を宣告されてもいいと思っている。

「実はね、僕もフランス料理はそんなに得意じゃないんです。どうですか、イタリアンにしませんか」

「いいですね」

と映子は言ったけれども、きちんとしたイタリア料理というものをほとんど食べたことがない自分に気づいた。家の近くにイタリアンレストランと称するところがあるが、客たちはピザかスパゲッティを食べる。

新宿はいい店がないからといって、渡辺が連れていってくれたのは四谷《よつや》にあるレストランである。ここは気取らぬミラノの家庭料理を出してくれるというのだ。

赤い色の食前酒で乾杯した後、渡辺は突然思い出したように言った。

「だけど突然でしたね。もっとも映子さんが東京に来る時はいつも突然だけれども、今回はどんな用事だったんですか」

「友人の結婚式なんです」

用意しておいた嘘がすらすら出る。

「行こうかどうしようかずっと迷ってたんですけど、どうしても来てくれって電話があって……。だから出席するのを決めたのも、本当に突然なんですよ」

どんなことがあっても、家出してきたと言ってはいけないと、映子の中の声が命じていた。男女の駆け引きということが全く出来ない映子であるが、本当のことを言うのは得策ではないと、女としての本能が教えてくれている。電話では多少大胆なことが口に出来ても、面と向かい合っては駄目だ。男に負担を感じさせるというのは、こういう場合絶対に損なのだ。

その店のパスタもおいしかった。香草をまぶして焼いた肉も残さず食べた。

「もうお腹がいっぱいだわ」

「そんなこと言わないで、デザートを食べてくださいよ。ここのケーキはとてもおいしいんですよ」

渡辺に勧められたとおり、チーズでつくった菓子を食べた。舌にのせるととろりと不思議な甘さがある。映子はふと、夫と姑《しゅうとめ》はどんな夕食をとっているのだろうかと思った。おそらくもったいながり屋の姑が、昨夜の煮物の残りを電子レンジで温めているだろう。食べ残したサワラの焼いたのも出ているかもしれない。

二人ともこの重大さがまだわかっていないはずだ。不機嫌なまま呑気《のんき》に夕食をとっているだろう。けれども映子は、二人が考えているよりもはるかに大胆で悪い女なのである。こうして東京へ来て、男と二人しゃれたイタリア料理を食べているのだ。

「さて、この後どこへ行きましょうか――」

エスプレッソコーヒーを飲みながら渡辺は言った。二人で一本空けたワインのせいで、目の縁がほんのり赤くなっている。映子に向ける視線に今までなかったものが込められているのがわかった。それは欲望というものである。

女も酔っているからこそわかる暗号というものであった。

「よかったら、映子さんの泊まっているホテルのバーで飲みませんか。あそこだったら帰るのも便利ですから」

「いいですよ……」

映子は目を伏せて答える。渡辺と会う前に着替えた下着のことがちらっと頭をかすめる。それは近所で下着の通販をやっている女から買ったものだ。繊細なレースがついたそれを普段の生活に着ることはなかった。よそゆき用に大切にしていたものを、映子は家を出る際に持ってきたのである。

タクシーの中で、渡辺は軽く映子の手を握った。そう暑い夜ではないのに、彼の手はじっとり汗ばんでいる。それは決して嫌な感じではなかった。

ホテルに着く。二人はロビーの傍らにあるラウンジに歩いていく。突然、渡辺の足が止まった。

「映子さん」

名を呼んだ。

「はい」

「ここよりも、映子さんの部屋で飲みませんか。その方がゆっくりと出来る……」

「でも、狭いんです」

地方に住む普通の主婦である映子にとって、そこまでは考えがまわらなかった。綺麗な下着をつけるぐらいがせいぜいである。今日予約したのもシングルルームだった。このあいだ泊まった時もそうだった。ツインのシングルユースなどというのは、映子の想像外のことだ。

「シングルに泊まっているんですね」

渡辺は強い調子で問うた。映子は叱《しか》られているような気分にさえなる。

「はい、そうです」

「じゃ、僕が別の部屋をとりましょう。ちょっとここで待っていてください」

渡辺はつかつかとフロントに向かっていく。映子はロビーにひとり取り残された。驚きと不安のために倒れてしまいそうだ。息が出来ぬほど苦しい。それなのに頭のどこかでふわふわと踊っているものがある。酔いのせいだ。酔いが自分から冷静な判断を失わせているのだ。

映子は逃げ出さない。壁の方にも寄らずすっと立っている。それにしてもたくさんの人たちがこのロビーを行き来している。もしかすると知っている人間がいるかもしれない。映子のよく見る二時間ドラマではいつもそうだ。不倫をしようとする人妻は、ホテルで必ず誰かに目撃されることになっているのだ。

けれどもやはり映子は逃げ出さない。それどころかフロントで手続きしている男の背を目で追っている。

何と格好のいい男なのだろう。他にも並んでいる男が二人いるが、渡辺の背の高さはひときわ目立つ。それよりもスーツの形のいいことといったらどうだろう。きっと有名なブランドのものに違いない。インテリでおしゃれな男が、今、映子を抱くために並んでいるのだ。本当にこんなことがあっていいのだろうか。映子の人生に、こんなことが起こっていいのだろうか……。

「お待たせしました」

鍵《かぎ》を手にした渡辺がこちらに近づいてくる。プラスチックの四角く長いものがはっきりと見える。それはとても目立ち、まわりを圧しているような気がした。

「渡辺さん、お願いがあります」

エレベーターホールを歩きながら、映子は小さな声で懇願した。

「お願いだから、それを隠してください」

「臆病《おくびよう》な人だ」

渡辺は低く笑った。それが冷たさを含んでいて映子は驚く。おそらく彼も緊張しているに違いない。エレベーターの扉が開いた。なんと中には一組の男女が既に乗っていた。おそらく地下の駐車場から来たのだろう。女の方は二十代後半というところだろうか。髪を栗色に染め、肩をむき出しにしたワンピースを着ている。男はTシャツとジーンズで、車のキイを片手でいじっていた。女はちらりと映子を見た。それはエレベーターに同乗する者として自然に向けた好奇心であった。けれども映子は女の視線に汗がどっと噴き出してくるのがわかった。この女はすべて見抜いてしまったのではないか。映子は不安に怯えながら男と部屋に向かっていく人妻だと、すぐにわかったのではないだろうか。いや、それは考え過ぎだと映子は気を取り直す。自分たちは地方に住んでいる夫婦だ。上京してこのホテルに泊まるのだと思えば、何をびくびくすることがあるだろうか。

それにしてもこのエレベーターの長さといったらどうだ。音もたてず、同乗の二人も何も喋《しゃべ》らない。数字のランプだけが赤く点滅していく。やがて十六階に到着し、先に乗っていた二人が降りていく。そしてエレベーターに映子と渡辺は残された。けれども彼もおし黙ったままだ。そして二十三階となる。

渡辺は降りて右手に進んだ。まるで何十回も何百回もここに来ているような慣れた足どりだった。やがてすぐに二人は鍵についているのと同じ数字の部屋を発見した。

ドアを開ける。部屋は冷房がきき、ひんやりとしていた。ドアを閉めたとたん、映子は強い力で渡辺に抱きすくめられた。

「映子さん、会いたかった……」

渡辺の舌はとても熱い。まるで昼の太陽の余熱を口の中にたくわえているようであった。

そしてそれは上下に何度も動く。今まで彼がそんなキスをしたことはなかったから、映子は驚きのあまり歯をきつく閉じた。すると渡辺は映子の顎《あご》を手に持ち、顔を上向きにした。瞼《まぶた》に強く唇を押しあてる。今度は頬を軽く吸った。それで映子はあっと小さく叫んだ。その隙《すき》に渡辺はもう一度口の中に舌をさし入れる。彼の舌は小さな生き物のようにちょろちょろと動く。その巧みさが映子を不安にした。初めて夫以外の男に抱かれるかもしれないのだ。あまりの手練《てだ》れさは、映子の場合弄《もてあそ》ばれているのだろうかという疑いに通じるのだ。

「映子さん、好きだ、好きだ」

渡辺はうわごとのように言い、映子のブラウスに手をかける。映子は頭も体も完全に痺れている。渡辺のなすがままにさせているのだ。拒否するのなら今のうち、と思うけれども体が動かないのだ。

「どうする、シャワーを浴びたい？」

が、幸いなことに渡辺は途中で尋ねてくれた。映子はこっくりと頷いた。ほんのわずかであるが時間稼ぎが出来るような気がするのだ。

「一緒に入ろうか……」

ところが渡辺はとんでもないことを口にする。映子は大きく首を横に振った。

「いい、ひとりで入る」

「じゃ、すぐに出てくるんだよ。いいね」

映子はバスルームのドアを開ける。ツインのそこは、シングルのユニット式の自分のところよりもずっと大きかった。映子は鏡に向かい息を整えた。八つのボタンのうち、三つがはずれている。それは渡辺がはずしたものだ。映子のあまり陽灼けしていない胸元は、かなりの部分むき出しになっている。初めて羞恥《しゆうち》が訪れてきた。

が、映子は手を休めない。手早くシャワーを浴びた。迷ったのはその後だ。バスルームを出ていくことに迷ったのではない。この場合どういう服装をするかということを考えたのだ。

結局映子はバスルームに入った時と同じ格好で出ていくことにした。ブラウスも着てきちんとジャケットも着る。さすがにストッキングだけは濡れた肌につけることが出来ず、ハンドバッグの中に入れた。

ドアを閉めると、渡辺はテレビを見ているところであった。スーツの上着もワイシャツも脱いで、Ｔシャツだけになっている。映子はまためまいがしそうだ。もう逃げられないと心から思った。

「またお出かけするみたいな格好だね」

渡辺は笑ったが、それにはいとおしさが込められている。

「ちゃんとスーツを着てバッグを持ってる。でもそれが映子さんらしいや」

近づいてきてまた激しく唇を吸われた。わずかの間に、渡辺の汗は醱酵を始めたようだ。ぷんとかすかに鼻に感じるものがある。

その時、全く唐突に映子は洋一のことを思い出した。それは今朝別れた時の夫ではない。もう二十年近い前のことになる。体育館でバドミントンのラケットを振りまわしていた洋一である。白い半ズボンをはいた彼は無口で、他の男の子たちのように女生徒とふざけることもなかった。黙々と羽根を拾い、それを打つために上半身を大きくそらす洋一を、何度も物陰から見たことがあると映子は思った。

あの日憧れた少年は、いま映子の夫として君臨している。甘い言葉をひとつかけるわけでもなく、姑との仲をうまく取り持つことも出来ない夫だ。けれど彼は、確かにあの夏の日、白いポロシャツと半ズボンを着て映子の前にいたのだ。

その少年の顔と、作業着姿の夫との姿が重なり、そして厚さを持って映子の前に浮かぶ。失いたくないもの、かけがえのないものだけが持っている大きさだ。

渡辺の手はさらに進み、映子の左の乳房をつかんだ。映子の心臓が大きな音をたてている。頭が真白だ。何も見えない。それなのに夫の姿だけがくっきりと浮かんでくる。夫は突然笑う。映子の好きな照れたような笑い顔だ。めったに笑わぬ夫だから、映子はそのたびに勝ち誇ったような嬉しい気分になる。

もし渡辺の手がこれ以上進んだら、自分はもうあの笑顔に二度と会うことが出来ないかもしれない。自分は素知らぬ顔をして、夫の前に帰ることは出来ない。絶対に出来ない。

「いけない、やめてください」

映子は声を出そうとしたが、金縛《かなしば》りにあったように口が動かず、こめかみに力を込めて意識を集中させた。もう一度言ってみる。

「渡辺さん、やめてください。お願いします」

彼の手がぴくりと止まった。

16

映子は叫んだ。

「もうやめてください。本当に、こんなことをしちゃいけないんです」

思いもかけぬ素早さで、渡辺の手が映子の胸から離れた。その早さときたら、怯《おび》えているといってもいいぐらいだ。自分が男を怯えさせることが出来るなどとは、映子は考えたこともなかった。けれどもすぐに取り返しのつかぬことをしたという思いがよぎる。自分は渡辺を怒らせてしまったのではないのか、彼はもう二度と自分に触れないどころか、好意さえ無くしてしまうのではないのか。けれどもやはり映子には無理であった。接吻は何度でも出来る。それは信じられぬほど大きな幸福をもたらしてくれた。けれども映子の肩を抱く渡辺の手が、ブラウスのボタンに伸びた時、映子の中で大きな拒否の声があがった。自分でもどうすることも出来ないほど強く大きな声だ。理屈でも何でもない、映子の心と体が嫌だと叫んでしまったのだ。

「お願いします！」

「ごめんなさい」

今の映子に出来ることは、許しを乞《こ》うことである。

「ごめんなさい。私、本当に駄目なんです、やっぱりこれ以上は駄目なの……」

けれども映子の中にわずかに残っている狡猾《こうかつ》さがこんな言葉を口にさせる。

「私、渡辺さんのことが本当に好きなんです。信じてください。だけども……」

〝だけども〟と舌にのせたとたん、映子の目からはらはらと涙が落ちる。こんな時に泣くなどというのはいちばん卑怯《ひきょう》なことだとわかっているが、涙をどうしても止めることが出来ない。涙はいくらでも溢《あふ》れてきて、自分でもとまどうほどだ。その時、映子は肩に温かいものを感じた。渡辺の掌《てのひら》がふわりと置かれたのだ。

「もう泣かないでください。僕が強引でした」

「いや、いやよ」

その後、映子のとった行動は自分でも驚くものであった。映子は首を伸ばし、自分から渡辺の唇に自分のそれを押しつけた。激しく吸う。今の涙が入り混じって、映子の舌も男の舌も塩辛くなった。これで嫌われたくないと映子は思う。これですべて終わりになるのだけは絶対に避けなければならなかった。

「私、渡辺さんのこと、本当に好きなの、大好きなの……」

唇を離す代わりに男の目を見つめた。渡辺の瞳《ひとみ》の中に映子が映っている。小さな怒りととまどいと、そして憐憫《れんびん》が加わった男の目であった。その中に愛情のかけらを見つけようと映子は必死になる。だからこんなことまで口にするのだ。

「お願いします、もうちょっと待ってください」

何という女だろうかと自分でも呆《あき》れた。たった今、夫の姿が浮かんできて男を突き飛ばした映子ではないか。少年の日の夫が浮かんできて、目の前の男をどうしても受け容《い》れることが出来なかった映子である。それなのに「待ってくれ」と媚《こ》びているのだ。いつかはあなたに抱かれることがあるだろうと約束しているのである。

「だって……」

渡辺に問われたわけでもないのに自分に対して言いわけの言葉が続いた。

「だって今の私の生活、渡辺さんだけが生き甲斐《がい》なんですもの。渡辺さんがいなくなったら私、私……」

またここで涙が出た。いつのまにか渡辺の手が映子の背にまわっている。自分は許されたのだと映子は判断する。

「ずるい人だなあ……」

ため息とも怒りともつかぬ風に彼は言った。

「そんな風に泣かれると、僕が責められているみたいだ。僕は映子さんにとても悪いことをしたような気分になる」

「いいえ、悪いのは私よ」

「いや、僕だ。約束する。もう決してこんなことはしないよ」

自分が願っているのはそんなことではないと、映子は大声をあげたくなる。こうして危険が去ってみると、渡辺が自分を求めてくれた喜びがふつふつと湧《わ》いてくる。予想していたことはいえ、あのことはあまりにも突然であった。人妻が他の男に抱かれるという事件は、いつも突然に起こることらしい。それに対して自分はまだ心の準備が出来ていなかったのだ。それならば準備が整っていたら、渡辺を迎え入れることが出来るかというと、やはり自分は拒否するに決まっている。けれどもこれですべておしまいと思われるのが映子にはつらい。だからほんのわずかな可能性というものをほのめかしてしまうのだ。

が、その後の彼の態度は、映子を本当にあわてさせた。

「映子さん、僕はこれで帰ります」

突然の言葉に、映子は驚いて渡辺の顔を見た。自分の努力はすべて無駄に終わったということなのだろうか。彼の顔からは多くの感情は消え、ただ疲労だけが残っているように見えた。

「いや、帰ったりしないで。もう少しここにいてください」

「申しわけないけれど……」

彼は右手にジャケットを持った。それは十五分前、彼の荒々しい情熱によって自ら脱いだものだ。

「男はこういう時、ずっとこの場にいるのは耐えられません。僕は小心で見栄っ張りの男ですから、どうか今日のところは帰らせてください」

「そんな……」

もう私たちはこれでお終《しま》いなの、もう二度と会えないの、という言葉を映子はぐっと呑《の》み込む。それを口にしない方が得策だと、見知らぬ自分が出てきて教えてくれる。

「またお電話しますよ」

ドアを閉める時、彼が無理に笑おうとしたのがわかった。

「あ、そう、そう、この部屋はどうぞお使いになってください。前金は払ってありますから」

渡辺の事務的な口調は、とても親切心からだとは思えない。

「渡辺さん！」

映子は閉まりかかるドアに、自分の半身を入れた。こんなせっぱつまった気持ちになったのは生まれて初めてだ。

「渡辺さん、また会えますよね」

「もちろんですよ」

渡辺は今度はちゃんと笑った。それは後に、どれほど映子の救いになったことだろうか。

ひとりになった後、映子は少し泣き、洗面所で顔を洗った。映子は昔から嫌なことがあると顔を洗うくせがある。すべてを洗い流しタオルで水分を拭《ぬぐ》うと、嫌なことはこれで一巻の終わりといった思いになってくる。けれどもその夜、映子の背負ったものの大きさは、顔を洗うぐらいで消えるものではなかった。

テレビのスイッチを入れる。普段見たこともないバラエティ番組が始まっている。映子は実家に電話することを思いついた。市川の家には絶対かけたくないが、自分の安否を誰かに知らせておかなくてはならない。実家の母に電話をすれば、きっと市川の家に伝えてくれるだろう。どうか母親が受話器を取ってくれるようにと祈るような気分になる。年をとってから耳敏《みみざと》くなったという実家の母は、誰よりも早く電話の音に気づくのであるが、この時間だともしかすると眠っているかもしれない。

「もし、もし」

男の声が聞こえてくる。いちばん出て欲しくなかった兄である。家を継いだ兄とは、結婚以来つかず離れずの仲が続いている。映子の母と兄嫁とは全くそりが合わず、その不仲が兄妹のつき合いにも影響しているのである。今回も実家に戻らず、東京のホテルへ出てきてしまったのも、渡辺とのことがもちろん大きいが、決してあそこが居心地がいいはずはないと映子が知っているからである。

「なんだ、映子か」

兄はとたんに横柄な声を出す。兄嫁の尻《しり》に敷かれている分、肉親に対してはやたらぞんざいになるのだ。

「悪いけど、お母さん呼んでくれる。まだ起きてるかね」

「さっき風呂に入ってたけど、もう出てるら。おーい、ばあちゃん、映子からだぞ――」

どうやら兄は映子の家出について何も聞いていないらしい。もし知っていたらめんどうなことになると案じていたのであるが、あっさりと母を呼んでくれた。

「もし、もし、映子け？」

　が、次に受話器に出た母は声を潜め、ただならぬ様子が伝わってくる。市川の家から何か言ってきたに違いない。

「今、あんた、どこにいるでえ？　さっきね、洋一さんから電話があっただよ。あんたが来てないかってね」

「新宿のホテルだよ。何も心配することはないだから」

「新宿、ホテル！」

　母はそこで口をつぐんだ。どうやらこの二つは母の想像外のものだったらしい。

「いったい何があったでえ、洋一さんは心配してた。うちに来てるもんだとばっかり思ってたらしいけんど、あんたが居ないってわかってびっくりしてたよ。いったい何があったでえ？」

「いろいろあって、とてもひと口じゃ言えないよ」

　夫と美和子とのこと、妊娠している美和子を突き飛ばしたこと、そして渡辺への思いなどどうして母に言えるだろうか。

「あんた、とにかく帰ってこなきゃ駄目だよ」

　ようやく体勢を立て直したらしい母は、大きな声で話す。

「女は家を出ちゃいけない。大変なことになる。こじれてしまって元に戻すのに時間がかかるだからね。悪いことは言わんから、明日でもすぐに帰ってこなきゃ駄目だ」

「いや、私は帰らんよ。あんなうちにはもう帰らんよ」

映子はかん高い声をあげた。今はこの母親だけが、甘えることの出来る相手なのだ。

「あんなひどいことばっかされて、私はもう絶対に嫌だ。お母さんはあっちからどう言われてるか知らんけんど、嫌なものは絶対に嫌だよ」

「そんなこんを言ったって、女なんてもんは、一回嫁に行ったら、歯を喰《く》いしばって耐えなきゃならないだよ。私だってどんだけつらい思いをしたか」

「それはお母さんの時代の話ずら。そんな古くさいこと言ったら皆に笑われるよ。耐えるなんてことしないで、どうやったら自分が幸せになれるのかちゃんと考えんと。そのために私はうちを出たんだよ」

「そんなこと言ったって、あんた東京で暮らしていくつもりじゃないらね。そんなこんが出来るわけないじゃん。あんた、東京でどうやって生活していくで？　まさかずうっとホテルで暮らしていけるわけじゃないら。お金もないし手に職もない。そんなあんたがどうやって生きていけるで？」

母の饒舌《じょうぜつ》さに映子は圧倒される。確かにそのとおりなのだ。

「うちに帰ってきてみ。兄ちゃんは頼りにならんし、美佐子さんはあのとおりの人だ。私だって腹に据えかねることがいっぱいある。そんなうちに帰ってきて、あんたどうするつもりだね。いいけ、明日は帰るだよ。一晩ぐらいだったら近所にも言いわけが出来る。だけど二晩じゃ駄目だよ。女は二晩たったら、もううちに帰るのがむずかしくなるんだよ。わかったね」

映子は黙って受話器を置いた。電話をかける前よりも、いくらか心が軽くなっている。よそゆきの標準語ではなく、甲州弁で母親とたっぷり喋《しゃべ》ったのがよかったのかもしれない。渡辺も部屋を出ていき、映子は失望の涙を流した。が、それは失望であって絶望ではない。渡辺は言ったではないか。「また電話をします」と。映子はそれを信じるしかない。そして渡辺と気まずくなった今となっては、自分の帰るところはやはりあの家しかないという思いが芽生えたのも確かだ。夫のために、自分は好きな男の愛撫《あいぶ》を振り切ったのである。となればやはり夫を失うことは出来ない。母親に向かって口にした言葉とは裏腹に、映子の心は市川の家へと向いているのだ。それについて母親は幾つかの救いを与えてくれた。

洋一が自分を心配しているということ、そして映子の家出は、まだ兄も知らないほど秘密にされているということなのだ。映子はベッドに横たわる。もしかすると渡辺と抱き合うことになったかもしれないそのベッドは、メイキングされたそのままで皺《しわ》ひとつなかった。映子はさっきの自分の言葉を思い出してみる。

「どうやったら自分が幸せになれるのかちゃんと考える」

そうだ、自分が東京に出てきたのもそのためだったのではないか。幸せがどこにあるか映子にはわからぬ。渡辺の元にいきさえすればそれが手に入ると思っていた自分は、何と馬鹿だったのだろうか。でもそれが夫のところにあるか、それもわからない。しかし、ひとつわかったことは、幸せを手に入れるのは映子自身しかないということである。あえぐような悲しみとつらさはまだ続いているが、とりあえず自分は立ち上がり、歩かなくてはいけないのだ。

庭を通り売店の戸を開けた。家に帰り、いちばんに会わなくてはいけないのは洋一のはずであった。しかしレジの前に立ち、ワインの包装をしているのは姑の正美である。彼女は入ってきた映子をことさら無視しようとした。唇を〝へ〟の字に曲げ、わざと音をたてて紙を折っている。

「ただいま帰りました……」

こんなことは言いたくなかった。自分は不機嫌なまま家に戻り、夫が必死でとりなしてくれる。これが映子がぼんやりと望んでいた家出の帰還の図であった。ところがどうだろう、姑は映子が下手《したて》に出た挨拶《あいさつ》も無視しようとするのだ。

「洋一さん、どこですか」

夫に救いを求めようとしたのではない。そう尋ねなくては会話が続かなかったからである。

「工場の方かもしれん。後で来るら」

正美はそう言った後、きつい目で映子を見た。映子は渡辺との昨夜のことを姑が知っているのではないかと思った。そうでなくてはこんな風に睨《にら》みつけられる理由は他にないではないか。悪いのはすべて正美の息子なのだから。

正美は映子を居間に誘った。わざわざ仏壇の前に座る。その中には映子の知らない何人かが、金と黒の木片となって座っている。

「映子さん、あんたどこへ行ってたで」

「新宿です。新宿のホテルに泊まっていろいろ考えごとしてました」

「新宿のホテル！」

母と同じように正美も目を丸くしている。母と違っているのは、その後意地の悪いため息をついたことだ。

「ホテルに泊まるなんて、いい身分じゃんね。あんたはいったいこの家のことをどう考えてるだかね」

映子は返事に困った。夫とのことはいろいろ考えても、この家のことなど何も考えていない自分に気づいたからである。

「私は今度のことで、映子さんちゅう人がつくづくわからなくなった。気に入らんことがあるとぷいと家を出て、ホテルへ泊まるなんて……」

「でもお姑《かあ》さん、私がそういうことをしたのは、ちゃんと理由があったからですよ」

映子は顔を上げる。幸せになるためには自分が頑張るのだ、そして手を尽くしてみるのだと、どこかで誰かが励ましている。

「その理由は洋一さんに聞いてください。それからこれは夫婦の問題ですから、私たち二人に考えさせてください。そのために私は帰ってきたんですから」

「あんたねえ……」

正美の目がきりりと吊《つ》り上がる。〝私たち二人〟という言葉ほど、姑を怒らせるものはないのだと映子は気づいた。

「あんたねえ、いい加減にしろし。そりゃあ洋一も悪いとこはあるさ。だけど美和子さんとのことは噂《うわさ》だからね。それが証拠にゃ、あの人はもうじき結婚するっていうじゃないかね」

　でもその前に、洋一さんは一度か二度、あの人と関係を持っているのですという言葉を映子は必死で呑み込んだ。この切り札はまだ言ってはいけないような気がした。

「それなのにあんたは、怒って東京へ行っちまう。嫁が家出したなんて、近所に知られたら大変なことになるよ。私はね、映子さんのこんで、どれだけ苦しんでるかわかってるかね」

「それ、どういうことですか」

　が、次の言葉を映子は予感出来た。仏壇を背に姑が口にすることといったら、それはもう決まっている。

「子どものこんだよ。あんたがちゃんと子どものことを考えてくれんから、私は親戚《しんせき》にも肩身が狭いよ。あんたはせっかく紹介してもらった病院にもちゃんと行かんじゃないだけ」

　そして正美は言った。

「洋一は子どもが出来んあんたでも、ちゃんと我慢して暮らしてる。洋一は可哀想《かわいそう》だ。同級生の中には、中学校に入る子どももいるっちゅうに、まだ一人もいない。それなのに文句ひとつ言わんだから、あんたはよっぽど洋一に感謝しなきゃいけないとこだよ」

いけない、と思いながら映子の口から笑いがこみ上げてきた。そしてそれは止めることが出来ない。

17

笑い続ける映子を、姑の正美は口を半ば開けて見つめている。不気味に感じながらも、叱っていいものかと迷っているようだ。

「何でえ……やめろし……そんなに笑って。気味が悪いじゃんけ」

正美はやっと口を開いた。

「すいません、だってあんまりおかしかったもんですから」

「おかしいってどういうこんで」

姑の目が完璧《かんぺき》に吊り上がっている。それを見ていると、負けまいとする強い心がむくむくと頭をもたげてくる。これほど猛々《たけだけ》しい気持ちになったのは初めてであった。

「だっておかしいじゃありませんか。お姑さんは何も知らないんですね。私だけが悪くって、こんな私に耐えてる洋一さんは可哀想だなんて、本当に笑っちゃいますよ。だってお姑さん、私たちに子どもが出来ない原因は、洋一さんの方にあるんですよ」

正美は何か言おうと口を開きかけたが言葉が出てこない。代わりに映子が言ってやった。

「嘘《うそ》だと言いたいんでしょう。でも本当のことですよ。私も最初にお医者さんから聞いた時はショックでした。だからずうっと黙ってたんですよ」

それは嘘だ。姑から子どものことで責められる時、口惜しさよりも残忍な喜びにひたっていた映子ではないか。決して義母や夫に対するやさしさから口をつぐんでいたわけではないのだ。

「そんなこと……」

やっと姑の唇が動き出した。いつのまにか白く乾いている唇だ。

「そんなこと、信じられんわ。嘘に決まってるわ。子どもが出来んのは、女の方が悪いに決まってる……」

「そういう昔の知識でものを言わないでください。オシベとメシベがくっついて種が出来ることぐらい知ってるでしょう。いつもメシベが悪いなんてこと、あり得るわけないじゃありませんか」

こんな時に、これほど冷静に意地の悪いことを言える自分が不思議であった。けれども映子は昨夜、好きな男に抱かれるという幸福を諦《あきら》めたのである。その代償に本当のことをぶちまけて何か悪いことがあるだろうかと思う。

「それじゃ、あんた、洋一の方がいけなくって、子どもが出来んっていうことだね」

「そういうことです」

映子は頷《うなず》いた。驚きと混乱を抜けて、やっと姑はものごとを理解しようとしているのだ。

「このことについては、私もすごく苦しみました。まだ苦しんでいる最中だと言っていいかもしれません。だから洋一さんだけが苦しんでいるなんて言い方、やめて欲しいんです」

酷な言い方であるが、このくらいのことははっきりと言っておかなくてはならない。姑が青ざめているのがはっきりとわかる。年寄りをつらいめに遭わせたという気分が暗く映子を覆ったが仕方ない。いずれ口にしなければならなかったことだ。

「被害者は決して夫じゃない。私なんですよ」

どのくらい時間がたっただろうか。庭の方で女が二人何やら話している声がする。ワイン工場で働くパートの女たちだ。そろそろ昼食の時間らしい。映子は立ち上がった。

「私はしばらく部屋にいますから、お昼はお姑さんひとりで食べてくださいね」

「ちょっと待ってくれ」

姑の目が映子に縋《すが》り、懇願していた。せつなくなるような母親の目だ。

「洋一は……このことを知ってるだけ？」

「いいえ、まだ話してません」

「そうけ……」

正美はここで深いため息をつく。映子に挑みかかった五分前とはまるで違う。しんから疲れ切っている老婆の姿がそこにあった。

「どうか洋一にはまだ言わんでちょうだいよ。なんだか可哀想で、可哀想で……」

「もちろんです。私もまだ言う時じゃないと思っています」

居間の襖《ふすま》を閉めた。襖の後ろで、がっくりと肩を落としている正美の姿が見えるようだ。

自分は勝ったということになるのだろうかと、映子は問いかけてみる。秘密にしようと思っていたことを、衝動にかられて打ち明けてしまった。これによって姑と映子との関係は変わるはずだ。映子は優位に立てるのである。けれどもそれは何と空しい勝利なのだろう。

ひとつの家の中で、勝ったも負けたもないのだ。一時的に姑をやり込めたとしても、後に残るのは〝虚〟というものだけではないか。結局子どもというものが生まれるわけもなく、映子と夫との仲も修復されていない。

映子は今、どうしようもなく渡辺に会いたいと思った。あの男にしっかりと抱き締められ口づけをされる。そして、

「映子さん、好きだ」

とつぶやかれる時のあの幸福。自分はあの幸福を捨てて、いったいどこへ行こうとしているのか。他の男との恋を諦めて、戻ってきたのがこの家の〝虚〟の中だとしたら、それはあまりにも哀《かな》しいことではないか。

が、昨夜自分に向けた言葉を、もう一度映子は嚙《か》みしめている。

「自分の力で、自分を幸せにしなければいけないのだ」

とにかく映子は、第一歩を踏み出したことになる。それが不毛な姑との戦いだったとしても、映子はもう後戻りが出来ないのだ。

といっても、最大の難関は夫の洋一である。その夜の夕食を、映子はどうしても三人でとることが出来なかった。おそらく正美は映子を責めることも、非難がましい目で見ることも

ないであろう。それどころか遠慮しがちな態度に出るはずだ。家出した嫁に対してこんな不自然なことはない。洋一は何かを気づくかもしれなかった……想像出来る夕食での光景に映子は耐えられそうもない。そうかといって昼食も抜いた身には、空腹がもう限界のところまで来ていた。台所へ行き、何かを探すということが出来るはずもなく、映子はとりあえず車へと向かう。近くにファミリーレストランが何軒かあるのだが、そんなところで一人で食事をしたら、たちまち近所の噂になってしまうだろう。友人とお茶を飲んでいるならともかく、主婦が一人で定食を食べているというのは、この町の人々にとってはとてつもなく奇異に映ることなのである。

こうなったら行くところはやはり実家しかない。家出をしたことを知っている母は、あれこれ言うだろうが、素知らぬ顔をして食事だけしてくればいいのだ。母に言わせると、兄嫁はたまらなく嫌な女ということになるが、たまに食事をご馳走《ちそう》してもらうぐらいどうということもないだろう。突然の来訪に困惑するのは都会の話で、このあたりの農家はご飯も菜もたっぷりつくってあるはずだ。気さくな家だったら、近所の人たちがちょっと一杯飲ませてくれと寄っていくこともある。

映子の車は県道を通り、近道である葡萄《ぶどう》園の中を抜けた。そしてものの十五分もしないうちに、実家の前庭に着いた。玄関の戸を開けると、白と茶の毛糸玉のようなシーズー犬が飛び出してきた。近頃このあたりでも小形犬を家の中で飼うのが流行なのだ。

「あれ、あれ、映子さん、どうしたでえ」

奥から義姉の美佐子が出てきた。結婚前までデパートに勤めていた彼女は、よく通る大きな声である。それが映子には気さくな人柄に思えるのであるが、母に言わせるとがさつな女の証拠なのだそうだ。

「久しぶりじゃん。まあ、上がれし、上がれし」

「うちじゃみんな留守だから、ご飯よばれようと思ってさ」

考えていた嘘を口にした。わざとぞんざいな口をききながら、映子はサンダルを脱ぐ。こういう相手に対しては、こちらも図々しく甘えていけばいいのだ。その方がずっとやりやすい。

「やだよおー、今日は何にもないよ。電話でもくれりゃ、ご馳走つくったのにさ」

美佐子は大げさな悲鳴をあげたが、台所のテーブルの上には、衣をつけて揚げるばかりになっている一口カツらしきものがあった。裏の畑からとってきたのだろう、ドジョウインゲンが、緑の小山をつくっている。母の育子はその筋をむいているところであった。

「いいさ、映子に気を遣うことはないさ。ほら、あんたも筋をむけし」

育子は渋い顔をして、山を半分娘のほうに寄せる。母と娘は黙ってインゲンの筋をむき始めた。穫《と》れたてのものだから、たちまち青くさいにおいがあたりに立ちこめ、映子の指を染めた。

「ほら、あんたたち、家に帰ってからずうっとファミコンじゃん。もうご飯だから片づけな、早くしろし」

ガラス戸の向こうで、美佐子が息子たちを叱りつける声が聞こえてくる。

「全く駄目じゃん。これじゃ帰ってきたって何にもならんじゃん」

育子が小声で娘を叱りつける。

「どうしてうちに来たで。あっちのうちでちゃんと夕ご飯を食べんなきゃ駄目じゃんけ」

「いいんだよ、私はまだストライキをしてるんだから」

「全くあんたは何を考えてるだか」

育子は一瞬娘を睨んだが、昨夜のホテルでの「私は絶対に帰らない」という言葉よりずっとましだと思ったのだろう、諦めたようにインゲンの筋をむき始めたのだ。

その夜の夕食はなかなかおいしかった。母はいつもさまざまな不満を口にするが、少なくとも義姉は料理がうまい。食卓にはインゲンの茹《ゆ》でたもの、一口カツの他に、イタリア風サラダというなかなかハイカラなものが並んだ。何でも料理雑誌に出ていたものだという。

食事の後、映子は美佐子と台所に立ち洗いものをした。母の育子は孫たちと一緒に茶の間でテレビを見ている。ビールを二本も飲んだ兄が、大声で母にあれこれ話しかけている。

「ばあちゃんよオ、今年は観光客の出足が悪いって、農園はみんな嘆いてるわ。これも消費税が上がったせいかもしれんね」

「ほうけえ……。今年は雨が少なくて葡萄はいい出来だけんどねえ」

「だけんども、みんなが金を落としてくれんようになったら何にもならんじゃんねえ。ほら、オレの同級生の飯島がいたら……」

「パパ、うるさいよオ、テレビが聞こえんじゃんけ」

甥《おい》が大声で抗議し始めた。

「ねえ、ねえ、映子さんは国枝さんとこの佐知ちゃんと仲よしずら？」

映子が洗うそばから、美佐子は食器を拭《ふ》いているが、その手を休めずに言った。

「うん、中学校の時からずっと仲よしだよ」

「ふうーん」

美佐子の唇にうっすらとした微笑が浮かんでいる。こういう笑いの後で人が口にするのはただひとつ醜聞である。

「あの人さ、今、大変なんだよねえ」

隣りの居間の様子を窺《うかが》いながら、美佐子は喋り始める。考えてみると、佐知の嫁いだ家とこの家とは、目と鼻の先の距離で同じ地区なのだ。噂話が伝わるのもずっと早いというものだ。

「浮気がばれちゃったもんだからさ、すったもんだの大騒ぎ」

ああ、何ていうことだろうかと、映子はその場にしゃがみたいような気分になった。

あれは今年の正月のことになる。夜遅い時間、映子は突然佐知に呼び出されたのだ。実は東京から出張でやってくる男と、定期的にモーテルで会っている。が、そんな夜に限って子どもが熱を出し、家では大騒ぎになってしまった。一緒にカラオケに夢中になっていたと、映子はアリバイ作りを頼まれたのである。

あれだけの危険があったというのに、それでも彼女は男に会い続けていたらしいのだ。

佐知は高校時代からの恋を実らせ、少女の頃から好きでたまらなかった男と結婚した。そしてすぐに三人の子どもの母親になり、親の近くに住むという境遇を手に入れた。これはこのあたりでは理想的とされる結婚である。けれども佐知は、確かに自分に惚《ほ》れきっている幼なじみの夫をなめていたのである。そうでなかったら、家の近くで男と会うなどという愚かしいことをするはずはなかった。露見したらすべてを失ってしまうのだと映子は忠告したのであるが、それはどうやら無駄なこととなってしまったようなのだ。

「それで、佐知ちゃんは……」

まさか離婚ということはないであろう。この町で生まれ育った女が不倫をし、それによって夫と別れるようなことになれば、もうこの町に住んでいられるはずはなかった。美和子のスキャンダルが比較的大目に見られているのは、彼女の性格にもよるが、それが東京で行われたことだからだ。この町で結ばれたカップルなら、とうてい許されることではなかった。

「佐知ちゃんは、今、どうしてるの」

「子どもを連れて実家へ帰ってるよ」

ことは大層重大らしい。佐知の丸顔を、映子はいたましく思い浮かべる。

「だけどさ、ご亭主の方が反省してさ、もう女とは手を切るって、毎日謝りに行ってるっていう話だよ」

映子はすんでのところで茶碗《ちゃわん》を落とすところだった。全く意外なことを聞いたからである。

「えっ、じゃ、宏さんの方が浮気したっていうこと」

「いやだあ、映子さんたら何を言ってるでえ」

美佐子は布巾《ふきん》を持ったまま、映子の背をぽんと叩《たた》いた。くっくっと笑い声をたてる。

「ヤだよオ、女がそんなことをするわけないじゃんけ。あそこの宏さんがフィリピンパブの女の子に入れ揚げて、アパートを借りてやったりしてたんだよ。それで佐知ちゃんはもうカンカンなんだよ。そうだよねえ、ずっと信じてた亭主に裏切られたんだからさ」

佐知の方ではなかったのだ。映子は肩すかしをくったような思いになり、そんな自分をすぐに反省した。

「もうさ、宏さんが毎日うちに行っちゃ、帰ってくれ、帰ってくれって頭を下げてるんだって。子どもたちも帰りたい、って言うんだけど、佐知ちゃんが頑として首をたてに振らないんだって。私たちカミさん連中は、もっと頑張れって応援してるんだ。このまわりにも、亭主が浮気したっていううちは多いからね。佐知ちゃんに徹底的にやってもらおうって話し合ってるんだよ」

美佐子の口調は何やら喜劇的な要素を帯びてきた。どうやら佐知の家出のことは、よくある事件として、人々に苦笑をもって語られているらしい。

これがもし反対のことだったらどうなるだろうか。映子が最初に考えたような、佐知の浮気だったら、美佐子はこのように楽し気に締めくくるであろうか。ことは深刻になり、佐知はとんでもない淫乱女《いんらんおんな》ということになってしまうはずだ。自分も犯した罪かもしれないと思うと、映子は動悸《どうき》が激しくなってくる。難を逃れたという思いではなく、ただ不思議なのだ。

男の浮気に対してはどうしてこのように寛容なのに、女のそれは許されないのだろうか。いや、浮気ではない。本気で愛したのだと言ったとしても、世間は許してくれないだろう。

いつもながらちゃっかりしている佐知はそのことに気づき、いち早く被害者の側にまわったのである。深い徒労が映子を襲う。何てくだらない世の中なんだろうか。人間の真実の感情を確かめることもなく、すぐに善悪をつけたがるのだ。こういう世間を相手にして、せせこましく生きている自分もくだらないが、しかしあの時渡辺を拒否したのは、自分のそうした小心さではなかったかと、映子の思いはすぐそこに行ってしまう。世間が怖かったからではない。夫を失うのが怖かったのだ。追いつめられた場所で、結局映子が選び出したのは夫の洋一ということになる。

けれどもその夫の心は、別の女によって占められているのだ。その女がもうじき結婚し、その腹の中には相手の男の子どもがいる、ということがわかっても夫は彼女が忘れられないのである。

「ごめんくださーい」

その時映子は、夫の声を聞いた。

「悪いねー、映子がお邪魔してるみてえで」

何ごともなかったかのような夫の声だ。

「洋一さん、上がれし、上がれし、ビールでも飲んでけし」

兄の酔った声にも楽し気に応《こた》えている。

「いや、オレは遅いから映子を連れに来ただけでよ」

「そうけえ、おーい、映子、洋一さんが来たよ」

それよりも早くガラス戸が開き、老人とは思えない素早い身のこなしで、育子が台所に入ってきた。

「早く帰れし」

命令口調だ。

「せっかく洋一さんが迎えに来たんだ。さ、もう皿なんかいいから早く帰るんだよ」

作業着を着た洋一が玄関に立っていた。しつこく上に上がれと勧める兄を、いやいやと手を振って断っている。映子を見て「さあ、帰るぞ」と声をかけた。それはやさしく自然な響きを持っていた。だから映子も素直に頷きサンダルをはいた。

二人で庭に出た。半分になった美しい月がかかっていた。嬉《うれ》しくないといったら嘘になる。けれども映子の気持ちはまだ定まっていない。すべてを水に流し、性根を据えて夫とやり直していこうなどという気持ちはまるで起きないのだ。あたり前だ。洋一の心も美和子と自分との間でふわふわと揺れているのである。

明日取りに来ることにして、映子の車は庭に置いた。洋一の作業用の車に乗り込む。洋一は黙って車のギアを入れる。ごく近いところで蛙が激しく鳴いていた。もし夫が今「許してくれ」と言ったら、自分はどうするだろう。許しはしないが、許すように努力をする。が、洋一は何も言わない。

わかっているのはすべてが中途半端なまま昨日と同じような生活が明日からまた始まるということだ。

18

まっすぐ家に帰るのだろうと映子は思っていた。ところが洋一は県道を右に折れる。家に戻る道は左だ。

「どこへ行くの」

映子は尋ねた。

「月が綺麗だから、ちょっと寄っていくか」

車はきつめの坂を上がっていく。この山の頂上にぶどうの丘センターの建物があるのだ。夜のこととて人気はない。が、広い駐車場にはぱらぱらと車が停まっている。おそらく近くの町からやってきたカップルの車だろう。ここはアベックの名所になりつつあった。

夫と二人でこんな時間、用もないのに車を走らせてきたというのは何とも面映《おもは》ゆい。これもドライブというのだろうか。考えてみると二人であてもなくどこかへ出かけるということはほとんどなかった。洋一の車に乗ってどこかへ出かけるというのは、親戚の用事だったり、買物といった用事があってのことだ。

二人であてどもなく、人気のないところに来たのは初めてだといってもよい。

月は明るく、畑の葡萄の葉まではっきりと見えるかのようだ。その先に甲府盆地の家々のあかりが見える。大都会の夜景とは違い、つつましいあかりである。けれども山の闇《やみ》が暗く澄んでいる分、黄や赤のあかりは一層きらめいて見えた。夏は人々が宵っぱりになるせいか、この時間になってもたっぷりと光っている。

このぶどうの丘センターに、洋一が自分を連れてきたことを、映子は次第にこだわり始めていた。車が停まっているすぐ後ろのテラスで、映子は美和子を突きとばしたのである。美和子はゆっくりと丘を転がっていった。そのありさまを映子はしっかりと見ている。美和子を押した時の手の感触さえ憶えている。それなのに美和子は、そんな記憶はないというのだ。いったい何のために美和子はそんな嘘をつくのだろうか。理由ははっきりとしている。彼女は映子に憐《あわ》れみと罪悪感を持っているからだ。罪悪感ならまだ我慢出来た。けれども映子が許せないのは、美和子が自分にかけてくれている憐れみの情である。映子の夫は美和子のことを愛しているのだ。何度か関係を持ったのも事実である。が、美和子の方は別の男の子どもを妊《みごも》り、その男ともうじき結婚するという。それなのに映子の夫は、美和子のことを忘れられないのだ。未練というよりも、もっとみじめで粘り強い心で、美和子のことを思い続けている。それを知っているからこそ彼女は、映子の罪を忘れようとしたに違いない。

「私が勝手に転んだんだよ。映子ちゃんが何かしたなんて、そんなことあり得ないよ」

とあくまでもしらを切っている美和子だ。

それに耐えられずに、映子は家を出たのであるが、説明する気にはなれなかった。もちろん夫を責めるつもりもない。どれほど激しい夫婦喧嘩《げんか》の最中でも、それを言ったらあまりにも自分が悲しくなるという言葉はいくらでもあるのだ。二人とも車に乗ったまま正面を向き、月と盆地を眺めていた。

不意に洋一が口を開いた。

「寒くないか」

「えっ」

「冷房がきつ過ぎないか」

「別に……このくらいの温度でいいよ」

「ふうん」

見なくても映子は夫の横顔を想像出来る。ほんのかすかにたるみの出始めた顎《あご》のあたり、おそらく洋一はきゅっと唇を閉じているはずだ。不機嫌な時、困惑している時、洋一の唇はぐいと下がる。しかし今の場合、困惑の度合の方がかなり高いかもしれない。洋一はさらに言葉を続けた。

「お前《まん》の気持ちはわからんわけじゃない。だけどオレも、正直にものを言っただけだ」

正直にものを言えば、どんな残酷なことをしても許されるのかと、映子は反論したい思いをぐっと抑えた。どうやら洋一は謝罪をしたいらしいのだ。自分は無言でいるしかないだろう。

「そりゃあ、悪いこんをしたと思ってる。だけど、美和子さんとオレは、結婚するっちゅうわけでもなし、家庭を壊すっちゅうわけでもないんだからな」

あたり前でしょうと、映子は大声をあげたい思いを必死でこらえた。美和子と相手の男とは、もうじき結婚することになっているのだ。その美和子と、他の女の夫である洋一とが結婚出来るわけがないではないか。

「本当に悪いこんをしたと思っている……」

洋一はそこで深いため息をついた。許せぬほど不合理な言葉が続いているのであるが、これが不器用な夫の精いっぱいの謝罪なのであろう。もし映子がただひとつ縋るものがあるとすれば、夫のこの誠実さだけであった。が、これが誠実さと呼べればの話であるが。

普通、誠意というものは、罪を犯さない潔癖さのことを言うのであるが、洋一の場合はその罪を包み隠さず喋ろうとする正直さと愚直さである。それにいささかの甘えも加わっていた。洋一はなんと妻に、恋を失った自分の話を聞いてもらいたいのだ。それが妻をどれほど苦しめるかわかっていても、彼は喋らずにはいられない。なぜならば、美和子とのことは、彼にとって初めての恋だからなのである。

そうなのだ。美和子との情事は、洋一にとって「好きな女を抱く」という初めての幸福をもたらしたのだ。だから洋一は、いつまでも子どものように美和子の心を追い求めているのである。そんな夫の気持ちの綾《あや》が、映子は手にとるようにわかる。なぜならば、映子も人を好きになったことがあるからだ。

「私は他の男とキスをしたことがある……」

映子はシートとシートの間に置かれた、夫の手を見ながら考える。

「他の男の人とホテルの部屋で過ごし、もう一歩というところまで激しく抱き合ったことがある」

その言葉を胸の中で何度か響かせてみせる自分も怖《おそろ》しい罪を犯しているのだと、さらにつぶやいてみる。けれどもこれでおあいこなのだ、夫のことを許してやろうとは全く思えない。映子は別のところで損得勘定をしているのである。自分が他の男を好きになったからといって、洋一は自分と対等ではない。悪いのはあくまでも夫であり、映子は真白なままでいるのである。映子はどこまでも被害者のままだ。

映子は洋一を許そうとはしていなかった。ただ洋一に縋ろうとはしている。なぜならば渡辺に抱かれ、彼を拒否した時にわかったではないか。自分が愛して、自分が心から欲しているのは夫ひとりしかいないということをだ。だから洋一がどんな形であれ、自分を受け容れてくれなくては困るのだ。映子は行き場所が失《な》くなってしまうのである。

「オレたちは……」

洋一は言った。

「ちゃんとやり直さなくちゃいけんな」

その言い方は間違っていると映子は思った。やり直さなくてはいけない、というのは映子の方にも非があるような言い方ではないか。自分は何ひとつ悪いことはしていないのだ。渡

辺とのことは誰にも喋らず、誰にも知られていないのだから、何もなかったことになる。だから洋一は、

「やり直してくれないだろうか」

と言うべきなのだ。

「オレももう美和子さんのことは忘れる。あの人も結婚して東京へ行くようだから、もう会うこともない」

「だけどあの人の故郷はここにあるんだよ。しょっちゅう帰ってくるはずだよ。そうしたら、あんたの心はまたぐらぐらするんじゃないだけ」

「もうそんなことはないさ」

洋一は車のギアをゆっくりと入れる。

「あの人にとっちゃ、オレはちょっとした遊び相手だったんだろう。もう終わったことだからなあ……」

その後の胸の奥に呑み込んだ洋一の言葉が、はっきりと映子に伝わってくる。

「だけど好きなんだ。好きなんだけど諦めるしかないのさ」

それは映子の胸の奥にも匿《かくま》われた言葉である。夫と妻はそれぞれ別の異性に心を残しこうして座っていることになる。なんて滑稽《こっけい》な光景なんだろうかと映子は思った。

「このまま帰ってくれるよな」

「仕方ないじゃん」

映子は答えた。

「仕方ないじゃん、私の帰るところはあそこしかないんだもん」

「お袋も気が強いようだけどな、あれで映子には気を遣っているんだ。今度お前が家を出て、いちばんおろおろしてたのは、お袋なんだからな、ちったあわかってやってくれや」

「別に私のことが心配だったわけじゃないさ。近所の人がどう思うか、それがこわかったんだよ。私にはわかるよ」

家に着いたとたん、姑から浴びせられた言葉は決して自分の身を案じたものではなかった。あんたのように勝手で我儘《わがまま》な嫁はいないとさんざんなじられたばかりだ。

映子は顔を上げる。渡辺の愛を拒否した時、自分自身に言いきかせた言葉が、今はっきりと甦《よみがえ》る。

「自分自身が努力しなければ、決して幸福になることは出来ないのだ」

映子は言った。

「このまま帰っても、今までのままじゃ嫌だよ」

「だからオレは、もう二度と美和子さんに会わんと言っているだろう」

「あんたのこともあるけれど、お姑《かあ》さんのこともある。私はこのままじゃやっていけないと思う。わたしはお姑さんといると、息が詰まりそうだ」

「それじゃ、別居でもするっていうだか」

洋一が吐き捨てるように言った。このあたりでも嫁姑の不仲から、別居している家は何軒かある。けれどもそれは当然噂の対象になっているのだ。

「別居までは考えていない。だけどお姑さんが変わってくれなきゃ困るよ」

「お袋がどう変われって言うんだ」

「あんたは今まで、一度だってお姑さんにはっきり言ってくれたことはない。私たちのことは私たちで決める。こんな基本的なことだって、あんたは言ったことはないよ」

「…………」

洋一は黙ったままだ。が、映子もまた自分の言葉の無意味さに気づいている。姑の正美は強引なところもあるし、皮肉な言葉をたびたび口にする。けれどもそんなことは、あの年代の女にしては普通のことだろう。近所の同じ年頃の女たちの話を聞いても、正美は姑としてはつき合いやすい部類に入る。自分に対しても、それなりに気を遣ってくれているのが、気づかないわけではない。けれども映子が、生き方を変えるとしたら、姑の存在はとても大きなものになる。別居したいほど憎んでいるわけでもない。が、そうかといって今までと同じように受け容れるとしたら、映子の人生は全く変わらないことになってしまう。

どうしたらいいのか映子にもわからぬ。ただせっかく熱くなった心の出口を探し、解決策が見あたらぬまま、映子は焦《じ》れているのである。

「とにかく私は変わりたいんだ」

映子は小さく叫んだ。そのとたん、目から熱いものがこぼれた。

「このままじゃ絶対に嫌だ、何もかも。私は変わりたいんだ……」

傍にいる洋一は何も言わず、まっすぐにフロントガラスを見つめたままだ。

秋が深くなっていくことを、雲がまず教えてくれる。ボリュームのある固い雲から、刷毛《はけ》を使ったようなはかなげな雲に変わっていくのだ。映子は屋敷内の農園の手入れをしている。日除《ひよ》けを兼ねて、売店の前はデラウェアを栽培しているのであるが、収穫しそこねたものがぼんやりといくつか垂れたままだ。こういうものをほうっておくと、鳥が来てうるさいし、来年の樹の健康にもかかわる。だから映子は脚立を使い、丁寧に切り取っていく。

「映子さん、映子さん……」

チェックのエプロン姿の正美が、下に来て声をかける。

「古屋さんが乗っけてってくれるっていうから、私、ちょっとスーパーへ行ってくるよ」

古屋というのは、パートに来てくれている近所の主婦である。市川葡萄園も材料を仕込む時期で忙しく、二人ほど手伝いに来てもらっているのだ。近くに住んでいる女たちだから、昼食は家に帰って済ませてくるが、三時にはちょっとしたおやつを出さなくてはならない。その担当は姑の正美であった。といっても、もう四時を過ぎている。明日の準備のための買物だろう。

「夕飯のもんもついでに買ってくるけど、何かいらんかねえ……」

「そうですね、炒《いた》め物でもしますから、豚の三枚肉をお願いします。それからサラダ油が切れそうですから、いつものやつを」

「わかった。ほんで南瓜《かぼちゃ》でも煮りゃいいらねえ」

あきらかに正美は変わった。映子の家出以来、言葉遣いも下手に出るようになり、以前のような高圧的なもの言いは失くなったといってもいい。それは洋一が母親に対して意見したためではないだろうと、映子は考えている。ましてや自分の実力行使のせいでもない。長い間、姑は子どもが出来ないことを映子のせいにし、不満を口にしていた。ところが原因は息子の方にあることがわかった。そのことはどうやら大きな衝撃を姑に与えたようだ。姑のこのやさしさというのは、ひけめというものが生み出したものなのである。

映子は位置を変えようと、脚立から降りた。頬《ほお》のあたりを撫《な》でる。陽灼《ひや》けが心配だった。渡辺と会わなくなって、もう二ケ月以上たとうとしているのに、陽灼け止めクリームを塗る習慣だけは映子に残っていた。

車が一台入ってくる。東京ナンバーの小型車だ。国道沿いの観光農園と違い、市川葡萄園にふりで入ってくる車というのはあまり多くない。たいていが常連か、あるいは古い蔵に惹《ひ》かれてやってくる人々だ。車が停まり、中から初老の男が出てきた。運転席にはまだ若い女が座ったままだ。

「お久しぶりですね」

「あっ、佐々木先生」

心臓が飛び出しそうになるというのは、こういうことを言うのであろうか。灰色のジャケットを羽織った男は、美術評論家の佐々木である。今年の冬、やはり同じように一台の車が、庭に入ってきた。そして二人の男が中から出てきた。一人は佐々木で、もう一人が彼のお伴で甲府の美術館にやってきた渡辺だったのである。映子の密《ひそ》やかな物語はその時から始まった。

「やあ、お元気ですか。今日も甲府の美術館でいい回顧展をやっていましたんで出かけてきました。あそこは企画が抜群にいいですなあ……」

佐々木はのんびりと喋り始めるが、映子は到底冷静ではいられない。あの車の運転席に座っている女は誰なのだろうか。どうして渡辺が来なかったのだろうか。いや、彼がここに来るはずはない。自分はあれほど失礼なことをしてしまったのだ。渡辺は怒っていて、もう二度と自分の前には現れないのだろう。そしてそのことを知らない佐々木だけが、こうして無邪気に映子の前に現れたのだ。もう渡辺は二度とここには来ない。代わりにあの若い女が、佐々木の傍らに座っている。

映子の視線に気づいたのだろう、佐々木は後ろを振り向いた。そして車に向かって手招きをする。若い女は素直に車から降りてきた。彼女は微笑《ほほえ》みながら近づいてくる。ガラス越しに見ると大層若く見えたが、女は三十をいくらか越えたというところであろうか。

「長男の嫁で、葉子と言います」

「どうぞよろしく」

女は歯を見せずに笑う。都会の知的な女独特の笑い方だ。映子はいつもこの種の女に気後れをおぼえる。

「僕は車が運転出来ませんからね。最近は何かというと、すぐに彼女を引っ張り出すんですよ」

「でも私もいい勉強になりますから」

「葉子も子どもが出来るまでは美術館の学芸員をやっていましてね。まあ、こういう時も嫌な顔しないで行ってくれます」

「仕方ないわ。渡辺さんのピンチヒッターですもの」

「渡辺さん……」

何も考えず、反射的にその名前を口にしていた。が、それを佐々木は全く別のように解釈したようである。

「ほら、冬にここに来た時に、車を運転していた若い男ですよ。ちょっとハンサムな……」

「はい……」

「彼はね。今入院してるんですよ」

「お父さまが助手代わりに、あんまりこき使ったからじゃありませんか」

「馬鹿言いなさい、そんなんじゃないよ。そんなに飲む男じゃなかったんですけどね、仕事のストレスでしょうな、肝臓をやられてしまったんですよ」

「肝臓をですか」

「そうですよ。今は若いからといっても、気をつけなきゃいけませんな。いやあ、今日は久しぶりにあなたの顔を見てよかったですよ」

「義父《ちち》ったらあなたのこと、画集から抜け出したような顔をしてるって」

「じゃ、奥さん、どうも失礼しましたな」

車が去った後も映子は葡萄棚の下でたたずんでいる。どうしても動けない。

渡辺は病いにとりつかれたのだ。それが軽いものなのか、重いものなのか見当もつかない。そのことが激しく映子の胸をかき乱している。もう忘れたはずなのに、好きな男と病気という文字が結びつくと、女はこれほどまでにショックをうけるものなのだろうか。

映子の上で、しなびたデラウェアが風鈴のように揺れている。

19

恒例のワイン祭りの日が近づいてきた。

この日は町を挙げてのお祭りとなり、ワインの利き酒大会や手づくりラベル教室などが開かれる。東京から有名な音楽家を招き、クラシックのコンサートも開かれることになっている。

映子はこれを毎年楽しみにしていた。普段音楽会とは縁遠い暮らしをしているが、ＦＭラジオからピアノやヴァイオリンの音が流れてくると、いつのまにか耳をそばだてている。特に渡辺と知り合ってからというもの、映子はクラシックの音楽が次第に好きになった。それは楽器の音が自分の心に寄り添っていくと感じられるようになったこともあるが、それよりも渡辺に合わせて背伸びしようとしている自分がいた。

その渡辺と映子はもう会うことはないだろう。密室まで従《つ》いていきながら、自分は彼を拒否してしまったのである。あの時の心を映子はまだ整理することが出来ない。渡辺に口づけされ、そのままベッドに倒れ込む瞬間、映子は少年の日の夫の姿を思い出したのである。洋一にもはっきりと言ったことはないが、夫は映子の初恋の男であった。夕暮れの体育館の中、白いショートパンツをはいた洋一を、どれほどせつない思いで眺めたことであろうか。あの記憶があるから、現在の生活にも耐えられるのだ。洋一ともう一度やり直していくつもりになったのである。

しかし渡辺を失ったけれども、洋一はまだ映子のものにはならない。夫の心は他の女のまわりを漂っている。その女は別の男の子どもを妊《はら》み、日いちにちとお腹が大きくなっていくというのに、夫の心はまだ未練たらしく美和子の方を向いたままなのである。夫婦の仲は一進一退という表現がいちばんふさわしい。二人でしみじみとした話をする時があるかと思えば、些細《ささい》なことで洋一の不機嫌が続くこともある。そのたびに映子の心のどこかで、低い声がささやき始める。

——失ったものはあんなに大きいのに、私が得たものは本当にちっぽけなものなんじゃないだろうか——

夫と二人で、またここでの暮らしを始めると決意した。それならばそれで、大きな手ごたえが欲しいと願う自分は贅沢《ぜいたく》なのであろうか。

ワイン祭りの準備でしょっちゅう出歩いている洋一が、うかぬ顔をしている。

「いやあ、困ったことになったよ」

洋一はいつになく饒舌《じょうぜつ》になった。四日後に行われるワイン祭りの初日で、ワイン教室が開かれることになっている。なんでも洋酒メーカーのワイン輸入部門に長く勤め、辞めた後はあちこちの雑誌に原稿を書いている評論家が、急病になったというのである。

「胆石が暴れ出して、即入院ということらしい。だけど代わりの人がなかなかいないだわ」

その評論家も苦しい痛みの中で、あちこち問い合わせてくれたのであるが、急なことで誰も引き受けてはくれない。

「こっちのワインはなかなか売れんけんど、世の中はワインブームだって浮かれてるからな、講師の先生はかき入れ時らしい。なかなか山梨くんだりまでは来てくれないさ」

「ワイン教室、中止するわけにはいかないの」

「それがな、毎年やってたこんだから、楽しみにしていた人も多いんだわ。特に東京の観光客からの問い合わせが多い。やっぱりワイン祭りだからなあ、ワイン教室をやめるっちゅうわけにはいかないだろうなあ」

それならば最後はオレが引き受けてもいいと言い出したのが、八岡ワインの社長だったという。八岡ワインは最近めきめき売り出した会社で、輸入ものに押されて苦しい現状が続いている勝沼ワインメーカーの中で、ひとり気を吐いている。工場をフランスそっくりに改築したせいもあり、テレビや雑誌の取材も八岡ワインに集中していた。

四十代半ばの八岡社長は、喋《しゃべ》るのがうまく、グラスを片手にさまざまなワインの講釈をするのが得意だ。その彼がワイン教室の講師をするというのはあり得ない話ではないが、これには他のワインメーカーのオーナーたちが反発したという。日頃からやり手と呼ばれる八岡ワインメーカーに対するやっかみもあり、これはめんどうなことになりそうだと洋一は言った。

「オレたちワインをつくっている者の中で、講師をやり出したら、いろんな問題が起こる。だから中立の立場の先生をお願いしてるんだけんどなあ……」

「それだったら」

映子の中でひらめくものがあり、それをすぐさま舌にのせた。映子にしては本当に珍しいことであった。

「評論家の佐々木先生はどうかねえ。佐々木……えーと、下のお名前は名刺を見ればすぐにわかるよ。美術評論をしているとても有名な先生なのよ。美術のことばかりじゃなくて、ワインにもすごく詳しくて、本も何冊か書いているらしい」

このあたりはほとんど渡辺の受け売りであるが、佐々木と知り合ってから注意して見ると、新聞の雑誌や書籍の広告に、時々佐々木の名前を見ることがある。

「えーと、佐々木コウイチさんかコウジさんだったと思う。とにかく有名な人よ。甲府の美術館にもしょっちゅう来ていて、その帰りにうちに寄ってくれるのよ」

渡辺のことを気取《けど》られまいと思うあまり、映子は多くの言葉を並べてしまう。

「あの人ならぴったりじゃないかねえ。佐々木先生の本読むような人は、このあたりには一人もいないと思うけれど、肩書きにハクがついていればいいんでしょう。東京のえらい美術評論家っていうことなら、誰も文句はないでしょう」

「だけど、そんな先生が来てくれるかなあ、四日後なんて急じゃないか。ハイ、わかりましたなんて言ってくれるかなあ」

「私から電話をしてみるよ。名刺に書いてあったのは自宅の電話番号のはずだから……」

「そうかあ、じゃオレ、村中さんに今から電話してみっかなあ……」

洋一は壁の時計を見る。夜の九時四十五分、このあたりでは〝非常識〟の範疇《はんちゅう》に入りそうな危うい時間帯である。自分に言いわけするように洋一はつぶやく。

「多分、村中さんのおっさん、うちで飲んでるはずだ。さっきオレたちと別れた時、飲み足らなそうな顔をしてたからな」

村中というのは老舗《しにせ》のワインメーカーの社長で、組合長でもある。洋一と映子の結婚の際の仲人《なこうど》であった。

「もしもし、村中さん、あのね、さっき話してたワイン教室の先生のことだけんどねえ、うちのお母《かあ》ちゃんがねえ……」

〝うちのお母ちゃん〟というのは、姑《しゅうとめ》のことではない。このあたりの男たちは、妻のことを照れを込めて乱暴に〝うちのお母ちゃん〟と呼ぶのがならわしである。これは子どものいない映子のような女にも使われた。

「うちのお母ちゃんが言うには、佐々木ナントカっちゅうえらい美術評論家の先生がいるだと。なあ、おい」

映子は頷《うなず》く。

「ほいで、その人どうずらか、って言ってるだけんどねえ……。うん、とにかくえらい先生らしい、なあ」

受話器の傍《そば》で映子は再び頷く。

「わかりました……じゃ、そういうこんでよろしく」

切った後で、洋一は親指とひとさし指とでOKサインをつくった。

「その先生が引き受けてくれたら、組合長の判断っていうこんでその人にすると。町役場や実行委員会にも、村中さんから話をとおすと。だからすぐ電話して聞いてくれっちゅうこんだ」

「わかった」

酔いのせいもあるが、今夜の洋一はちょっとおどけている。そのことが映子には嬉《うれ》しくて楽しい。

「じゃ、私、今から先生のところへ電話してみる」

名刺ホルダーを取りに、廊下を行きかけて映子はやっとわかった。自分はなんとずるい女なのだろう。一回断ち切った渡辺との関係なのに、佐々木という一筋の糸をつなぐことで、自分はやはり諦《あきら》めてはいないのである。それというのも佐々木が口にした彼の近況だ。

「渡辺君はずっと入院しているらしくてね」

そんなに飲んでいたわけでもないのに、肝臓を悪くしたというのである。その時、胸を不意に衝《つ》かれた。まるでその病いの原因は自分のことのように思ってしまったのである。もちろんそんなことは自惚《うぬぼ》れに決まっている。けれども映子はもう一度だけ、渡辺のことを聞きたいのである。

スイッチをつけた。売店の中の棚やテーブルが浮かび上がる。この椅子《いす》にあの男は座ったのだと、映子ははっきりと憶《おぼ》えていて、そんな自分を空怖《そらおそろ》しく感じた。自分はどうやら、すべてを終えてはいないらしい。どうしてこれほど意地汚いことをするのだろうか。自分から別れを告げた関係なのに、病いというひと言で心が揺らいでしまっているのだ。自分は確かに何かを期待しているのだと映子は思った。

佐々木の講演したワイン教室は、大成功であった。今までの講師の中には、フランス、イタリアの高級ワインの素晴らしさを得々と話すだけの者がいた。けれども佐々木は、国産ワインをつくる人間の立場も充分理解した内容で、美術が専門の評論家らしく、名画とワインをからませた話も大層面白かった。

ぶどうの丘センターでのワイン教室に集まるのは、地元の名産をもっと勉強しようという主婦が多く、最近はこれに東京からの常連客も加わる。聴く者のレベルが年々上がっていくことは確かで、熱心にノートを取る者も何人かいた。

「先生、本当にありがとうございました」

映子は控え室に、喫茶室からとったアイスコーヒーと葡萄ゼリーを運んだ。ワイン祭りの実行委員の女性もいるのであるが、知り合いということで、映子は接待係を頼まれていたのである。

「一時間もお話になって、さぞかしお疲れのことでしょう」

「いいえね、僕はワインのことを話すとさ、本当に止まらなくなっちゃうの。美術の話なんかするよりもずっと楽しいよ。こういう仕事だったら、毎日でも構わないぐらいです」

佐々木はおしぼりで顔をぺろりと拭《ふ》いた。たっぷり喋ったとあって、頬《ほお》が上気している。いつもよりはるかに若く見えた。

「急なことで申しわけありませんでした。先生が講師を引き受けてくださった時は、本当に嬉しかったです」

「今日は空いていてよかった。僕らのような商売、普段はヒマなんですけれどもね、秋はあっちの展覧会、こっちの個展と駆けずりまわらなきゃいけない」

「本当に運がよかったんですね」

空になったグラスを片づけながら、映子はあのことをどうやって切り出そうか考えていた。自分から渡辺のことを尋ねるのはあまりにも唐突である。佐々木の知っている限り、彼と映子とは一度きりしか会っていないのだ。その男の病状を尋ねるのは、ゆきずりの男のことを尋ねるにも等しい。

「先生、そろそろお時間ですから、勝沼駅までお送りします」

ドアが開き、実行委員のひとりが顔を出し、そしてすぐ気忙《きぜわ》し気にドアを閉めた。

「先生、ぜひとも夕食を召し上がっていって欲しいのに残念です。すぐにお帰りになるなんて」

これは映子の偽らざる気持ちだ。夕食を共にし、酒でも入れば話題の中に渡辺のことが出るかもしれなかった。

「こちらはおいしいものが何もないんですけれどもね、甲府盆地を見ながらバーベキューなんていうのは楽しいですよ」

「ゆっくりしていきたいのは山々なんですけれどもね、ちょっと会食の予定が入っていましてね」

立ち上がりざま、不意に佐々木は映子の方を見た。そしてあれほど映子が欲しがっていたものはすぐに与えられた。

「そう、そう、このあいだ渡辺君の話をしたの憶えてますか」

「渡辺さん、ですか」

映子の心臓は激しく音をたてて波うち始めた。いつそれが出てくるだろうかと、心待ちにしていた名前なのである。そして映子は反射的に演技していた。

「ああ、最初にいらした時の、ご一緒だった編集者の方ですね。確か入院されていたとか……もうお元気になったのでしょう」

「それがね」

佐々木は顔をしかめた。

「若いんだからすぐに退院してくると思ったんですが、もう一ケ月以上入院しているんです。医学のことは全くわからないが、彼が言うには、肝硬変になりかかってるのを徹底的に治療するということらしい。昨夜、たまたま電話で話していて、今日ここに来ることを言ったんですよ。そうしたら、あの綺麗《きれい》なワイン工場の奥さんによろしく伝えてくれって言ってました」

映子はどう答えていいのかわからない。「綺麗な」と「よろしく」という言葉だけが選ばれて、映子の頭の中をぐるぐると回り始めた。

渡辺は何を考えているのだろうか。本当に自分によろしくと伝えたいだけなのであろうか。こうした言葉は単なる儀礼なのか。もしかすると彼は、自分に別のメッセージを伝えたいのであろうか。

「先生」

映子は言った。落ち着きを取り戻したと同時に、狡猾《こうかつ》さも生まれてきている。

「綺麗な、なんて言われるとお世辞とわかっていても嬉しいですよ。お見舞いに葡萄でもお送りしたいので、病院の住所を教えていただけますか」

「ああ、そうしてくれたら彼も喜ぶでしょう」

佐々木は頷いて、メモに住所を書きとってくれた。築地《つきじ》にある有名な病院であった。

「最初の頃は本が読めるから入院も悪くない、なんて強がりを言っていたんですけどね、近頃はちょっとしょんぼりしていますよ。昨日も早く元気になって、先生とまた勝沼へ行きたいってしきりに言っていました」

その最後の言葉が、映子を勇気づけた。その夜映子は、渡辺にあてて手紙を書いた。が、考えてみるときちんとした手紙を書くなどというのは何年ぶりであろうか。気のきいた便箋《びんせん》を買いに行くということも出来ず、平凡な白いものを使った。

「ご無沙汰《ぶさた》しております。

佐々木先生からご病気のことを聞いてびっくりしております。どうか一日も早くお元気になってくださいね。

ワイン祭りも終わり、私たちの町は秋が次第に濃くなっていきます。いま葡萄園から見る夕陽がとても綺麗で、橙《だいだい》、紫と色を変えていきます。ぜひ佐々木先生といっぺんご覧になっていただきたいものです。葡萄をお見舞いにお送りしようと思ったのですが、入院中の方に食べ物はどうかと思ってやめました。私たちの町をずうっと撮っているカメラマンがいるので、その人の写真集を送ることにしました。たまにめくってくださったら幸いです。それではまた」

お会い出来るのを楽しみにしています、という言葉は省略した。そんなことを自分から言うのはいかにも厚かましいと思った。しかし手紙を書くという行為は、映子の気持ちをかなり楽にしている。直接会って話したり電話をしたりするよりも、手紙は文字を書く分だけ距離が生まれるような気がするのだ。しかもこれは見舞いの手紙なのである。

もう恋や愛ではないと映子は言いわけする。何度かワインを買いに来てくれた人が入院したというのを聞き、自分は慰めたいだけなのだ。いわばこれは同情というものなのである。

そして五日後、ダイレクト・メイルの中に混じって、一通の手紙が、映子の元に届けられた。彼のものだということはすぐにわかった。なぜならば何のへんてつもない白であるが、その封筒はしゃれた形をしていた。横と縦の比率が日本のものと微妙に違っていたのである。

急いで封を切る。渡辺の文字はもう何度も見たことがあるような気がした。男にしては少し綺麗過ぎる文字であった。

「お手紙ありがとうございました。

思いがけないことだったのでとても嬉しかったです。ちょっとした酒の飲み過ぎだと皆に言われ、すぐに出られると思っていた入院ですが、予想以上に長びいてかなり滅入《めい》っていたところです。ですからお手紙はとても嬉しかった。写真集はとてもいいですね。ページをめくりながら、甲府盆地のことを考えています。

東京にいらっしゃることがあったら、ぜひお寄りください、といっても病院ですよね。つい自分の家のように言ってしまいました」

ここで映子はちょっと微笑《ほほえ》んだ。

「しかし、ここでの生活もそう悪くないかもしれません。眺めは最高ですし病室も新しい。お茶ぐらい飲んでいってください。またおめにかかるのを楽しみにしております」

最後の言葉が紙の中で浮いている。映子が省略した言葉を、彼は素直に書いているのだ。

「またおめにかかるのを楽しみにしております」

これもまた儀礼というものだろうかと映子はじっと文字を見つめる。

20

映子の住む町から東京までは、特急で一時間半かかる。中には通勤している人もいるぐらいだ。けれども普通の主婦である映子にとって、東京はとても遠い。よっぽどのことがない限り、上りの列車に乗ることはなかった。

近所には、月に二、三回、芝居だ、買物だと東京へ出かける女がいることはいるが、たいていは子育てを終えた中年の主婦だ。姑もいる立場の女は、よっぽどの理由がない限り東京へ出かけられるわけがなかった。

だから映子は二通めの手紙を書いた。便箋と封筒だけは、近くのスーパーで上等のものを求めた。イラストや写真入りのものは好きになれなかったから、すっきりとした白い和紙だ。

それに文字を記しながら、万年筆を使うのは何年ぶりだろうかと映子は思った。

「渡辺さん、その後いかがでしょうか。秋も終わりの頃となり、盆地の空が青く冴《さ》える季節となりました。うちの工場も忙しい時を迎えています。私はおさんどんしか出来ませんが、今年の葡萄《ぶどう》は雨が少ないためにうまく育ち、いいワインになりそうだと皆が話しているのを聞くのは嬉しいものです。今年からうちはワインのラベルを変えたんですよ。うちのお客さまで、東京でデザイナーをやっている方がいます。その方が今までのものはよくない、自分がデザインしてやろうとおっしゃってくださったのです。おかげで今年の新酒から、しゃれたラベルになりそうです。

ところでこのあいだお送りした、勝沼の写真集、とても気に入ってくださったようで嬉しいです。霧に濡《ぬ》れた葡萄園を見ていると、私たちでもその美しさにはっとすることがあります。うまく言えませんが、およそ畑というものの中で、葡萄園ぐらい美しいものはないのではないでしょうか。緑いっぱいの葡萄園もいいけれど、秋から冬にかけての葉が落ちた葡萄園もしんみりとしていいものです。早くお元気になって、うちにも顔を見せてくださいね。

それではまた」

最初に手紙を出した時ほどの気負いはない。それは渡辺から返事を貰《もら》ったからだ。彼の手紙はあっさりとしたもので、例えば夫や姑が偶然それを読んだとしても見舞いのお礼状としか受け取らないことであろう。だから安心して、映子も手紙を書くことが出来たのだ。

そして渡辺の手紙は三日後に届いた。往復する時間を考えても異例の早さだ。その早さが映子に期待を持たせた。すぐには開けず、自分あてのダイレクト・メイルにまぎれこませて部屋の中でゆっくりと封を切った。

「市川映子さま

心のこもった手紙、本当にありがとうございました。

今回ばかりはかなりまいっています。入院などというのは盲腸以来で、しかもそれが長びくばかりなのです。検査はひととおり終わったはずなのに、まだ出られません。そんな時にお手紙をいただいて、どれほど僕が嬉しかったかおわかりでしょうか。あなたからの手紙は葡萄園の風のにおいが確かにして、毎晩枕《まくら》の下に置いて眠ります。

もし東京にいらっしゃる機会があったら、いや機会がなくても、ぜひ病院に来てお顔を見せてくれませんか。僕は気弱になっていますが、気弱な人間にもいいことはあって、図々しく他人に甘えることが許されるのです。ぜひお願いします。お待ちしています」

誰もいないことはわかっているのに、映子はあたりを見渡した。これは映子が生まれて初めて貰うラブレターというものであった。言葉は抑えてあるものの、熱いものが行間から濃く滲《にじ》んでいる。どうやら渡辺は本気で映子に会いたがっているらしい。あれほどひどいことをしたにもかかわらず、渡辺はまだ自分への好意を捨てていないのだ。これは信じられぬほどの奇蹟のようなことに映子には思われる。そして自分自身の気持ちも、映子には驚きであった。もうきっぱりと渡辺のことは忘れたつもりになっていたのに、彼が入院したと聞くとやはり心は激しく揺さぶられたのである。手紙を読んだ今となってはなおさらだ。もう一度きな言いわけが用意されている。
渡辺に会いたいと思う。病院に行って、励ましの言葉を口にしたいと思う。が、これには大きな言いわけが用意されている。

渡辺は病人なのだ。ベッドに横たわる病人は、もう自分に対しては無力なはずである。ホテルの密室に入り、激しく抱きすくめることも出来ないし、強く唇を吸うことも出来ない。つまり映子は全く安全なままなのである。だから嘘《うそ》をついても、映子は渡辺に会いに行ってもよいのだ。何もやましいことはないし、起きるはずもないのだから。

が、どうやって家を出る理由をつければよいのだろうか。ワインの仕込みが終わり、早いものはそろそろ出荷出来るぐらいになっている。パートの人たちは四人になり、その人たちに茶菓の用意をしたり、常連客に向けてダイレクト・メイルを発送したりと映子は忙しい。どう誤魔化《ごまか》しても東京へ行くことなど不可能だと諦めていた頃、一本の電話が映子にチャンスを与えてくれた。そして皮肉にもそのチャンスは、美和子がもたらしてくれたのである。

「ねえ、ねえ、美和子、おととい女の子を産んだだよ」

佐知から知らせがあった。

「あれっ、年明けとか聞いていたけど」

「それがね、早産だったらしいよ。かなり早く未熟児で生まれたらしいけど、わりと元気なんだって。それでね、美和子、私や映子ちゃんに来て欲しいって言ってるだよ」

どうして、と映子は思わず声をあげた。美和子の二人の子どもの時は、東京で出産していたから見舞いに行った記憶がない。佐知と一緒にベビー服を贈ったぐらいである。それなのにどうして今回に限り、美和子は映子たちに来て貰いたがっているのか。もしかすると、赤ん坊の顔を見せ、洋一とは無関係であることを証明したいのであろうか。それとも単に自分の幸せを見せびらかしたいのだろうか。

映子の沈黙をためらいととって、佐知はこんな風に喋り出す。

「美和子、私たちに励まして貰いたいんじゃないずらかね」

「励まして貰いたい……？」

あんな元気な女の、いったいどこを励ませばいいのだろうかと、映子は奇妙な気持ちになる。離婚をした後は、人の夫を誘惑し関係を結んだ。そうしておきながら別の男の子どもを産み結婚をする女だ。そんなたくましい女に、いったい何が必要なのだろうか。

「だってさ、相手の男の人、一緒には暮らしているらしいけど、まだ奥さんと籍が抜けないらしいよ」

映子は病院で会った、あまり品がいいとは思えない中年男を思い出した。もうじき離婚することになっていると言っていたが、うまくいかないということなのだろうか。

「それで美和ちゃんのお父さんは怒っちゃって、孫の顔も見に来ないらしいの。お母さんの方は上の子どもの世話させられて、ヒステリー状態らしいよ。子どもが生まれてもこんなにつらいなんて、って美和子、電話口で泣いていたもの」

美和子が泣くなどというのは信じられない思いだ。その彼女と、その子どもを見るなどというのは全く気が進まない。けれども佐知の次の言葉に、映子ははっと息を呑《の》む。

「美和子ね、山梨じゃなくって中野の病院なんだって。中央線沿いだから、ちょっと顔を見せてって言ってるわけだよ」

中野は東京の地名である。渡辺のいる築地とどのくらい離れているかよくわからないが、とにかく同じ東京にあることは確かなのだ。その時ある考えが映子の胸に浮かんだ。

――美和子の見舞いなど決して行きたくはない。けれどもいい口実にはなる――

いわば美和子を利用することになるのだが、そのくらいのことをしても全く胸が痛むはずはなかった。

「そうだねえ、私、お姑《かあ》さんやうちの人に聞いてみなきゃわからないけど……。佐知ちゃんは構わないの」

「私はへっちゃら」

受話器の向こうで、佐知は嫌な響きの笑い声をたてた。

「うちの人はね、今、私の言いなりなんだからね」

あれは今年の夏のことだ。佐知の方ではなく、佐知の夫の方の浮気がばれたことがある。その時、自分のことは棚に上げ、佐知は怒り狂った。一時期は離婚する、しないの騒ぎになり、それはずっと尾をひいているらしい。

「だからさ、子どもをうちのお母さんに預けて、ちょっと羽を伸ばしてこようと思ってさあ。せっかく東京へ行くんだからさ、買物にでも行こうよ。なんなら私、一泊したっていいんだよ」

〝一泊〟という言葉に、映子の体は鋭く反応した。あれは新宿の高層ホテルであった。渡辺はあの部屋で映子を抱きすくめたのだ。が、もうあんなことが起こるはずはなかった。映子のような女がひとりで一泊出来るといったら、それはもう家出の時しかないのだ。

とにかく後で電話をすると言って、映子は受話器を置いた。茶の間では洋一と姑がテレビを見ているところであった。といっても洋一は、ビールを飲みながら夕刊を読み、耳はテレビの方に向けている状態だ。姑の正美は、大家族が出てくるこのホームドラマが大好きなので熱心に見ている。

「美和子さんに、女の赤ちゃんが生まれたそうですよ」

やはり親子だ。姑と夫の肩が、全く同じようにぴくんと動いた。美和子の出産のニュースは、二人にそれぞれ別の感慨を与えたようなのである。

洋一の方は、これで好きな女が、永遠に自分から去っていったという思い。

姑の方は、息子の不妊をなじられたような気分になっているに違いない。

だから二人とも映子の東京行きをそう反対しなかった。

「美和子さん、なんだか気が弱くなっているみたいなんですよ。私と佐知さんにどうしても来て欲しいって……」

「行っておあげよ」

姑が即座に言った。ものわかりのいい姑を演じることによって、さまざまな感情をふり払おうとするかのようであった。

「美和子さんにはいろいろお世話になったからね」

そう言ったとたん、つまらぬことを口にしたと姑も気づいたらしい。それきり黙ってしまった。洋一はずっと無言のままだ。ただひと息にビールをあおった。その動作の荒さが、映子の胸を波立たせた。

「それじゃ、あさってかしあさって、行ってきますよ」

映子は何かを宣言するように、語尾を強く発音した。


「ねえ、見てよ。顔が細長くってへんでしょう。吸引の機械を使って出したから、顔がまだ直らないのよ」

ガラスのこちら側で、美和子が保育器の中にいるわが子を説明している。彼女は思ったよりもはるかに元気で、寝巻きの上にバラ色のガウンを羽織り、ここまで二人を案内してくれたのである。

「どのくらいあったの」

「二千二百グラムだったのよ」

「あ、そう。うちの子は三千百五十あったからやっぱり小さいね」

「二人産んだけど、上の子たちはやっぱり三千超してたのよ。この子はやっぱり、ほら、私が転んだりしたのがいけなかったのかねえ……」

映子は思わず美和子の横顔を見た。自分が美和子をつきとばしたことの皮肉を言っているのかと思ったのだ。けれども化粧をしていない美和子の肌は白くさえざえとしていて、そこからは何の悪意も漂ってはこない。美和子は少し痩《や》せたようであるが、かえって目が大きくなり、前よりもずっと綺麗になった。つらい状態だというものの、出産したばかりの母親が持つ幸福にふんわりと包まれていた。

「昨日までは私、ずっと泣いてたんだよ。二人も子どもがいるのに、もう一人抱えて、おまけに相手の男は煮えきらない。父親の欄のところに違う姓の男の名前書いてさ、未婚のところに丸印をつける気持ちったらないよ。でもね、未来《みく》の顔見てたら、だんだん元気になってきた。こんなチビに元気づけられたんだよ」

「未来ちゃんっていうんだ。いい名前だね……」

映子は保育器の中の赤ん坊を見る。未来と名づけられた女の子は、ふがふがと口をしきりに動かしていた。

「そうだよね。やっぱり子どもは宝さ。私だってうちの人と何度別れようと思ったかしれやしない。そのたんびに子どもの寝顔見てさ、もうちょっと頑張ろうって思ってきたんだもの」

と佐知もしんみりと言った。その時、

「映子ちゃんも子どもをつくらなきゃ駄目だよ」

突然美和子が強い視線をこちらに向けた。すべてを知っているのだろうかと思うような強さであった。

「ちゃんと病院に行けば、今の医学ではすぐ子どもはつくれるんだよ。この病院は不妊治療もしてる。何だったら紹介してあげるよ」

「いいんだよ、もう……。うちはもう諦めてるから」

こういう時、映子はいつも後ずさりしたいような気持ちになる。今まで何度こうした言葉をやさしげにかけられただろうか。

「子どもをつくらねば駄目だよ。一人前の夫婦にはならないよ」

「どっちがいけんだね。奥さんの方かね、旦那《だんな》さんの方かね、ちゃんと病院へ行っただけ」

田舎の人たちの心の中まで地下足袋《じかたび》で入ってくるような口調に、映子はどれほど傷ついていただろう。けれども美和子の顔つきや口調は、あの人たちとは確かに違っていた。

「ねえ、映子ちゃん、あんたももうじき三十五歳だ。性根《しょうね》を入れて子どもをつくることを考えなよ。私はいいかげんな女で、映子ちゃんに説教するようなことは何ひとつ出来ないけど、これだけは言っておくよ。子どもはどんなことがあってもつくりな……」

そしてここでちょっと言葉を区切った。

「たとえ他の男の人の子どもでもさ」

「わー、美和子ったら過激なことを言うねえ」

佐知が囃《はや》し立てるように笑う。

「駄目だよ。映子ちゃんみたいに真面目《まじめ》な奥さんにへんなことを言っちゃ」

「だけどさ、子どもは女のもんだからね。男の人のもんじゃないからね。私は離婚してそれがよくわかったよ」

その表情は今までの美和子とは違っていた。目のあたりに凛《りん》とした決意がみなぎっていた。どうやら未婚で子どもを産んだことが、美和子を変えたらしいのだ。

「美和子、何だか肩肘《かたひじ》張ってつっぱってるみたいだったねえ」

駅に向かうバスの中で佐知がささやく。

「このまま、あっちの籍が抜けなきゃ大変なことになるよねえ」

「うん、だけどあの人のことだから、ちゃんとやるような気がするよ」

子どもに〝未来〟と名づけた美和子の心が、ほんの少しではあるが理解出来るような気がした。停まっていることよりも、常に歩いていることを望む人間がいる。美和子はそうした一人なのだ。損をするとわかっていても、世間から後ろ指をさされようと、美和子は歩かずにはいられないのだ。そのことにより映子は苦しむことになった。まだ夫婦仲はぎくしゃくとしている。けれども美和子のことを、もうそれほど憎んではいない。映子も少しずつ歩くことを経験し始めたからである。

デパートへ行くという佐知は新宿駅で降りた。昔の友だちに会うからといって、映子はそのまま電車に乗る。築地というところは、地下鉄の駅で降りるのだと調べてあった。

病院は人に聞くまでもなかった。地下鉄の駅から少し歩くと、目の前に巨大な建物がそびえていた。大層迷うのではないかと心配したが、標示がスムーズですぐ渡辺の病棟にたどりつくことが出来た。

ドアの前には二人の名札が出ていた。どうやら二人部屋らしい。ここまで来て映子は躊《ちゆう》躇《ちよ》し始めた。渡辺は個室にいるものと思い込んでいたのである。もう一人いる前で自分はどうふるまっていいのかわからない。とても気まずい気分になるのではないだろうか。

「どなたをお訪ねですか」

気がつくと若い看護婦が、すぐそばに立っていた。書類を胸にかかえ、愛らしく首をかしげている。

「えーと、渡辺さん、渡辺直哉さんのお部屋です」

「渡辺さんだったらここですよ」

彼女は間髪《かんはつ》いれず儀礼的なノックをしたかと思うと、ドアを開いた。

「渡辺さん、面会の方ですよー」

あっと映子は小さく叫んだ。渡辺があまりにも近くにいたからである。手前のベッドの上に、彼は身を起こしていた。この病院の規定らしく青色の寝巻きを着ている。渡辺は何か言いかけ、そして微笑んだ。映子が何度も頭の中で反芻《はんすう》していた笑顔であった。渡辺はそして大きく頷く。映子がここに来ることがわかっていたと、その目は語っているようであった。

けれども映子は近づくことが出来ない。渡辺の傍にはもう一人見舞い客がいた。美しい女であった。そう若くはないけれどショートカットに黒いセーターを着ているのが知的できりっとした印象だ。

「あ、すいません」

映子は言った。そしていきなり謝罪した自分をなんとみじめなんだろうかと思った。

「お客さまだったんですね……」

「お客じゃありませんよ」

渡辺はもう一度笑った。口の両脇《りょうわき》に皺《しわ》が出来る。それは今まで、彼の顔に存在していなかったものであった。

「ご紹介しましょう、僕の姉ですよ」

映子は自分の愚かさと小心さを嗤《わら》いたくなった。

21

大竹優子と名乗った女は、渡辺と目のあたりがそっくりだ。目だけではない、眉《まゆ》の始まり方、笑うと唇の端がきゅっと上がるところ、映子の好きな渡辺のさまざまな箇所を、姉もそのまま持っていた。

「姉貴は先月まで、ずっとシンガポールにいたんですよ」

「まあ、シンガポールに」

「そうなんです。主人の仕事の都合で三年間あちらにおりました。やっと日本に帰れたと思ったら今度の入院騒ぎで……」

優子は哀《かな》し気に目を伏せたが、睫毛《まつげ》が驚くほど長い。これは渡辺も持っていないものだ。

「仕方ないだろ、たった一人きりの身内なんだから」

渡辺が甘えたように口をとがらせたが、それは映子が初めて知ることであった。考えてみると、映子は渡辺のことをほとんど知らない。知っていることといえば、別れた妻がいることぐらいだ。そのことばかり気になって、肉親にまで思いをめぐらすことがなかったといった方がいいかもしれない。

「父親は私たちが子どもの頃に亡くなりまして、おととしは母がいなくなりました」

「そうだったんですか」

こうした会話を交す自分の横顔を、渡辺がじっと食い入るように眺めているのがわかった。優子がいてくれて本当によかったと思う。そうでなかったら、渡辺との再会は、かなりぎこちなくなっていたはずだ。

「ゆっちゃん」

渡辺は姉のことをそんな風に呼びかけた。

「湿っぽい話はそのくらいにして、いただいたお花、花瓶にさしてきてくれよ」

「あ、私がします」

映子はあわてて手を伸ばした。駅前の花屋で買ってきた平凡な花束だ。

「そんな、お客さまにそんなことはしていただけないわ。どうぞここに座って、弟と話してやってくださいな」

優子が出て行って、二人はとり残された。向こう側のベッドは空になっている。検査に出かけているということだ。花の香と共に、多少の気まずさが部屋に残された。

「とっても綺麗なお姉さんですね」

「二つしか違わないんで、子どもの頃は喧嘩《けんか》ばかりしていましたよ。あの人はああ見えてものすごいお転婆《てんば》で、僕なんかよりずっと手が早かったんですよ」

「そんなこと信じられない」

二人は顔を見合わせて微笑んだ。渡辺は思っていたよりも痩せていない。ただほんの少し髪が伸びていたことと、笑ったときにできる口元の皺が、変化といえばいえるだろう。この病院の制服である青い寝巻きを痛々しいと思った。渡辺のような人間にとって、こういうものを着るのは嫌なものだろう。

「それにしてもよく来てくれましたね」

渡辺の目が鋭く光った。それは切実と呼んでもよいもので、以前の彼にはなかったものだ。映子はかすかにたじろいでいる。

「もう二度とあなたには会えないと思っていた。僕がどんなにいま嬉しいか、映子さんにはわかるかなあ」

〝映子さん〟という渡辺の言葉で、映子は一瞬痺《しび》れた。こんな風に異性から呼ばれることの幸福を自分は手離したのである。

「佐々木先生から、入院って聞いてびっくりしました。だからついお見舞いに来たんです」

それに比べ、映子の方の〝見舞い〟という言葉のそらぞらしさといったらどうだろう。

「僕は映子さんとは、もう二度と会えないかもしれないと思っていた」

「私もです」

「僕は傲慢《ごうまん》なくせに、とても小心な人間なんです。いや、小心だから傲慢になってしまう、って言った方がいいかもしれない……」

映子は俯《うつむ》いてしまう。渡辺の言葉の意味がわかったからである。あの夜、ホテルの一室まで従《つ》いていきながら、結局映子は渡辺を拒否してしまった。その時の気まずさから、自分は映子から遠ざかったと、渡辺は告白しているのである。

「でも、こうして会えてよかった。映子さん、元気そうですね」

「ええ、田舎でのんびりやっていますから」

二人の視線がかち合う。こちらを見る男のまなざしに、かつてと同じような熱があるだろうかと映子は探っている。そう、こんな風に眩《まぶ》し気な目だ。この男は、まだ自分のことを思ってくれていると、映子はうっとりと見つめ返す。自分の人生の中で、こんな奇蹟《きせき》のようなことが、今まであったろうか。そうだ、自分は本当に男に愛されたのだ。

けれどもそんな感情も、今日で終わりだ。なぜ自分がここに来たかというと、あの夜のことを謝罪したかったことと、渡辺を見舞いたかったためである。彼は案外元気そうで映子は安心した。そのうえこう言ってくれたのである。

「僕は傲慢なくせに小心な人間なんです」

それさえ聞けば充分だと映子は思う。人妻の自分が、もうこれ以上どうにも出来るわけではない。他の男と体の関係を結ぶなどということは、この先も不可能であろう。ただ映子は、気まずいまま渡辺と終わりたくはなかった。あの恋の記憶を、悔いと猜疑《さいぎ》心の中に沈めたくはなかったのである。

でももうよい。これで気も晴れた。渡辺が今も自分に好意を寄せてくれていること、あの夜のことをそれとなく詫《わ》びてくれたこと。これで本当に別れを告げることが出来ると映子は思う。

「それじゃ、渡辺さん、お元気で。私はもうこれで帰ります」

「あ、姉が今お茶を淹《い》れるはずですから、もうちょっとゆっくりしてくださいよ」

「ええ、でも……」

二人きりの時間の中で、さようならを言いたいのだと、映子はロマンティックなことを考えていた。

「やっぱりこれで失礼します」

「姉貴の奴遅いなあ、いったい何をしているんだろう」

渡辺が苛立《いらだ》った声をあげた瞬間、ドアが開いた。ガラスの花瓶を抱いて、優子が入ってくるところであった。

「ごめんなさい、鋏《はさみ》を借りに行ったら、ちょっと時間がかかっちゃって」

「あの、どうもお邪魔しました。私はもうこれで……」

「せっかくですもの、もうちょっとゆっくりしていってくださいよ」

「でも、友だちと新宿で待ち合わせをしているんです。一緒に帰るものですから」

それは本当だったが、約束の時間までにまだ二時間近くもあった。

「お約束があるんじゃ仕方ないわ」

優子があっさり引き退《さ》がったので、渡辺もそれきり黙った。

「じゃ、お大事に」

「映子さんもお元気で」

二人の視線がからみ合ったが、最初にはずしたのは映子の方であった。

「本当に今日は、わざわざありがとうございました」

エレベーターホールで、優子がもう一度頭を下げる。蛍光灯のせいであろうか、病室にいる時よりもはるかに疲れて見えた。最初のはつらつとした印象が全く消えていることに映子は気づく。

エレベーターはなかなか来なかった。二人は短い会話を交す。

「新宿で待ち合わせっておっしゃったけど、お住まいはあちらの方なんですか」

「ええ、勝沼から来ました」

「まあ、そんな遠いところから、本当に申しわけありません」

「そんなに遠くじゃありませんよ」

映子は苦笑いする。どうして東京の人は、山梨と聞くと遠いところと思ってしまうのだろうか。神奈川と同じように東京と隣接しているし、大月あたりまでは立派な通勤圏だ。

「特急で一時間半っていうところですか。地元の者はよく東京へ買物に出かけますよ」

「まあ、そうですね。私、夫の仕事の都合であんまり日本にいなかったものですから、大人になっても距離感がよくわからなくて……勝沼っていいところなんでしょう。葡萄で有名ですよね」

「もう収穫はほとんど終わりましたけれど……」

そこへエレベーターが上がってきた。中に足を踏み入れながら映子は言った。

「だけどとてもいいところですから、一度遊びにいらしてくださいね」

「どうもありがとうございます」

扉が閉まった。渡辺によく似た美しい女性だ。おそらくいいところの奥さんなのだろう。ものごしも上品であった。しかし、もう二度と会うことはないだろう。


新酒が出来ると、まず神棚に一本供え、そして家族全員で試飲をする。それが市川家のならわしであった。今年は雨が少なく、暑い日が続いたためにワインの出来がとてもよい。特に赤が素晴らしいと洋一は興奮気味だ。

「こりゃあ、二、三年寝かせときゃ、うんといいものになるな」

「全くだ。今年のもんは大切にしなきゃあな」

姑が嬉しそうに頷く。昨年の暮れのこと、市川ワインは農協から金を借りてタンクをひとつ新しくした。それだけに今年のワインの出来を、洋一は心配していたのである。

映子はほとんど酒を飲まないが、それでもワインだけはグラスに一杯ぐらいは飲めるようになった。新しいワインというのは、まだ酒としてのにおいもこくも生まれておらず、葡萄のさわやかさと飲み心地のよさだけを楽しむものだ。けれども洋一やワインに詳しい多くの人たちは、その少女のような飲み口から、将来どんなタイプの美女に成長するかを読みとってしまうのである。

映子と同じようにワイン醸造家の妻で、最近は東京のソムリエスクールに通う者が何人かいる。けれども洋一はそんなことには反対であった。

「オレんとこは葡萄酒屋だからな、ボルドーのワインがどうのこうの、なんてことを学校で教わる必要はないさ。自分の舌でわからなきゃ職人じゃない」

「女があんなところへ行ってもろくなことがないさ」

というのは姑の意見である。

洋一はいつも言っている。フランスやイタリアのもの真似をする時代は終わった。山梨の葡萄と水でこれだけのものがつくれるのだ。勝沼ワインはもっと堂々としていてよいのだと。

けれども今は、フランスの輸入ワインが一本五百円で売られる時代だ、外国のものだったら何でもよいと思っている消費者はとても多く、雑誌でワイン特集が組まれていても出てくるのはほとんどフランスやイタリアのものばかりである。洋一たちは皆で勉強会を開き、巻き返しに必死だ。幸い出来のいいワインとなり、今年こそはどうぞよい年でありますようにと、一家は神棚に祈ったのである。

「ワインブームだなんて言ってるけんど――」

昼間からの酒にいくらか酔ったのだろう。洋一が珍しく饒舌になった。

「この勝沼じゃあ、ずっと昔っからワインブームだよなあ。なにしろオレたちは一升瓶のワインで芋の煮たのや、漬け物を食ってたんだから」

「本当にそうだよね」

映子もあいづちをうつ。

「高校の時の集まりには、よくワイン飲んでたもんね。ビールやウイスキーなんか持ち込んでたら大変だったろうけど、ワインだったら先生も大目に見てくれたよね。結婚式にもお葬式にもお建前《たてまえ》だって、ここらじゃワインを出す。どんなおじさん、おばさんだってワインが好きだもんね」

それは以前渡辺に話して、大変喜ばれた話である。映子にとっては子どもの頃から見慣れていて、当然だと思っていた光景なのであるが、渡辺はへえーっと何度も感嘆の言葉を漏らしたものだ。

「いいなあ、その話。僕たち日本人が、ワインがどうのこうのなんて言い出したのは、たかだかこの十年ぐらいだよ。今だって大部分の人は、ワインは外で特別の時に飲むものだと思っている。それなのに勝沼の人たちっていうのは、何十年も前から自然に自分たちのものにしていったんだろうなあ」

「そう、今でもあるけど、一升瓶ワインっていうのがあるんです。もう日本酒の一升瓶と同じ感覚ね。うちの父なんかは茶碗でぐびぐびやっていました」

そんな会話を交したのは、二人で行ったイタリアンレストランだったろうか。

　電話が鳴った。ちょうど傍にいた姑がそれを取った。

「はい、もし、もし……映子ですね。ちょっとお待ちください」

　いつものことであるが、映子と名指しで来る電話には、機嫌が悪くなるのである。まさか渡辺からではないだろう。胸が激しく鳴った。そんなはずはない。確信があった。あの日、自分がはっきりと別れを告げに行ったことを、彼は感じたに違いないのだ。

「もし、もし、映子さんですね」

　しかし受話器から聞こえてきたのは女性の声であった。

「大竹優子、渡辺の姉です。先日はどうもありがとうございました」

「ああ、大竹さんですね」

　映子が嬉し気な大声をあげたのは、ひとつの安堵《あんど》のためだったのかもしれない。夫や姑の前で、そのことばかり考えている男の声を聞きたくはなかった。

「先日は本当に遠いところからわざわざ……」

「遠くはありませんよ」

「あら、またごめんなさい、私ったらダメね」

　優子は冗談めかして謝罪し、それですっかりうちとけた気分になった。

「私ね、実は今、勝沼にいるんですよ」

「何ですって」

「このあいだ市川さんのお話を聞いていたら、勝沼っていうところへ行きたくなってうずうずしてきちゃったんです。それで今日、ちょっと車を飛ばして来ました」

「今どこにいるんですか」

「えーと、高速を下りて、右に曲がったところ。近くに小学校があるわ」

「それではですね、うちに来るのには、その道をまっすぐ来て……」

「あのね、映子さん」

優子はいくらか声を潜めた。

「映子さんと二人っきりでお喋り出来ないかしら」

「えっ」

「今日来たのは、別にお宅にお寄りするためじゃないの。ちょっとお話があって来ましたの……」

「そうですか」

映子の頭の中は混乱している。渡辺の姉が自分にいったい何の用であろうか。おそらく渡辺とのことが露見したのだ。優子は自分の弟にもう近づかないでくれと言いに来たのかもしれぬ。しかしもう自分と渡辺とは会うことはないはずだ。それに、それにと、映子は思いをめぐらす。自分と渡辺とは、結果的にはキスだけの仲だったということになる。それほど非難されるところまで至っていない。

「もし、もし、映子さん……」

映子の沈黙に、優子が何度か呼びかけている。

「私が来てご迷惑だったかしら。今の方、お姑《かあ》さんでしょう。出るのむずかしいのかしら」

「いいえ、そんなことはありません。大丈夫です」

映子はやっと落ち着きを取り戻した。

「それではですね、そのままの場所で待っていていただけますか。私、これから車で行きますので、私の車に乗り替えてください。そうしたら車でご案内出来ます」

「わかりました。ごやっかいをかけて申しわけありません」

映子は受話器を置いて夫と姑に言った。

「短大の時の同級生が、今ちょっと近くに来ているので行ってきます。帰りは夕飯の買物をしてきますから」

「うちに来てもらえばいいのにねえ」

姑が不服そうな顔をする。

「何だかお子さんと一緒みたいなんで遠慮してるみたいです」

渡辺と密《ひそ》かに会っていた頃、すっかりうまくなっていた嘘の習慣は今も続いていた。

車を走らせる。小学校の前に近づくと校門の前に、青い車が停まっていた。紺色のパンツスーツを着た優子が中から手を振る。

「映子さん、お久しぶりね」

「こちらこそ。あの、そこの空地に車置けますから、中は随分汚いですけど私の車に乗ってください」

「ありがとう、そうさせていただくわ」

病院にいた時はしなかったはずなのに、優子からはうっすらとコロンの香りがした。綺麗にマニキュアされた指も、いかにも都会の恵まれた主婦という感じだ。

「これからどこへ行きましょうか」

「静かなところがいいわ」

「それでは山の方へ行ってみましょう」

映子は葡萄畑をのぼり始めた。葉を落とし始めた畑は、急に広々として見える。右に曲がるとぶどうの丘センターだが、あえてそこを避けた。あそこはいろいろな思い出があり過ぎるからだ。

左に折れ、道の片側に車を寄せた。ここから盆地が一望出来るのだ。昼下がりの甲府盆地は、うっすらと青みがかっている。そろそろ紅葉が始まるが、まだそのにぎわいはない。

「まあ、何て素敵な景色なのかしら」

車から降りた優子は大きく深呼吸する。

「こんなにいい気分になったのは久しぶりだわ。ずっと家と病院の往復だったから」

「あの、渡辺さん、もう退院なんじゃないですか」

「そう、もうじき退院します」

優子はなぜかきっぱりと言った。

「弟は退院させます。もう病院に置いておくのは可哀想《かわいそう》ですから」

「はあ……」

「初期の肝硬変って本人には言ってありますけど、実は肝臓のガンだったんです」

「そんな……」

あたりの風景が止まった。貧血で倒れる前の風景のように、白く色が変わり、風の音も何もかも遠ざかっていった。

「私たちの父も、四十ちょっと過ぎた時にガンで亡くなりました。そういう家系だから気をつけなきゃと何度も言ってたんですけど、弟は昔からよくお酒を飲んで……」

優子はここでハンカチをとり出した。パチンとバッグの留め金の音がして、やっと再び風景が動き始めた。

「具合が悪いって病院で診てもらった時には、もうどうしようもなかったんです。あの人、人間ドックにも行ったことがなかったから……」

「でも」

映子は声を発したが、ひどくかすれていた。

「でも、あんなにお元気そうでしたよ」

「ガンのスピードに体がついていけないんですって。体の他の細胞は、まだ若くて元気なんです。痩せる間もなく病気が進行していったんです。先生は手術をしてもとても確率が低いって言ってるんです」

「あの、どうしてそんなこと、私にお話しになるんですか」

映子は相手を責めたくなった。どうしてこれほど悲しくつらいことを自分に伝えるのだろうか。

「弟が私に言ったんです。姉さん、今の人が僕の好きな人だって。でももう二度と会えないって。どうか映子さん、弟にもう一度会ってやってください」

お願いしますと優子は祈るように手を合わせた。

22

秋の陽はつるべ落としとよく言うけれど、晩秋の夕闇《ゆうやみ》は盆地に突然やってくる。夕陽のまわりは橙《だいだい》色に染められているが、それ以外は濃い紫となり、それが深くなるとやがて本当の闇がやってくるのだ。

映子は売店の前に立ち、それを眺めていた。こんな風にしみじみと外の風景を見るというのは、映子の場合珍しいことだ。生まれた時からずっとこの町で暮らしてきた映子にしてみれば、四季の移り変わりも、夕陽の見事さも、とりたてて見るほどのことではなかったからである。けれども今は違う。空のグラデーションの美しさ、そして凛《りん》とした空気の冷たさが、しみじみと胸に伝わってくるのだ。

――こんなことがあるだろうか――

映子はつぶやく。

――あの人が死んでしまうかもしれないなんて――

渡辺の姉の優子から聞かされた言葉が、いつも夕暮れになると、映子の耳に甦《よみがえ》るのだ。

「初期の肝硬変って本人には言ってありますけど、実は肝臓のガンだったんです」

そして渡辺は、見舞いに来た映子のことをこう説明したという。

「姉さん、今の人が僕の好きな人だ。でももう二度と会えないんだ」

その時の渡辺の唇の形まで、映子ははっきりと思い浮かべることが出来る。おそらく映子が知っている、あのせつなげな表情をしていたに違いない。

――あの人は、本当に私のことを好いていてくれたんだ――

愛の言葉をささやかれ、唇を重ねても、映子は心のどこかで疑っていたところがある。田舎の世間知らずの女を、本当はからかっているのではないだろうか。自分はちょっと珍しいだけの存在なのかもしれない。もし深い仲になったとしても、後はすぐに捨てられるだけだろう。男の気まぐれを自分は信じてはいけない……。そんな言葉を、何度自分の胸の中で繰り返してきたことだろう。

今やっと、渡辺の真実の心を知った。けれどもそれは、彼の死を知ることでもあった。

――もう一度あの人に会わなくてはいけない――

姉の優子も言ったではないか。どうかもう一度弟に会ってやってくれと。そうすることが、いちばんの弟に対する励ましになると、映子に向かって手を合わせたほどだ。映子は今まで、これほど強く人から懇願されたことはないような気がした。渡辺とそっくりの目が、涙で潤んでいるのさえ見たのだ。

――どんなことをしても東京へ行かなくてはいけないけれども、いったいどうしたらいいんだろう――

葡萄狩りの季節も一段落したが、市川ワインはまだまだ忙しい。観光客がひょっこり現れては、売店に立ち寄ってくれているからだ。新しい試みとして、洋一は仲間何人かとパソコンのホームページを持った。ワイン情報と共に、市川ワインの宣伝と直接販売のシステムを見せるようにした。そんなわけのわからぬものは、何の役にも立ちはしないと姑の正美は言ったものだが、これが思わぬ効果を生んだ。ホームページを見たという客から、かなりの数の注文を受けるようになったのである。車で立ち寄る客の中にも、ホームページがきっかけという人は多い。おかげで映子もずっと客の対応や発送に追われている。言ってみれば、今が市川ワインの農繁期なのだ。農繁期に東京へ遊びに行かせてくれと言う嫁などいるわけはない。いったいどうやったら、東京へ出かける口実をつくれるだろうかと、映子はあれこれ考えたが実行に移せないでいる。渡辺の姉がここに訪れてからもう十日もたとうとしているのに、映子は何ひとつ行動を起こしていないのだ。

――こうしている間に、あの人が死んでしまったらどうしようか――

優子は、医師から四ケ月もてばよい方だと宣告されているそうだ。渡辺が若い分、ガンの細胞が怖《おそ》るべきスピードで増殖していると言った。

「手術をしても無駄なんだそうです。本当ならばホスピスにでも入って、静かに死を待った方がいいとおっしゃっているぐらい。でもね、弟さんの年齢を考えれば、とても諦念《ていねん》の境地に入れるわけはないから、それは勧められませんねって……」

後は言葉にならなかった。

映子はもう一度夕陽を見る。盆地の山に沈んでいこうとする夕陽は、さらに大きさを増したようだ。ぽってりと赤く、鈍重に降りていくそれは、いかにも充《み》ち足りた豊かさであった。渡辺はこの夕陽を、後何回見ることが出来るのだろうか、と映子は考える。自分はこの夕陽を、明日もあさってでも見るものだと信じている。もちろん曇りや雨の日はあるだろうが、しばらくすればまた赤々とした夕陽は見ることが出来る。死ぬというのは、こうしたあたり前の行為を中断されることなのだ。そしてあたり前のことを味わっている映子たちの世界から、ひとり脱《ぬ》けていくことなのだ。

――それもあの若さで――

映子は自分の目が熱くなったことに気づく。涙が突然噴き出てきたのだ。渡辺が死ぬという事実を、やっと現実のものとしてとらえることが出来たらしい。

「何をしてるだ」

後ろで洋一の声がした。さっきまで工場にいたのだが、何かのついでに売店まで来たのだろう。

「さっきから、ぼうっとそこに立っているぞ」

という言葉からして、ちょっと前からここに近づいてきていたのだが、それに映子は全く気づかなかったということになる。

「何でもないよ」

映子は言った。

「お陽さんがあんまり綺麗《きれい》だから、ちょっと見ていただけだよ」

洋一は何か言いかけたが、そのままやめた。おそらく映子の涙に気づいたからに違いない。

夫婦はしばらく黙ったまま、暮れていく空を眺めていた。隣家の犬が、何度か声をあげる。そう遠くないところで、車が走っている音がした。

「ねえ、私、ちょっと東京へ行ってきたいんだよ」

今だったら映子は、何を言っても許されるような気がした。

「買物にでも行きたいのか」

洋一が問うて、映子はこっくりと頷《うなず》いた。いつものようにうまい嘘《うそ》をとっさにつくことが出来なかった。

「今年の夏は忙しかった。何だかやたら疲れたの。一日でもいいから東京へ行って、買物に行ったりぶらぶら歩いたりしたいんだ」

「ふうん」

洋一は気のない返事をしたが、映子の方を盗み見ているのはわかる。まだ泣いているのか、確かめようとしているらしい。洋一は、映子の涙を日頃の鬱憤《うっぷん》が溜まっているものと思っているようだ。こうした涙は、洋一がいちばん苦手とするものだ。心の中では心配する気持ちがあるのであるが、つい乱暴な態度に出る。

「オレは構わんけんど、お袋が何て言うかな」

「そんなこと、関係ないら」

自分でもハッとするほど激しい声が出た。

「私は夏中、パートの人のご飯もつくった。発送だって腰が痛くなるぐらいいっぱいやった。私が一日ぐらい、東京へ行くのに、どうしてお姑《かあ》さんの許可が必要なの」

「どうしたんだよ！」

洋一は今度ははっきり映子の方を向き、映子もそうしたから、二人はお互いの顔を見ることが出来た。夫の目が怯《おび》えているのがわかる。

「映子、どうしたんだ。どうしてそんなヒステリーみたいな言い方するんだ」

「私はヒステリーなんか起こしていないよ。ただあたり前のことを言ったんだ。私は一日お休みをとって、ゆっくり東京の街を歩きたい。ただそれだけなんだよ」

「わかったよ。オレからお袋に話しておくよ」

夫は明らかに逃げた、と映子は思った。これ以上議論を重ねることを怖れたのだ。おそらく洋一は、妻が変わり始めたことを充分に知っているはずだ。けれどもどうして変わったか知るはずはなかった。おそらく自分の浮気や、不妊治療の一件が、妻を変えたと思っているだろう。けれどもそれは違う。映子は恋をしたからであった。

——もう一度私は、絶対にあの人に会う。そうしなければならないんだもの——

映子はこの欲求ほど、正当で強いものはこの世にないような気さえした。

その夜、夫と姑が茶の間にいるのを見はからって、映子は売店の電話の前に立った。いつでも何時でもいいから、何かあったら電話をしてくれと、優子が自宅の電話番号を教えてくれていたのだ。

「もしもし、大竹です」

いきなり少女の声がした。優子の娘だろうと映子は見当をつける。小学校の高学年ぐらいだろうか、声はまだ幼さを残しているのであるが、今どきの子にしては珍しいきちんとした言葉遣いである。

「もしもし、私、市川と申しますけれど、お母さん、いらっしゃいますか」

「母ですか、母は今、外に出ています」

映子はがっかりした。夫や姑が気になって、あちらからかけ直してもらうことは不可能なのだ。このまま挨拶《あいさつ》をして切ろうかとした時、少女が意外なことを言い出した。

「あの、市川さんって、山梨の市川映子さんですか」

「ええ、そうですけど」

「母に、市川さんから電話があったら、携帯の番号を教えるようにって言われています。番号は、いいですか……」

とてもきちんとした喋《しゃべ》り口調であるが、無機的な早口はやはり現代っ子のものだ。ちょっと待っててと、映子はあわててメモの用意をする。

少女に礼を言った後、映子は長たらしい携帯の電話番号を押した。

「もし、もし」

耳に憶《おぼ》えのあるちょっと甘めのトーンの声がした。

「市川、市川映子ですけれども、このあいだは失礼しました」

「まあ、市川さん、このあいだはこちらこそ本当に失礼しました」

ガンのスピードに肉体が追いつかない、弟は痩《や》せてもいないし、まだ一見元気に見えると優子は言ったものであるが、彼女の声もそんな感じだ。不幸のあまりの早さに、声や口調が追いついていない。豊かで幸福な主婦が持つ華やぎがたっぷりと残っていた。海外で社交を経験した人の、少々気取りのある早口だ。

「突然押しかけて、とんでもないことを言ってごめんなさい」

「いいえ、そんなことはありません」

自分の声がとても無愛想に聞こえる、と映子が感じるほどだ。

「携帯電話なんて、若い人みたいでおかしいでしょう。一週間前に買ったものなんです。私が外に出ている時に、弟に何かあったら困ると思って急いで買いました」

〝弟〟と発音した時、さすがにトーンが沈んだ。

「あの、大竹さん、私、今度の日曜日に渡辺さんのお見舞いにうかがおうと思っているんですけど……」

「まあ、ありがとうございます」

一瞬、娘のようにはしゃいだ。

「でもね、弟はあさって退院するんですよ」

「それじゃ、お元気になったんですねッ」

「いいえ違うの、手術は出来ないけれど抗ガン剤を使っていこうということになったんです。その前に一時退院ということで帰ってくるんですよ。おそらくまだ元気なうちに、ゆっくりと家族に別れを告げなさいっていうことなんでしょう」

明るいとさえ感じた口調が、いきなり嗚咽《おえつ》に変わった。

「一週間の退院ですけれど、うちに来させるつもりなんです。マンションにとてもひとりでいさせるわけにはいきませんからね。ですから市川さん、うちに来ていただけませんか」

「えっ、おたくにですか」

「シンガポールから帰ったばかりで、うちの中はまだ大混乱なの。だから驚かないでくださいね」

「でも、そんな図々しいこと……」

「いいえ、その方がいいの。弟も病院でなんかお会いしたくないはずよ。あの人は昔から気取り屋なんです。好きな人にお会いするのに、寝巻きを着たりしているの、とっても嫌なはずよ。ねえ、映子さんお願いします」

いつのまにか、最寄り駅からの道順をしっかりメモさせられていた。

代々木上原《よよぎうえはら》というところが、新宿からとても近いことに映子は驚いた。都心といってもよいほどの近さだ。それなのに優子の家のあたりは緑が多く、庭つきの大きな家が並んでいる。教えられたとおり、レンガづくりの低層マンションの横に、「大竹」という表札が出ていた。そう大きくはないが、スペイン風とでもいうのだろうか、凝った形の屋根をしている。が、築二十年はたっているだろう古さが、しっとりとした落ち着きをかもし出していて、いかにも東京の中流という家だ。何度も自分を力づけながらここに来たはずなのに、いざ門の前に立つと映子はすっかり気後れしていた。

勇気を振り絞って、インターフォンのボタンを押す。

「もし、もし」

男の声がした。あっと映子は息を呑む。間違いない、渡辺の声だ。インターフォンごしだから、かなりくぐもっているが、確かに渡辺の声であった。

「あの、山梨から来た市川ですけど」

「お待ちしていました」

やがてドアが開き、男が姿を現した。水色のカーディガンを着た渡辺であった。彼ははにかんだような笑いを浮かべ、門に向かって近づいてくる。そしてカチャリと中から鍵《かぎ》を開けた。

「やあ、いらっしゃい」

「お姉さんのお言葉に甘えて、おうちに来てしまいました」

「いやあ、とても嬉《うれ》しいですよ」

渡辺はややぎこちなく前を歩く。優子は否定していたけれど、渡辺はやはり痩せていた。顔からはげっそりと肉が落ちて、頰《ほお》の線がますます鋭くなっていた。それよりも胸を衝《つ》かれるのは、彼の首の細さだ。髪を短くしているので、うなじが丸見えになっているが、それがまるで少女のようにはかなげなのだ。やわらかいおくれ毛まである。

よく磨かれた木を使った玄関に着いた。そこでスリッパを勧めながら、渡辺は言った。

「今日、姉貴の一家は外出しています。その間僕がひとりで、映子さんをおもてなしするように言いつかっています」

「そうですか」

映子はなぜか動揺しなかった。二人きりになるという緊張よりも、二人きりになれるという安堵《あんど》の方がはるかに強かったからだ。優子の見ている前で、自分はどのようにして渡辺と再会するのかということは、上京が決まってから、ずっと映子が考え悩んでいたことだ。二人きりならば、映子はずっと気楽に演技が出来るはずであった。

「渡辺さん、思っていたよりもずっとお元気そうだわ」

「そんなことはない。七キロも痩せてしまいましたよ」

渡辺は自分の頬に手をやったが、そんな女っぽいしぐさは、映子が初めて目にするものであった。

「肝硬変というのは、やっかいな病気だって聞いてましたけれど、本当にそのとおりですね。すぐに退院だと思っていたのに、まだまだかかると医師からも言われています」

映子は目を伏せまいと努力する。それに上手《うま》くあいづちをうつ自信がなかったので、大急ぎで別の話題にもっていった。

「この家、本当に素敵なおうちですね」

「姉貴が結婚した相手の父親っていうのは、建築家だったんです。この家は確か、昭和四十四、五年に建てたんじゃないかな。何度か建て直しの案が出たんだけれど、そのたびに不思議に、義兄《あに》が海外転勤になる。もしかすると、家が壊されるのを嫌がっていろいろ魔法をかけてるんじゃないかって、姉貴は言ってますよ」

映子は笑った。渡辺に会って、まさか笑うとは思わなかったが、素直に笑みがこぼれた。

「それよりも、映子さん、お腹が空いているでしょう」

「ええ」

お昼ごはんはぜひうちで、と優子から言われていたのだ。

「姉貴がいろいろ用意してくれています。あれであの人、料理が結構得意なんですよ」

リビングルームの隣りが食堂になっていた。大きな木のテーブルに、白いテーブルクロスがかかり、そこにピンクのバラがさしてあった。

テーブルの上には、何種類かのパンとサラダ、そして何かがはさんであるパイが置かれていた。

「ビーフシチューは温めればいいだけなんです」

「私がしましょう」

「いいえ、お客さんにそんなことはさせられませんよ」

二人はもみあった結果、映子がシチューを温め、渡辺がコーヒーを淹《い》れることになった。

やがて二種類のいい香りがし始めた。映子は用意された器にそれを移す。

「そうそう、お土産のこれ葡萄ゼリーです。わりとおいしいですよ」

「さっそくデザートにいただきましょう」

二人は向かい合って座った。食卓に飾ってあるのと同じ、ピンクのバラの刺繍《ししゅう》をしたナプキンを映子は膝《ひざ》にひろげた。優子の心遣いが隅々までゆき届いていた。

「乾杯」

渡辺がグラスを捧《ささ》げた。

「ペリエですけどね」

「このお水、泡がいっぱい出ておいしいわ」

「映子さん、また会えて本当に嬉しいです」

熱い目は以前のままであった。よく磨かれた梁《はり》の下、映子は、自分たちはまるで外国のホテルに、二人きりで籠《こ》もっているようだと思った。

23

ビーフシチューはとてもおいしかった。人参《にんじん》もジャガイモも面取りされていて、この家の女主人の優しさをよく表しているようであった。

「こんなおいしいシチュー、初めて食べました」

「そうですか……姉貴が聞いたら喜びますよ」

そう言う渡辺は、先ほどからいたずらにスプーンを動かしているだけだ。たった一杯のシチューをも、持て余しているのがわかった。もしかすると医者から食事制限されているのに、映子に合わせて食卓に着いているだけかもしれない。

「コーヒーを持って、居間の方に行きましょうか」

彼はゆっくりと立ち上がったが、それも次の動作に移るためという風に見えなかった。もう座っているのが難儀で堪《た》まらないというように、ふらりと腰を上げたのだ。

「それから姉からの伝言です。食器はそのまま置いといてくださいってことです。決して片づけたり洗ったりしないでください……」

「でも……」

「そんなことをしていたら、時間がもったいないじゃありませんか」

居間といっても、ダイニングルームから続く空間であった。生成《きな》り色のカーペットが敷かれ、よく使い込んだ家具が好ましい雰囲気をつくり出している。灰色のソファの上に、東洋風の派手なクッションがあるが、おそらくシンガポールから持ってきたものであろう。手の込んだ刺繍であった。

「何かCDを聞きましょう。映子さん、何がいいですか」

「私は何でも」

「いやあ、ある、ある……」

渡辺はラックの中を覗《のぞ》き込み、小さく笑った。

「義兄はワーグナー狂いなんですよ。僕はプッチーニやヴェルディぐらいまでなら聞くけれど、義兄に言わせると、とんでもない軟派なんだそうです。でもワルキューレなんかかけても、とてもBGMになりませんよね」

渡辺の言っている意味が全くわからない。

以前だったら映子は、こんな時たまらぬ劣等感を持ったものであるが、今は静かに微笑《ほほえ》むことが出来る。渡辺の好むもの、口にするものすべてを大切にしたいという思いで、今は他のことは何も考えられない。

「無難にメンデルスゾーンでもかけましょうか。おや、これは姉貴の趣味だな」

左手に竹内まりやのCDを手にしている。

「姉貴はこの人の大ファンなんです。ずうっと前のことになるけれど、コンサートをつき合わされたことがある。ついでに夕飯もおごらされて閉口しました」

「本当に仲のいい姉弟だったんですね」

「そうかもしれません。離れて住んでいたことが多かったせいでしょうか、とても僕の心を大切にしてくれるんです。僕の望むことを、さりげなくかなえてくれたことが何度もあります。そのことにとても感謝しています。今日だって……」

渡辺は映子を強い目で見た。その視線はもう映子にとって見慣れたものになっている。それにもかかわらず、甘い陶酔を映子にもたらす。

「今日だって、あなたとこうして会える機会をつくってくれたんです」

「お姉さんがそうしたんじゃありません。私が来たくてやってきたんです」

「映子さん」

二人ともオーディオセットの前に立っていたから、ごく自然な形で抱き合うことになった。静かな口づけであった。けれども映子の歯は、渡辺の舌の熱さを感じることが出来た。そこにまだ燃えている彼の生命を感じて、映子は必死でとらえようとする。自分の舌で渡辺の舌を誘い出すようなかたちになった。

「映子さん、今日は会えてとても嬉しい」

「私も」

渡辺の両の手が櫛《くし》になって、映子の髪をとらえる。映子の耳たぶからこめかみにかけて、何かが隠されている、とでもいうように彼の手が何度も何度も往復する。

「僕があなたに会えて、どんなに嬉しいか、おそらくあなたにはわからないでしょう」

「わかります、わかりますとも」

もう一度唇がふさがれた。彼の唇が強靭《きょうじん》さを帯び始めたことに映子は気づく。

「映子さん」

彼は言った。

「二階に行ってくれますね」

映子は頷く。ためらう理由などもう無かったからである。

きしきしと鳴る階段を二人は上がっていった。右側のドアを開ける。おそらく大急ぎで渡辺の部屋をつくったのだろう。外国語が記された段ボールが、部屋の隅に積まれていた。優子の言うとおり、引越しの荷物はまだ片づいていないのだ。段ボールと反対の方向に、青いカバーがかかったベッドがあった。枕元にテディベアがちょこんと座っている。

「姪《めい》がくれた病気見舞いです」

「まあ可愛《かわい》い」

「姪があちらから持ってきた大切なものなのだそうです」

その熊のぬいぐるみをどかし、ついでに渡辺はベッドカバーをはがした。

「さあ」

手を差し伸べる。渡辺はもうすべてを知っているに違いないと映子は思った。この躊躇《ちゅうちょ》の無さ、不遜《ふそん》さは今までの彼には決して見られなかったものだ。だが決して不快ではない。すべてが自然なのだ。映子は自分が、いつもとは違う空気の中に入っていくような気がした。もしかしたらこの世には、死という場所に至る前の、特別の空間があるのかもしれない。そうでなかったら、どうしてこんな風に無垢《むく》な心でいられるのだろう。ためらいもなければ恥じらいもない。恐怖もまるで感じなかった。このあいだのように、もしかすると夫の顔が浮かぶかもしれないと思ったが、そんなことはなかった。

渡辺は自分の服を脱いでいくように、映子の着ているものを取り去っていく。無言のままでだ。こういう時、三十代の人妻に必要な体に対する賞賛も彼は口にしない。映子も聞きたくはなかった。以前だったら、そうした言葉に縋《すが》ろうとしただろうし、それによって自分を励まそうとしただろう。けれども渡辺とのこうした行為は、無言でいるのがいちばん正しいのだと映子は思う。渡辺が言わなくとも、自分の裸身は大層美しいのだ。それは彼の指の動きや息遣いが語っているではないか。

本当だ、どうしてだろう。映子はたとえようもないほど自分が美しい女だと確信を持った。そう大きくもない乳房や、最近気になっているウエストのあたり、それがいったい何なのだろう。そんなものは全く瑣末《さまつ》なことではないか。今、渡辺の魂と映子の魂とが交わっているのだ。魂の次元で、渡辺は映子の体を味わい、愛《いとお》しんでいる。そんな彼に、現実の肉体など些細《ささい》なことであるはずであった。

やがて彼は映子の中に静かに入ってきた。

「このままじっとしていて……」

渡辺は初めて声を発した。

「僕もあなたを感じるから、あなたも僕を感じてください」

映子の内部でかすかな変化が起こったが、それは二人の静謐《せいひつ》を妨げるものではなかった。映子は夫との交わりで、二回に一度ぐらいの確率で本物の快楽を得る。が、今はそんなことがないことを祈った。なぜならこのおだやかな部屋を、自分のあえぎ声で消したくはなかったのだ。

どのくらいそうしていただろうか、随分長い時間が過ぎたと思った時、渡辺の体が映子から離れた。映子は終わったことを知る。結局渡辺は射精することなく、映子も達することなく終わってしまったわけであるが、それがいちばん二人にはふさわしい行為であった。

その代わりセックスの最中よりも、終わってからの方が二人は激しく体を動かした。ずっと口を吸い合いながら、映子が上になったり、渡辺が上になったりした。やっと目的を果たした二匹の若い動物のように、そのことを祝福し合った。

「初めて葡萄棚の下であなたを見た時から、ずっとずっと好きだった」

「私もそう」

口づけの合い間に睦言《むつごと》を交し出す。二人は急に多弁になった。

「あなたのことを、いつも考えていた。どうしてこんなに惹《ひ》かれるのか、自分でも不思議だった……」

「私も、そう、私もそうよ」

映子は叫ぶ。

「あなたのことを考えて泣いたわ。田舎のおばさんをからかっているんじゃないかって、疑ったこともあるもの」

「どうしてそんなことを考えたんだ。なんてお馬鹿さんなんだろう」

枕の上で、映子の髪は渡辺の指によって、何度もかき上げられる。テディベアがいつのまにか床に落ちていた。

「でも僕は、あなたに対して卑怯《ひきよう》なことをしたかもしれない」

「卑怯」

その言葉は、とても不吉な響きを持って寝室の中で響いた。

「あなたを攫《さら》おうとしなかったから。僕はあなたのことをとても好きだったけれど、あの葡萄園の中に留《とど》めておきたかった。なぜならあの葡萄棚の下にいるあなたが、いちばん美しくて素敵だっていうことを知っていたから。まるで画集の中の、女の人に会いに行くように、あなたに会いに出かけた。攫おうとしなかった僕は、とても卑怯な男でした……」

「しいっ、もう言わないで……」

映子は渡辺の唇にひとさし指をあてて制した。彼は映子を抱き締めるために位置を変える。薄闇の中、渡辺の上半身が浮かび上がる。初めて映子は彼の体を見た。あばら骨が浮き上がっている上に、肌が乾いているのがわかった。けれども映子は彼の体をとても綺麗だと思った。骨や肉というものを通り越して、中の清らかさが透けて見える。自分はこれを愛したのだと思った。

「少し眠りましょう」

「そうですね」

映子はすっぽりと渡辺に包まれる。彼の体は温かさを通り越して熱かった。他人の、初めて訪れた家で、しかも夜ではないというのに、映子は眠たい。とろりとした眠気が襲ってきて、映子は意識を失っていく。

目覚めた時、部屋は完全な闇の中にあった。

「大変だわ」

目を開けたものの、体も心もまだ現実の中に戻っていない。

「お姉さんたち、帰ってくるかもしれない」

「皆で義兄の妹のところへ行ってるはずだ。湘南《しょうなん》だから帰りは遅くなる」

「今、何時かしら……」

壁に古風な柱時計がかかっていた。八時を少し回ったところだった。

「もう帰らなくっちゃ……」

「駄目だよ、まだいてよ」

しばらくもみ合ったが、映子はそうしたじゃれあいに、渡辺がまるで適していないことを知った。真面目《まじめ》に愛し合うことは出来ても、ふざけるには、彼の体力はあまりにも乏しかった。

「もうじきまた会えるわ」

映子は渡辺の頭を撫《な》でる。本当にそれがかなうような気がした。

中央線の特急の窓から、映子は夜の景色を見ていた。集落のあかりが見えたかと思うと、急に深い闇に閉ざされる。星も月もない夜であった。こんな夜は列車の中もどこかわびしい。映子の他には、数人の客しかいなかった。近くの学生風の男は、静かに本を読んでいる。

――とうとうあんなことをしてしまった――

さっき観たばかりの映画のように、さまざまな場面が繰り返されていく。激しく抱き合う二人、耳元でささやく渡辺。本当にあのようなことが、自分の身の上に起こったとは信じられない。

――本当に私は、あんなことをしてしまったんだ――

けれども罪悪感はまるでない。映子はもしかすると、自分が非常にふしだらな女ではないかと不安になる。夫の顔を思い浮かべる。映子の好きな、照れくさそうな笑顔だ。それとさっきの記憶とを、同時に自分の中に繰り広げれば、どんなに胸が痛むだろうかと思ったがそんなことはなかった。

それならばと、映子は姑の顔を思い出そうとする。

「全く何を考えているだか」

と唇をゆがめている顔だ。もしかすると映子は、道徳とか世間というものを感じるかもしれない。けれどもそんなこともなかった。

——私は不倫をしたんだ。世の中でいけないってされている不倫をしたんだ——

本当だったら、婚家から追い出されても文句は言えない罪を犯したのだ。それなのに映子は平然と、こうして家に向かっていくのだ。映子には自信がある。家に着いても自分は動揺することもないだろう。夫や姑の目をはっきりと見ることも出来るはずであった。

——それはもしかすると、あの人がもうじき死んでしまうからだろうか——

死期が近づいている男は、現実の男ではない。だからその男に抱かれても、自分は罪を犯していないと、もしかしたら居直っているのだろうか。

——いいえ、私はそんなに悪い女じゃない——

死んでいくから永遠に口をつぐんでくれると居直るほど、映子は不純な人間ではなかった。

——ひとつ言えることは、あのことが本当に起こったことのように、今でも思えないことだ——

映子は自分の胸元に手をやる。ここに触れた男がいたけれど、あれは夢だったのではないだろうか。

——いいえ、あの人は本当に私を抱いてくれた。そして攫っていきたかったと何度も言ってくれたんだ——

そして映子は自分の勇気を賛《たた》えたいような気分になってくる。逃げなかったのは立派だった。それどころか、積極的に相手の首に手をまわしたではないか。

――もしかすると――

映子は身震いした。

――もしかすると、私はもうじき死んでいくあの人に同情したんではないだろうか。可哀《かわい》想《そう》だと思ったから、あんなことをしたのではないだろうか――

それはいちばん考えてはいけないことであった。経験の浅い映子ではあるが、同情ということが、恋愛をどす黒く変える不純なものであることぐらいわかる。

それは絶対に違う。自分はもうじき死んでいく男に同情したのではない。生きている男を愛したのだ。

映子は窓にひとさし指をあてる。外気の冷たさでガラスはくもっていた。そこに小さくLOVEと書いた。映子はおそらく永遠に出すことのないであろうラブレターの文案を、ゆっくりとひとり胸の中につぶやく。

渡辺さん、お元気でしょうか。私は今、帰りの列車にひとり乗っています。二時間前にあったさまざまなことを思い出しながらね。

私はとても混乱しています。なぜなら、あのことを少しも悪いことだと思っていない自分がいるからです。どうして悪いことだと思わないんだろうかって、私なりに必死で考えました。

あなたのことをとても好きなのだろうと思います。けれどもそれだけではないような気がするのです。初めてあなたに出会った時、私は孤独でした。家族に囲まれていたけれども、やっぱりひとりで、私の居場所はどこにもないのではないかとさえ思っていました。その私を変えてくれたのはあなたなんです。私ははっきりとわかります。あなたが私を見つけたんじゃない。私があなたを見つけ出したんです。

あなたは私に何てたくさんのものをくれたんでしょうか。それは感謝しきれないぐらい大きなものです。私はあなたによって、私自身をつかまえることが出来たんです。だから私たち二人が結ばれたのはとても自然なことだと思うんです。私は後悔どころか、とても嬉しかった。けれどこの嬉しさが、また私を不安にさせます。こんなに幸せでいいのだろうかって。ごめんなさい、私はまだ混乱しています。おかしな言い方ばかりでごめんなさい。でも私はこれだけは言っておきたいの。あなたに抱かれた時、私はやっぱりひとりだと思った。でもこれはとても嬉しい発見でした。自分を幸せにするのは、私しかいないっていう、こんなあたり前のことがやっとわかったんです。私はひとりで幸福になって、ひとりでちゃんと生きていって、その上であなたと愛し合う、そんな人間になろうと決めました。そしてそのことを教えてくれたのはあなただったんです……

映子はここまで諳《そら》んじて、そして泣いた。

「生きていって」という言葉が、渡辺に対する大きな裏切りのような気がしたからである。

——あの人は死んでいくんだ。信じられないけど、もうじき死んでいくんだ——

涙は後から後から出てくる。やがて闇の中に、ひとつの駅が浮かび上がる。映子の住む町はもうじきだった。映子は涙を拭《ふ》く。夫や姑がまだ起きているかもしれない。二人に泣き腫《は》らした顔を見せるわけにはいかなかった。

そしてそんな自分を、映子はそれほど狡《ずる》いとは思えないのである。

24

また新しい年が来ようとしていた。

葉をすっかり落とした葡萄の丘は、広々と盆地に広がっている。

夏は黒く濡《ぬ》れていた葡萄畑の土も、もう守ってくれるものがない。冬の陽に隅々まで照らされ白く乾いていた。

映子は丘の途中に車を停め、甲府盆地を眺めている。高校時代、ここは映子の通学路であった。自転車を降りて友人たちと買ってきた菓子を頬張ったこともある。だがひとりで草の葉をいじりながら、さまざまなことを考えていた時間の方がずっと多かったろう。

不幸なことなど何ひとつなかったのに、どうして自分はあれほど考えるということをしたのだろうか。そしていったい何を考えていたのだろうか。まるで思い出せない。おそらく他愛ないことだったに違いない。

ただひとつわかるのは、考えたくないほど不幸なつらいことに、少女時代はあわなかったということだ。

さっき東京から電話を受け取った。美術評論家の佐々木からで、正月に飲むワインを一ダース送ってくれというのだ。

「渡辺君は残念なことをしましたよ」

不意に言った。

「ほら、おたくに一緒に行った渡辺君ですよ、二日前に亡くなりました」

渡辺の死はとうに予測出来ていたことなのに、やはり衝撃は大きかった。映子は貧血を起こす直前のように、すべての音がすうっと遠のいていくのがわかった。

「もし、もし、どうかしましたか」

「いいえ……あんまり突然なのでびっくりしてしまって」

「僕だってびっくりしましたよ。昨日お通夜に行ってきました。若いから進行が早かったようですね。それも医師が特殊例として研究発表したいぐらいの早さだったようです」

そんなことを言う佐々木を、なんと残酷なのだろうかと思った。渡辺の死を告げる前にワインの注文をするというのもあまりにも無神経だ。映子は受話器の向こう側の老人を一瞬激しく憎んだ。

「渡辺君は本当にいい青年でした。僕も仕事のことでいろいろ助けて貰いましたからね。あの若さで、彼の知識と目の確かさはたいしたものでした」

と言った後で、

「それじゃ忘れずに白と赤を半分ずつ、三十日までに届くようにしてくださいよ」と念を押して電話は切られた。その最後の言葉をさっきから映子は胸の中で繰り返している。

渡辺が哀れでならなかった。まわりの人たちにとって、いつかは日常の中にまぎれてしまうものが死だと思うと、彼がたまらなく哀れであった。いい青年だ、知識がたいしたものと言ったところで、人はワインの注文を忘れないのだ。

おそらく渡辺の死は、人々の忘却のかなたに押し出されていくのだろう。

「私は忘れない……」

映子は口に出して言ってみた。

「私は忘れない。私は忘れない。私は忘れない」

どうして忘れることが出来るだろうか。夫以外で初めて愛した男であった。そして映子のことを愛してくれた男である。最初は信じられなかった。田舎に住む自分のような平凡な女を、本気で愛してくれる男などいるはずがないと思っていた。けれどもそれは違っていた。あの日、映子は確信を持ったのである。

「それなのにあの人は死んでしまったんだ。私はいったいどうしたらいいんだろう……」

家では我慢していた涙が、この時初めて噴き出してきた。車の中で映子は声をあげて泣き続ける。

「私はいったいどうしたらいいんだろう。あの人が死んでしまった」

この世でひとりぼっちだと思う。渡辺が死んでしまったら、もう映子を愛してくれる人などいないのだ。親はまだ生きているが、親の子に対する愛情というのは、ごく当然過ぎるような気がする。そして夫はといえば、他の女にまだ心を移したままだ。

「あの人が死んで、私にはもう誰もいないのだ」

けれど映子は悲しみにいつまでもひたっていることは出来ない。スーパーにちょっと買物に行くと言って家を出てきたのだ。

「暮れの忙しい時だよ。そんなもんまとめて行けばいいじゃないか」

姑は大きな声で不満を漏らした。嫁という立場はゆっくりと涙にくれることも許されないのだ。しかもそれは、他の男のために流す涙なのである。映子は涙を拭き、ミラーを見て髪を直した。自分もつくづく哀れだと思った。

そして四日後、映子は渡辺の姉、優子からの手紙を受け取った。

「映子さん、とうとう私の大切な弟が亡くなってしまいました。

本当ならば勝沼へ行って、いろいろお話ししたかったのですが、私はたったひとりの身内です。通夜やお葬式とずっと忙しさにかまけてしまいました。ご連絡が遅れてごめんなさい。お葬式に来ていただこうかと思ったのですがやっぱりやめました。それは映子さんや直哉の意志に反するような気がしたからです。

映子さん、私は今とってもつらく悲しいです。あの若さで逝った弟のことを考え、どんなに口惜しかっただろうかと考えると夜も眠れません。でも弟はとてもいろいろなことに感謝し、喜んでこの世を去っていったのです。
それがたったひとつの救いかもしれませんね。
映子さん、近いうちにきっと勝沼にうかがいます。そうしたらゆっくりお話ししましょうね」

おそらく映子に家族がいることを意識してのことだろう。詳しい内容は省いた、ほとんど走り書きのような手紙であった。渡辺はどのようにして死んでいったのだろうか。死んでいく時、映子にメッセージはなかったのか、これですべてを納得させようとするのは、あまりにもつらいと映子は思った。

つらい、つらいと涙はいくらでも出てくる。これほどつらく悲しいのは、単に渡辺が死んだためではない。映子が喪失したのは愛する人だけではないのだ。映子の行く手にはもう何もない。それがわかったからこれほど悲しいのだ。

目標になる道は塞《ふさ》がれている。夫は未《いま》だに別の女のことを思い続けている。あの口うるさい姑に仕え、映子はこの小さな町で老いていくことになるだろう。今までそのことをさほどつらいとは思わなかった。けれどもそんな人生は間違っている、どうして自分をそれほどつまらぬ場所に追い込むのかと教えてくれたのは渡辺であった。初めて抱かれた時、彼はもうじき消えていく肉体から、生の情熱を映子の肉体へ吹き込んでくれたではないか。

けれどもその渡辺は死んでしまったのだ。映子はもうどうしていいのかわからない。出口の光が見えて、そこに歩きかけたところ、いきなり厚い壁に塞がれてしまったようなものだ。

「だけど私は歩かなきゃならない」

このままでは死んでしまうか、気が狂ってしまうだろう。悲しみというものもエネルギーを生み出し、それがとてつもない衝動に変わるものだということを映子は知った。

工場の方へ向かう。もうパートの人たちも休暇に入り、夫しかいないはずであった。そう広くない工場の中を目で追うと、タンクの陰に洋一が立っていた。何やらプラスチックの器具を水道の水で洗っているところであった。

作業ズボンにジャンパーを着ている。まるでスキーに行く時のような派手なジャンパーは、夫をとても若々しく見せている。

「あの、お願いがあるんだけど……」

言いかけて映子はハッと息を呑《の》む。どうして〝お願い〟という言葉遣いになるのだろう。自分がここに来たのは宣言のためで、決して懇願のためではない。

「話があるんだけど」

「なんだ」

こちらも見ずに洋一は言った。その姿に映子は激しい怒りを覚える。私は他の男と寝たことがあると、もしここで言ったとしても、やはり夫はじっと水のはねるさまを見ているような気がするが、そんなことを言えるわけがなかった。渡辺とのことを〝不倫〟などという汚らしい言葉で穢《けが》すつもりはまるでなかった。彼とのことは、死の清らかさによってすべて許されたことだと映子は思っている。

「私、この家を出たいんだけれど」

　口にしたとたん、その言葉の重要さがさらに勇気を与えてくれる。

「ずっと前から考えていたことなんだけど、なかなか実行出来なかった。もうじきお正月になる。そしたらすぐ暮れがくる。言いそびれたままで一年が過ぎてしまう。そんな風になるのは嫌なの」

「ふうん」

水道の水を止めようともしなかったが、洋一はやっとゆっくりと映子の方に顔を向けた。

「あっちのお母さんは、このことを知ってるだか」

「まだ何も話してない。離婚するにせよ、どうなるにせよ、私はとにかくこの家を出たい。しばらくひとりで暮らしたいんだ。東京に部屋を借りて、じっくりいろんなことを考えるつもり」

「東京へ出てどうするんだ。金もなけりゃ、お前の年だったら職もないだろ」

「仕事だったら、私は保母の免許を持ってるからどうにかなると思うよ。卒業した短大の先生に相談するつもり」

洋一は黙って水道の蛇口をひねった。水は水滴となって、彼の黒い長靴の上に落ちた。

「お姑さんがどう言おうと、私はもう決めたんだ。近所の人たちから何て言われたって構わないよ」

「好きなようにすればいいよ。オレからお袋に話しておくよ」

拍子抜けするほどあっさりとした返事であった。

「この一年、いろんなことがあったからなあ、お前がつきつめて考えるのも無理はないさ」

夫婦ははからずも、このことについて同意し合う結果となった。けれども洋一の考えていることは、映子のそれとはまるで違うだろう。美和子との関係が露見したこと。美和子の妊娠、そしてケガ。おそらく映子のこの反乱は、美和子に対する嫉妬《しっと》だと思っているに違いない。だからこれほどあっさりと、映子が家を出ることを許すのだ。

けれども映子の頭を占めているのは、渡辺のことだけである。そのことを夫は知らない。知らないからこそ、これほど寛大になっているのだ。映子はここまで自分たち夫婦はすれ違っているのだなとつくづく思う。

「金はあるのか」

洋一は映子の顔を覗き込むようにして問う。その目の中に謝罪と怖《おそ》れとが入り混じっているのがはっきりとわかる。夫は映子が正式に離婚を言い出すのを心配しているのだ。映子は突然笑い出したくなってくる。

なんて臆病《おくびょう》なんだろう、なんてお人よしの男だったんだろう。

お金なら少しはあるよと、映子は答えた。

「働いていた時の貯金が少しある。あれでアパート借りられると思う」

「だけど職が見つかるまでは、金を送るよ。東京であんまりみっともないことされると困るもんな」

「そう、そうしてくれると助かるよ」

意地を張るほどの余裕は映子にはなかった。

「その代わり、っていうわけでもないが、正月までいたらどうだ。やっぱり正月にお前がいなきゃおかしいだろう」

この町で正月というと、あちこちの家に行き来して男たちは酒を飲み、麻雀《マージャン》をする。こんな時に一家の主婦がいなかったら、大変な噂《うわさ》になるだろう。

「でもそんなこと、もう私には関係ないよ。お正月にいない嫁って言われてももう仕方ない。それを気にしてたら、私はもうこの家を出ていけない」

夫は何も答えず、コンクリートの床に落ちる水滴の音がするだけであった。


春になろうとしていた。映子は東京ではなく埼玉にいる。昔の恩師が紹介してくれた就職先は、この町にある無認可の保育所であったからだ。

勤務を終え、コンビニエンスストアで買った弁当を持って映子は帰り道を急ぐ。アパートの前で、人影を見た。しゃれた薄手のコートは、このあたりではあまり見られないものであった。足音で女は振り向いた。優子であった。

「映子さん、お久しぶり」

「どうしたんですか」

「どうしてもお会いしたくなって、勝沼に行ったの。そうしたらここにいらっしゃると聞いて……」

「どうぞお上がりになってください。本当に狭いところで恥ずかしいんですけれど」

ダイニングキッチンに六畳の寝室がついている。田舎育ちの映子にとって、こんな狭いところに住むのは初めてであった。暖房がこれほど隅々まできくのかと驚いた記憶がある。

キッチンのテーブルに優子は座った。早春の夜の冷えはこたえたらしく、コートをしばらく脱がない。

「随分お待ちになったんでしょうか」

「いいえ、三十分ぐらいよ。うちの子どもたちの幼稚園のことを思い出して、きっと七時には帰ってらっしゃると思っていました」

「すいません、なかなか親が迎えに来ない子がいて、すぐに帰るわけにもいかないんです」

「いいのよ……それより映子さん、どうしてこんなことなすったの。でもご主人とまだ正式に別れたわけじゃないでしょう」

映子は頷いた。夫婦の話し合いで既に了解がついていると思ったのであるが、映子の別居は大変な騒ぎを巻き起こしたのだ。姑の正美が怒り、実家の母が泣いた。兄も出てきて親族会議のようなものが開かれ、しばらく別れて暮らすことをやっと許してもらったのだ。結局正月は勝沼で過ごし、この埼玉に来たのは一月も半ばであった。

「ねえ、映子さん、こういう決心をしたのって、弟が原因じゃないでしょうね。もしかしたら直哉が死んだことで、あなたに負担を抱かせたんじゃないでしょうか。私はそのことがとって心配なの」

「いいえ、渡辺さんはまるっきり関係ありません」

そう言った後で、その言葉の冷たさに映子は気づき、あわてて言い直した。

「もしかすると、こう生きなさいと背中を押してくれたかもしれません。でも決めたのは私です」

「そう……」

優子はそこでやっとコートを脱いだ。中に着ている黒のニットが、彼女の悲しみを表しているようであった。

「またこんなことを言うの、とっても申しわけないと思うんですけれど、弟から言いつかったことがあるの」

映子の心臓が大きく鳴り、全身が耳になった。これこそ映子がいちばん欲しかったものだ。渡辺はやはり死ぬ前にメッセージを残しておいてくれたのである。

「映子さんに手渡したものがあるから、それを大切にして欲しいって」

「私に、くれたもの！」

まるで憶えがない。

「そうなんです。最後に会った時に渡したって言ってるんですけれどもね」

「何でしょう。私、渡辺さんに何もいただいてないんですけれども」

「そう、おかしいわね。最後はやっぱり、ちょっと正常じゃないところがあったから……」

言いかけて優子は口をつぐんだ。おそらく臨終近く、渡辺は薬の副作用や熱に冒されていたのだろう。

その後、さしさわりのない思い出話をした後、優子は立ち上がった。

「あ、待ってください。今、出前でもとろうと思っていたんですよ」

「いいえ、私も家で待っている人たちがいますから、お暇《いとま》します」

いちばん近い角まで送り、いよいよ別れるという時、優子は映子の手を握った。

「私たち、夏から今度はマレーシアに行くことになります。もしかすると今度は長いかもしれません」

「そうですか、お元気で」

「もっと弟の思い出話したかったんですけれど残念だったわ」

後ろ姿を見送り、映子は向きを変えた。アパートに帰るためだ。が、頭の中はさっきの優子の言葉が繰り返されている。

「最後に私にくれたもの、それはいったい何だったのだろうか」

どうしてもわからぬ。本当に渡辺は熱でおかしなうわごとをつぶやいていたのかもしれない。

「もしかすると、それは……」

生きるということだったのだろうか。生きて幸せになる力ということだったのだろうか。ありきたりと言えばありきたりの答えであるが、そうとしか思い浮かばない。

アパートの前に来て、映子は再び驚きの声をあげた。見慣れた山梨ナンバーのマークⅡが停まっていたからである。中から洋一が出てきた。

「今帰った女の人、昨日勝沼に来たんだ。ここに来るのかと思ったら、やっぱりそうだった。ちゃんとあの人が来れるか心配だった」

「それを確かめるために来たの」

「いや、そうじゃない」

洋一は映子の腕をぐいとつかむ。その強さは映子に死んだ男を思い出させた。

「お前を迎えに来たんだ」

嫌よ、帰ってちょうだいと言おうとした時、優子の声が甦る。

「弟があなたに渡したものがあるはずです」

幸せにならなくてはならない、と思って映子は家を出た。けれども幸せにはなれなかった。都会の片隅でひとりぼっちで生きていくには、映子は何か大きなものが欠けていたし、何かが豊か過ぎた。幸せになるために映子は別のことをしなくてはならないのだ。夫とやり直すことはその選択肢の中にある。映子は素直にそのことを認めた。そのことを決して口惜しいとは思わなかった。

「子どもをつくろう。オレは病院にも行くつもりだ。実は専門のお医者さんから聞いた。今はオレみたいな者でも、人工的なことをすれば子どもが出来るんだそうだ」

やっぱりこの人とでなくては幸せになれないのだ。だからこの人と共に生きていくしかないと思ったとたん、映子は夫の胸になだれ込んだ。洋一のセーターからは、葡萄の醱酵するにおいがした。

やはりあの町でなくては幸せになれない。生まれ育ったあの町で、自分はやり直さなくてはいけないのだ。

「早く山梨に帰ろう。そろそろ葡萄の芽が出る頃だ。皆が待ってるぞ」

映子は頷くかわりに、夫のセーターにすっかり顔を埋《うず》める。

この作品は、一九九八年四月、角川書店より刊行されました。